沙拉巴！

サラバ！

致失衡的歲月

下

莎拉巴！致失衡的歲月（下）

莎拉巴！致失衡的歲月（下）／目次

莎拉巴！致失衡的歲月（上）／目次

第四章

圷家的，或曰今橋家的徹底崩壞

33

一九九五年。

這一年，我永難忘懷。

一月十七日的清晨，我從自己的床上跳起來。就印象而言，很像是被地底猛然伸出的巨大拳頭向上頂。

「啊？」

還來不及出聲，已開始搖晃。

我費了幾秒鐘才發現那是地震。我房間裡的所有的東西都在搖晃。書本啪啦啪啦從書架往下掉，放在枕邊的鬧鐘彷彿有意志般移動。我保持坐在床上的姿勢，就這麼呆住了。

「步！」

幾乎是在我媽的聲音傳來的同時，房門開了。

我媽的臉色慘白。即便在黑暗中也看得出來。

「嗯。」

在這種狀況下，我居然發出愚蠢的聲音。我媽衝向我，拿被子蒙住我的頭。我的腳毫無防備地從被子露出來。

「貴子！」

被子外面，傳來我媽的聲音。

我終於感到不好意思。

我媽正努力試圖保護我。而且，是以拿被子蒙住我這種靠不住的行為。

我的個子早已比我媽還高，從被子露出的雙腿也長滿濃密的腿毛。即便如此，當我在門口認出我媽身影的瞬間，還是鬆了一口氣。過度羞恥下，我用力甩開被子，一鼓作氣衝到走廊上。

我媽正在敲我姊的房門，屋子還在搖晃。我難以置信，這麼大、這麼久的搖晃，是有生以來頭一遭。

「貴子！」

我媽還在繼續敲我姊的房門，但我姊毫無反應。就在這時地震停止了，我媽癱坐在走廊上。而我雖然衝到走廊上，卻甚麼都做不了。我只是扶著牆壁茫然呆立，實在太沒用了。

後來我和我媽在客廳聽廣播。

電台播放地震即時新聞。目前只知道兵庫縣那邊發生大地震，其他一無所知。總之收音機只是一再傳來「請不要外出」這句話。

結果，我姊之後也沒有走出房間。

當我醒來時，已經天色大亮。

我媽好像徹夜未眠。收音機已關掉，現在開著電視機。之後那幾星期，電視上播放著難以置信的景象。

如骨牌倒塌的建築物，彷彿被巨人扯斷的高速公路，公路前端已衝出一半車身的巴士，到處燃起的火焰，不斷增加的死亡人數。

去學校一看，大家都很不安。

也有幾人看似有點興奮。我一方面厭惡他們不合時宜的反應，一方面也感謝有這樣的傢伙存在。因為我一直不知道該如何反應才好。在我身邊並沒有人死掉，我家的損失也不大。結果，我和班上同學只是沒完沒了地談論地震發生的瞬間是怎麼搖晃的，當時做了些甚麼。我們絕口不提在電視上看到的影像。

我第一個發現須玖沒來學校。當時手機尚未普及，更何況我們只是高中生。無法聯絡到須玖，我只能看著他的座位。

結果，須玖那天沒來上學。

我與裕子在晚間順利取得聯絡。裕子熱切敘述，關於她當時有多麼害怕，又是多麼慶幸彼此都平安無事。我從裕子的聲音，察覺超越平時的甜膩嬌柔。裕子顯然沉醉於這個狀況，她似乎把我倆想像成因為一場意外的災難遭到無情拆散的情侶。裕子企圖藉由向我訴說在這種狀況下她有多麼想念我，來證明她對我的愛。

我與裕子對話的同時，心裡卻一直掛念須玖。其實，我本來打算先和須玖聯絡，但我不能那麼做。因為我猜想裕子肯定會對我聯絡的順序斤斤計較。雖然裕子應該不可能知道我是按照甚麼順序打電話，但我還是這麼做了。我心裡隱約覺得，如果先和須玖聯絡，之後恐怕就會不想聽到裕子的聲音。

總算掛斷裕子的電話後，我打到須玖家。是他母親接的。

「今橋同學。」

他母親好像有點熱淚盈眶。從聲音聽得出來。彼此互報平安後，她立刻把電話交給須玖。

須玖以聽來格外開朗的聲音說：

「抱歉，抱歉。」

他似乎還有心情開玩笑說家裡堆放太多唱片和書籍這種會砸落的危險物品。但是，過了一會，他說：

「我們聯絡不上我哥。」

須玖的哥哥在神戶，這我早就知道。我最害怕的也正是這件事。我之前就猜測須玖沒來上學的理由可能是這樣，而且心裡多少認為須玖的哥哥恐怕凶多吉少。我討厭立刻就放棄的自己。

「是嗎？」

我只能這麼說。

結果，翌日須玖的哥哥從神戶徒步走回家。站在玄關的哥哥，據說滿身泥濘，彷彿從戰場歸來的士兵。

當我從須玖那裡聽到這個消息時，衷心感到喜悅。雖然對死者和死者家屬很抱歉，但在自己伸手可及的範圍內沒有任何人受害，卑鄙地減輕了我的心理負擔。

然而，須玖並非如此。

「太好了，對吧？」

即使我這麼說，須玖也只是小聲說：

「是啊。」

之後他始終沉默。看起來一點也不像家人平安歷劫歸來的人。

從此，須玖變得很安靜。

他本來就不會主動饒舌，是個安靜的男人。但是，他那種安靜，如今好像添上更強的陰影。須玖變得沉靜如水，然後變得沉靜如沼。每當死亡人數增加，須玖心裡的沼澤就變得更深層，一個月後，他已很少在學校露面了。

我以為我了解須玖的纖細易感。

須玖與我們不同，他很擅長為平凡的瑣事歡喜。他是那種會發現全學年最不起眼傢伙的異狀，主動去關懷對方的人。

起初，我也對地震的種種資訊很敏感。那時的社會氣氛使我不得不變得敏感。電視不再播出商業廣告，取而代之的是公益廣告。新聞也一次又一次放映相同的影像，告訴我們地震是怎麼發生的、受災地區又是甚麼樣的狀況。

很自然地，我在家開始噤口不語，我姊房門深鎖的房間散發出凝重的空氣。我媽好像也因此與男友分手了。因為她在地震後一直找不到對方。但我不知對方當時是真的處於無法聯絡的狀況，還是因為另有家庭所以不便聯絡。

總之我媽開始整天待在家中，她不再換衣服也不再化妝。除了外婆和夏枝姨不時會上門，我媽斷絕了與外界的接觸。

在那種情況下，我當然也很憂鬱。走在路上，不時會想起那彷彿自地底頂起的搖晃，於是愣在原地呆立片刻。這種時候，不知為何總感到異常口渴。

可是，到了學校，眼前是一如既往的景色。即便是曾被地震震懾心魂的人，也漸漸恢復了本來的生活。受到那種情景的感染，我也慢慢忘記那一瞬間的事了。然後，商業廣告又開始播放，彷彿從未發生過地震，我們回歸健全的日常生活。

所以須玖的缺席令我格外難過。

每當看到須玖的空位子我就會心痛，有時也會很生氣地想：你哥既然平安無事，那你也該趕緊振作起來了吧！須玖的哥哥早已回到職場。他很高興自己獲救，未再多做深思，只是一心一意投入神戶的災後重建工作。我很希望須玖也能如此。

可是須玖似乎陷得越來越深。

也許是察覺我的心思都放在須玖身上，心不在焉的我和裕子漸漸感情失和。每逢假日，我不再去裕子家而是去須玖家，見過須玖後，也懶得再和裕子聯絡。

須玖已如置身在漆黑遼闊的深海中。我問他為何不上學，他說他瞞著母親去做志工。

「有時我在想。」

須玖在他的小房間，用只有我能聽見的音量說。

「我在想為何不是我。」

我怕場面尷尬，所以帶來了向夏枝姨借的唱片。唱針落在唱片上，流淌出妮娜．西蒙低沉乾澀的聲音。

「死去的人，為何會死？」

須玖的問題，大概也不是想向我尋求解答。我甚麼都答不上來，面對無法回答的我，須玖也不發一語。

當然，我希望自己能夠對須玖說些甚麼。

你還活著。

你必須向前走。

但是那種話，甚至沒有湧上我的喉頭。那些話語在體內深處飄然浮現，旋即消逝。須玖的纖細太可怕了。這是我第一次看到如此執著他人之死的人。

妮娜正在唱「Feeling Good」。

她在吟唱：新世界將要開始，感覺好極了。

須玖彷彿直到此刻才發現我的存在似地看著我。想到妮娜的歌聲打動了須玖的甚麼，我很高興。

「你阿姨還好嗎？」

「她很好。」

須玖露出沉思片刻的表情。

「大家呢？外婆還有你媽呢？你姊呢？」

「嗯，都很好。」

我媽不再出門，我姊不肯走出房間一步的事，我沒說。我不想再給須玖增添更多苦惱。須玖和我的家人真的就像一家人般親密無間。尤其是我姊，除了「沙特拉黃門大人」的信奉者以外，她唯一能夠正常交談的對象只有一個，就是須玖。

「你姊真的沒事嗎？」

須玖說。

「因為她是很脆弱易感的人。」

It's a new dawn
It's a new day
It's a new life

妮娜繼續吟唱。

And I am feeling good
感覺好極了

須玖的憂慮是對的。

不，一半是對的，一半不對。

我姊因為地震搖搖欲墜、脆弱易感的心靈，被後來發生的某起事件徹底粉碎了。

三月二十日。

某宗教團體在東京地下鐵散布沙林毒氣。那個團體，打從以前就置身在種種疑似邪教的漩渦中。電視連日報導他們的行動。

就在那個團體在電視上的曝光機會增加之際，沙特拉黃門大人好像也出現了變化。

沙特拉黃門大人維持寢居運作及從事種種慈善活動的資金，都是來自大家的捐獻。他們不說那是布施。基本上寢居裡也沒有人會強迫大家捐獻。捐錢應該是完全自願的，其實那個行為是昔日把酒和裝錢的信封放到矢田嬸家祭壇上的延伸。

沙特拉黃門大人並沒有引發任何事件，也已完全融入本地，成為一道安靜的風景。然而，值此非常時期，沙特拉黃門大人這個莫名其妙的名字，以及因為寢居內部的行事外界毫無所悉，終究刺激了社會大眾。那也是理所當然的發展。

因為沙特拉黃門大人變得太龐大了。已經不是宣稱自己不是宗教團體就可以交差了事。沒有教祖的團體，一旦某些人開始起疑，事情立刻如火如荼地展開。寢居出現大批雜誌媒體爭相採訪。

沙特拉黃門大人的信奉者，被明確稱為「信徒」，矢田嬸被指稱為「教祖」。而我姊，一度以通靈少女的身分被雜誌報導出來。那時我姊已經二十一歲了。雖然早就過了可以稱為少女的年紀，她還是被報導者冠上「A少女」之名。想必是那樣看起來更聳動吧。雖未刊出照片，也沒有涉及姊姊身分的記述，但是文中大量出現的「洗腦」和「異常」這些字眼令她大受打擊。

寢居那邊也收到誹謗中傷的信函，其中甚至有危險的威脅信。除了姊姊之外，所有的最高者與高階人員一起召開會議，但光靠那樣已無法統御多達數百人的信奉者。

因此打從地震前後，姊姊就很不穩定。

人們紛紛離開自己曾經衷心信仰的沙特拉黃門大人。而且離開的人，還對曾經信仰沙特拉黃門大人的過去深以為恥。其中甚至有人開始怨恨沙特拉黃門大人，也怨恨讓他們信仰沙特拉黃門大人的姊姊等人。

「我們被騙了！」

姊姊束手無策。

過去熱切看著自己的幾百雙眼睛，轉眼之間減少了。不僅如此，最後還投以忌憚的眼神。姊姊不是強悍到足以無視那種視線的人。

就在這時，發生了那起事件。

若說沙特拉黃門大人的信奉者和「他們」只有一個共通點，那就是「信仰某些事物」。無論是來過寢居的人們，或是周圍旁觀沙特拉黃門大人的人，恐怕光基於這一點，都把沙特拉黃門大人的信奉者視為恐懼的對象。

姊姊失去了語言。

於是，她再也不肯走出房間。雖然就社會標準而言她已是跨入成人領域的二十一歲女性，但在那之前她是個脆弱易感的少女。被這世界發生的種種事情打擊，她堅決不肯再走出自己的殼。姊姊是那種一旦陷落深淵，就會永遠待在那裡的人。

今橋家又進入黑暗時代。

所以，我不太願意回想一九九五這年。

恐怕已經與有婦之夫的男友分手而心情消沉的媽媽，還有過了二十歲又開始閉門不出的姊姊，即便是向來貫徹旁觀立場的我，面對這樣的三人生活，也不得不為之動搖。原本我唯一的光明是須玖，然而如今須玖已潛入深海，我徬徨得很沒出息。

首先，我和裕子徹底玩完了。即便見到裕子也無法令我心情好轉，而且我無法掩飾這點。最後裕子以受害者的神情向我提出分手，這不能怪她。

我也無法再專心投入足球練習。自從須玖不再參加練習後，我們球隊越來越弱。老是在小地方接連失誤的隊員令我惱火。即使溝口貼心地逗我們笑，我也無法衷心感謝。

震災的影響雖已平息，但須玖的缺席，令我們球隊，以及我們這整個學年的氣氛都變得有點晦暗。大家帶著顧忌嘻笑，帶著顧忌開玩笑。在須玖的位子一直空著的情況下重新分班，我們被分到不同的班級。我厭惡對此隱約鬆了一口氣的自己。

等到夏天退出足球隊後，我像逃避似地專心投入升學考試。也是在這時，我決定報考東京的大學。

須玖與我的親密友誼彷彿已成過去。

遇到足球隊的人時，起先對方還會問我：「須玖還好嗎？」漸漸地，也沒人再問了。因為我無法回答。

我也沒有打電話給須玖。

我與須玖曾是那麼要好的朋友，但我竟然沒有為了他打過任何一通電話。

因為我害怕。

我害怕聽到須玖的聲音，那來自深海的聲音。我害怕曾帶給我莫大影響的須玖會把我拖入深海。我不願去碰觸「為什麼死的不是我？為什麼我還苟活在世上？」那種想法。我只想相信自己已經活下來的現實。思考死者的事只會徒增痛苦，而且是毫無意義之舉——我只想神經大條地這麼想。

到了秋天，再也無人提起須玖。

連老師都已放棄，不再提到須玖。曾是校內人氣王的須玖，曾幾何時，連他的存在都已消失無蹤。

為了擺脫遺忘須玖的罪惡感，我拚命用功K書。一旦放鬆，彷彿就會被須玖的氣息，被那宛如泥沼的氣息給絆住腳。每次，我都狠狠鞭策自己背誦英文單字和歷史年表。

總之，我一心只想離開這片土地。

我姊也離開了此地。

起因，還是矢田嬸。

即便在那騷動的漩渦中，大嬸還是照常過日子。即便被雜誌帶有惡意地採訪，她也始終堅稱「不知道」，縱然昔日的信奉者朝她投以憎恨的目光（解除「洗腦」的前信奉者已毫無忌憚，可以正大光明地看著大嬸），她的表情也文風不動。距離沙特拉黃門大人最遙遠的大嬸，好像才是最衷心相信沙特拉黃門大人的人。大嬸身上，有種礦石般的堅強。

然而，即便是那樣的大嬸，唯獨操心我姊。

她因關於姊姊的報導憤怒，為姊姊亂了心神。自從我姊不出房門後，大嬸天天來我家，而且一直坐在姊姊的房間裡。有時我從姊姊的房間前經過，也不曾聽過她們交談的聲音。大嬸只是默默守在我姊的身旁。

大嬸這沉默的拜訪持續了半年之久。我不知道姊姊變成怎樣。我不再想了解姊姊的動向，姊姊的三餐也是由夏枝姨送去她的房間。她頑強拒絕與我媽接觸，我媽也一樣。

炎熱的夏天，我走在走廊上，第一次聽見我姊的房間傳出聲音。

是矢田嬸的聲音。

大嬸打破漫長的沉默，正在對我姊說話。我的心，為此在睽違多日後再次動搖，但也僅此而已。那時候，我為須玖的缺席深感痛苦，也無法原諒連一通電話都不能打給須玖的自己。雖然好奇大嬸在對姊姊說甚麼，但那種好奇只有一點點，我還是立刻又潛入自己的泥沼。心裡多少也事不關己地認為，反正姊姊也不可能改變。

然而那天，姊姊竟然露面了。

長時間沒出過房門的姊姊，身上散發異味。她的頭髮變得很長，而且全都糾結在一起，形成複雜的繩索髮型。

姊姊的眼神有如空空如也的盤子，但眼底卻炯炯發光。和她信奉沙特拉黃門大人時的光芒不同。那種光芒唯有徹底受過傷的人才會有，帶有幽微的頑強，不容任何人介入。

在客廳現身的姊姊身後，是從容不迫的大嬸。

她看著驚訝的媽媽還有我，對我們點點頭。那只是個小動作，卻擁有令數百人緘默的力量。大嬸是少數甚麼都不做便可成神的人。

就在那時，我爸確定調職。

這次他要去的國家是阿拉伯聯合大公國的杜拜。杜拜當時經濟急速成長，全世界的企業紛紛湧入。說來等於正處於泡沫經濟的高峰。

大嬸或許已經與我爸或我媽談過一些事情了，抑或是姊姊主動與爸爸聯絡。

總之，姊姊說她要跟爸爸一起去杜拜。

姊姊應該遠離沙特拉黃門大人，同時也該像我一樣，離開這片土地。肯定是矢田嬸促使她做出這個決定的。矢田嬸代替茫然的媽媽，開始忙碌地替姊姊做行前準備。

頭幾天，矢田嬸努力把姊姊的身體弄乾淨。她還得與夏枝姨兩人同心協力清潔姊姊的身體。浴室的排水口被姊姊的汙垢堵塞，姊姊的頭髮洗了又洗卻還是打結。最後大嬸索性把姊姊的頭髮剃光。姊姊沒有抗拒，而且那個造型不可思議地適合姊姊。穿著鬆垮的衣服，頂著光頭的瘦削姊姊，看起來正如她昔日憧憬的安妮・弗蘭克。

但是，姊姊沒有死。她還活著。

不管姊姊希不希望，她都活著。

送姊姊去機場的，也是矢田嬸與夏枝姨。姊姊要在機場和爸爸會合，媽媽也果然因為這樣而不肯出門。與細瘦的姊姊成對比，她胖得很邋遢，動作也變得遲緩。

我媽自己也還沒有從那場地震，以及因此與男友分手的事，還有女兒的宗教衝擊中振作起來。

也就是說我連我媽都想拋棄。

然而，自從我宣稱要去念東京的大學，我姊也離開今橋家後，我媽開始出現意外的復元徵兆。對這個家今後只剩她一人的孤獨預感，反而推動她向前，不知不覺又開始俐落地行動。

再加上夏枝姨與外婆的協助，到了我啟程去東京的那天，她已恢復原來的美貌。我媽很堅強。

去東京的那天，看著揮手的媽媽，我立誓就在此時此地遺忘一九九五這一年。我，是個軟弱的男人。

東京，於我而言是避難場所。是從一九九五年的惡夢重新振作的場所。

大學的入學費用、學費、獨自生活所需的種種物品與生活費，還是爸爸出的。我不忍心給這個可悲的男人圷憲太郎增添負擔（爸爸甚至還得背負姊姊這個包袱！）。況且，我等於是丟下一切逃去東京，因此多少抱有一點罪惡感。

34

起初，我下定決心今後一定要專心用功，絕對不做愚蠢輕浮的大學生。但是，我在短短兩個月之後就打破了那個決心。我輕易淪為愚蠢輕浮的大學生。

首先，我沒有加入足球隊。我替自己找藉口，說這是為了專心求學，但是其實我已對運動社團的嚴格感到疲憊。我本來就沒有多大的熱情，況且我害怕踢足球會讓我想起須玖。

本來還從不缺席地上課，也開始因為某日停課，或是九十分鐘的上課時間教授一直面對黑板喃喃自語，總之，我漸漸發現即使不去上課也不會有太大影響。

拘束我的東西，事實上完全消失了。我想拋開過去，盡情享受取之不盡的自由。彷彿齒輪轉動，我只看著前面過日子。

我的大學，位於地鐵京王線沿線。

我住在下高井戶站附近，是距離車站徒步約需二十分鐘的小套房公寓，房租四萬圓。在東京算是破天荒的便宜，不過，那是有原因的。總之，房子很破，屋齡已有四十年，叫做「五月莊」。我住的是二樓的七號房。我的生日是五月七日，所以就決定租這一間。五月的七號，感覺上挺有緣分。

每天總有東西故障，電燈、熱水器、廁所。每次我都得四處奔走，但我從獨居生活找到救贖，甚至對付出的勞力與距離車站的路程都不以為苦。房間雖小，但空間全部屬於自己，這個事實令我很興奮，自己的地盤上沒有歐斯底里的女性親人，更是讓我無比安心。

雖是鋪設榻榻米的破舊房間，我還是花了不少心思整理。我用麻布取代窗簾，用我在家居用品量販店買來的木板做桌子。我沒有擺床鋪，直接在床墊上鋪被子。唱片架及書架與坐著時的視線等高。如此一來，狹小的房間看起來也寬敞多了。然後，我用壁櫥的上半部當作書桌（不過，在那裡用功的次數屈指可數）。本來覺得很髒的浴缸，泡過一次後也不以為意了，也學會如何使用必須用手扭轉點火的熱水器。到了夏天時，我開始帶各種女孩回這間屋子。

幸好，或者該說可悲，我很受歡迎。無論是偶爾去上課，或是在學生餐廳，只要有我覺得可愛的女生，我就會一一搭訕。與裕子分手後，封印已久的性慾再次爆發。

那是過去的我難以想像的行為。大學很大。的確大得驚人，但我如果不斷對女孩子出手，之後肯定會有慘痛的下場。若是以前的我應該會這麼想，但是，身為離鄉背井，而且在黑暗的一九九五年劫後餘生的人，我已如脫韁的野馬。這個時期，是我的人生當中唯一一段野性戰勝理性的歲月。

我的獵豔行動不只侷限在校內，我也學會上夜店玩。我去參加有知名DJ演出的活動，利用來到現場想找機會和DJ上床的女孩子的自戀心態，最後不費吹灰之力把女孩子帶回家。那些女孩起初都會被破舊的公寓嚇到，但我羞澀地說出與「五月七號」關聯的生日故事後，她們通常都覺得我很可愛。我輕而易舉地把她們帶上床。

唯一不得不擔心的，是牆壁太薄。

五月莊很破舊，所以住的都是像我這樣的男學生。住在我正下方的人在聽阿姆的饒舌歌，或是我隔壁的傢伙咳嗽時，都能輕易聽見。況且，單就我所看到的，除了我以外，好像沒有人會帶女孩子到這麼破爛的公寓。那種時候的聲音，我不忍心讓他們聽見。我不希望被當成在對那些性慾無處發洩的傢伙示威，也想在公寓安穩過日子。

但是，就算再怎麼壓低音量，女孩子在那種時候的聲音還是難以控制（我可不是在炫耀自己的技巧）。在那些女孩當中，有些人就算叫她安靜她還是會不顧一切地叫。尤其是喝醉的女孩子，更是無法克制。

我最後只好選擇把音樂放得震天響。那樣當然也會吵到鄰居，但至少好過讓他們聽女孩子的叫聲。

我盡量挑選快節奏但性感的歌曲。因此我選中的，是靈魂歌手寇帝梅菲的歌。換言之當「Move On Up」的旋律一出現，就代表我的房間開始性交。他那具有侵略性的聲音最適合做為煙霧彈，用來促進性愛的激昂也非常優秀。歌曲與歌曲之間會放鬆攻擊，我就配合唱片的旋律起伏性交。因為實在太規律，最後甚至在外面聽到他的歌聲也會自然勃起。

我就以這種感覺過了大一這年。

換言之，是濫交的一年。

我沒有固定的女友。來我家的女孩，都是很上道的炮友。我絕對不會讓女孩子彼此撞個正著，也徹底管理女孩。我不是皮條客，但心情就像饒舌歌手史努比狗狗。

之所以結束濫交遊戲，是因為加入社團。

我加入了電影社。以我當時的精神狀態，本來該加入更輕浮的玩樂性社團，比方說徒有網球社之名的活動性社團，或是徒有活動性社團之名的聯誼交友社團。但是，我還不想淪落到那種地步。

在我心中，很可悲地依然有須玖。

須玖時常在我的腦海，有時甚至在夢裡出現。他總是定睛凝視我，令生活糜爛的我異常羞恥。每次我都會大叫一聲跳起來。慌忙從唱片架挑選很酷的唱片（大抵是嘻哈樂團「探索一族」），或是從書架取出大文豪的作品（大抵是納布可夫）閱讀。

音樂和文字並沒有真正進入我的腦袋，但我想接觸文化的東西，滌淨自己的汙穢。那是我對須玖的小小贖罪。就算探索一族正在高歌住在附近最正點的辣妹三圍尺寸，就算納布可夫寫出男人對一個年紀足以做自己女兒的小女孩產生性亢奮的故事，也無所謂。那時全世界唯一發情的是我，全世界最汙穢的是我。

我是因為某張海報加入電影社。

校內張貼了各種社團的海報。時值春天。校內到處都有人在拉新生加入社團。每個社團的海報都大同小異。

「與我們共享夏天打網球，冬天滑雪的樂趣吧！」
「這是個溫馨的社團！」
「我們會和外校辦聯誼！」
不是這種到頭來啥也沒說的海報，就是說太多的海報。
「堅決反對學費調漲！」
「革命尚未結束！」
「現在正該憤怒！日本男兒！」
在那些海報當中，我加入的社團，「電影社」的海報，只是在傑克．尼柯遜的黑白照片上，註明希翼館三樓這個社團地址。照片中的傑克頭戴水手帽，手持雪茄，非常年輕。我立刻猜出這是拍攝《最後行動》時的傑克。因為那是須玖喜歡的電影。
「藍迪．奎德打旗語道別的那一幕很棒。超級可悲，又超級好笑。」
其實，光是那樣就足夠了。
放蕩一年的結果，令我對須玖式的事物很飢渴。要變成笨蛋也是需要才能的。就算是徹底頹廢的我，也無法抵抗不時襲來沉重如鉛的羞恥心。即使我想安慰自己「大學生本來就是這樣」，也停止不了自己的良心苛責。
我又想見到須玖那樣的人了。我純粹只是想談論電影或音樂還有小說的話題，與把妹無關。那一刻，是我開始獨居生活以來第一次泫然欲泣。我為須玖的不在而傷悲。我思念須玖，可我還是沒有和須玖聯絡，我還在逃避須玖。

須玖現在過得怎麼樣，我毫不知情。但是，我想他恐怕還在那深海中。在很深很深的海底。

之後，我走到哪兒都會看到電影社的海報。

海報一律很低調。提供的訊息只有希翼館三樓，如此而已。只有照片換了，有《權勢下的女人》（A Woman Under the Influence）的吉娜・羅蘭茲，《女人就是女人》（Une femme est une femme）的安娜・卡麗娜，《巴黎德州》的哈利・戴恩・史坦通，上面沒有說明是哪部電影，我卻猜得出來，這令我非常自傲。

只有最低限度的資訊，我判斷這是個閉塞的社團，但我既然能把海報的照片統統認出，加入這個社團也沒有甚麼不好。重點是，海報上的電影都是須玖（有時是夏枝姨）喜愛的作品，這點打動了我的心。

我鼓起勇氣，前往社團所在地。

希翼館是為校內社團教室建造的建築物。學校很大，因此類似的建築有好幾棟，其中希翼館特別小、特別破舊。外觀看起來光是走進去都需要勇氣，而且裡面的社團，老實說都是一看就不想扯上關係的名稱。「女性問題研究會」、「宇宙社團COSMO」、「歐帕茲（Out Of Place Artifacts）之謎研究會」、「『轍』鐵道社」等等。

老實說，即便已抵達「電影社」的門前，我還是有點遲疑。

萬一裡面有很危險的傢伙在怎麼辦？萬一對方嘲笑我大二才加入社團怎麼辦？可是，最後我還是決定打開門。

因為室內傳出妮娜・西蒙的歌聲（那若是寇帝梅菲，我早就一邊遮掩勃起的下體一邊迅速撤退了）。

是那個妮娜・西蒙。

不是那首「Feeling Good」。但是，妮娜低沉乾澀的嗓音，已足夠令我回想起與須玖共度的時光。

新世界即將開始，感覺好極了。

我反彈似地拉開門。

結果，我從此徹底沉浸在這個社團。

即便來學校，也幾乎沒去上過課，大抵都在這間社團教室消磨時光。社團教室是大約四坪大的房間，像會議室一樣中間放著桌子，牆上貼滿電影海報。拜須玖和夏枝姨所賜，自負很了解電影的我，其實還有許多電影沒看過，而社員全都驚人地對電影如數家珍。是他們帶領我認識石井聰亙、維達利・卡涅夫斯基、神代辰巳這些導演。

當時我最喜歡的電影導演是史派克・李，當然還有昆汀・塔倫提諾。在知識豐富的眾人面前，我不好意思地舉出這麼通俗的電影導演的名字，但是沒有任何人瞧不起我，不僅如此，他們還會陪我深入討論這個話題：

「啊，不錯嘛！塔倫提諾的電影我喜歡的是……」

我喜歡這個社團還有一個原因。自從來到東京，女孩子（尤其是我搭上的女孩）經常說的話就是：

「阿步你真好笑。」

而且還會再附贈一句：

「果然是因為關西人都很會搞笑？」

她們好像認為我只要講關西腔就很風趣。比方有人說：「今天好熱，我是邊喝啤酒邊去學校。」一聽到這種話，我很自然的反應就是：「妳是大叔嗎！」光是聽到我這句話，女孩子就會拍手大笑。

起初，我心想，原來這麼簡單啊。我毫不羞愧地用關西腔當武器，到處找女孩子搭訕。不過，那樣做久了還是會有點不好意思。

首先，其實我根本就不風趣。

在我心目中，風趣的是溝口，是大津，更甚於任何人的是須玖。聽大家說笑時我總是只負責笑，我自己從來沒製造過笑料。只因為關西腔就被視為風趣的人，這種狀況令我產生危機感。

就這點而言，社團所有的人對我是關西人好像完全不在乎。他們不會要求我搞笑，對於我說的大阪腔「為啥啊？」，也非常正常地附和「就是啊」。

他們一定是透過電影已接觸過各種方言。其中，也有人衷心想理解電影，還特地查閱南方口音的英語和引自聖經的典故。換言之，大家都是電影宅。

高中時也有御宅族。

像是熱愛鐵道火車的阿部，還有成天看動畫的山岸，這些傢伙大抵都會被嘲笑「很俗」。

唯一不嘲笑他們的當然是須玖，而且須玖極為自然地與他們交流。

「好厲害，超級內行！」

對他們如此報以感嘆的須玖，令我很驕傲。

這個社團的人都是電影宅，但是一點也不土氣。雖然不修邊幅，而且不是瘦得像竹竿就是胖得像顆球，但是沒有一個人土氣。至少，看起來不是那種可以輕視的人。

那是非常不可思議的感覺。

對高中生，尤其是高中男生而言，沒有運動細胞的傢伙，幾乎就等於被貼上「很遜」的標籤，尤其御宅族最邊緣。須玖溫柔、且戲劇性地顛覆了這種價值觀，但須玖自己其實比任何人都擅長運動，而且他肯定是屈指可數的特例。

可是現在，社團裡的人全部都很酷。

知識會讓人散發光彩。自認識須玖以來我第一次切實發現這點。

社團中，不只是電影，關於音樂和小說、繪畫，也有造詣異常深厚的傢伙。喜歡音樂的傢伙後來還組成樂團，他們散發出的文藝氣息，連我這個大男人都為之酥麻。

我也不甘示弱，表演拙劣的DJ技術，才得以加入大家。有人來我家參觀唱片，也有人教我怎麼刮唱片。

有人會寫饒舌歌，也有人會畫畫。以社團為中心，我的周遭聚集的都是從事創作活動的傢伙。

在那之中，我這輩子第一次遇見寫小說的傢伙。

在我心目中，小說絕對是用來「閱讀」的。電影和音樂當然也是這樣，但是我身邊當DJ、組樂團的人就是在創作音樂；至於電影，社團裡也有學長在拍攝八毫米電影。

可是，我從未見過寫小說的人。

我驚訝的是，小說只要有紙和鉛筆就能寫。可是我之所以能夠坦然接受音樂與電影的創作行為，是因為我認為就算有了樂器，就算接觸到底片，實際創作音樂和電影時，還是需要非比尋常的技術與才能。換言之，我隱約認為包括自己在內，大家絕對不可能成為專業人士。

可是，小說並沒有必須學習的技術。

不需要唱盤，也不用背吉他的和弦。不必小心剪貼八毫米底片以免指紋印在上面，也不必指揮演員們按照自己的意思行動。

我所閱讀的小說中，當然也有艱澀難懂的字眼，但大抵上大二的我都能理解，換言之那是熟悉的文字。把那些文字串聯在一起，就成了小說。

小說這種東西，只要想寫，現在就能寫出來。

我受到衝擊。那種萬事俱備隨時可開始的感覺，還有領域的寬闊都令我戰慄。或許正因如此，過去的我才會壓根沒想過要寫小說，也沒見過正在寫的人吧。寫小說這種行為，未免太貼近身邊了。可以不讓任何人發現悄悄完成，在這點，小說無出其右。但我作夢也沒想到自己會接觸寫小說這個行為。

既然有小說，當然就表示有「書寫者」。那個「書寫者」，就像「警察」，對我來說是不相干的人，而且我一直以為那種人天生就待在那個引號中。但是，這當然是錯的。沒有天生的警察，當然也沒有天生的書寫者。遲早會有某人成為書寫者。如同演奏音樂的人或是畫畫的人。

關於寫小說，大家一定很奇怪我為何如此費盡言詞闡述。

「幹嘛突然提這個？」

很抱歉。

但是，對於日後我會從事的寫文章這項行為，我想好好記下自己初次接觸的瞬間。我想記下得知原來自己也能寫小說的那個瞬間。

雖然這份感動令我永難忘懷，但當時的我，當然沒有寫作。我只是對有人在寫作感到驚訝而已。

那傢伙是同樣隸屬「電影社」的同學，但他同時也加入了文藝社。他叫做若田。

我連大學還有文藝社這件事本身都沒聽說過。但是若田率先加入文藝社，以怒濤洶湧的氣勢不停寫小說。說起來他會就讀這所大學，也是因為文學院的客座教授是他喜歡的作家。我也很訝異居然有人是以教授來挑選大學。

我問他寫了多少，若田說：

「上大學之後大概有十七篇吧。」

「意思是說上大學之前就有寫？」

「嗯，我從小學三年級就開始寫了。」

我當下啞然。不是寫作文，也不是被任何人強迫，居然從小學就開始寫小說。

我甘拜下風。當時會這麼想的自己很不可思議，但那種感情是真的。

甘拜下風。

小學三年級就發覺自己的興趣，而且直到二十歲之後（若田重考一年，所以比我大一歲）居然還能持續下去。

然而，之後我見識到許多那樣的人。大學很大，東京非常遼闊。而我，不得不推翻誰也無法成為專業人士的想法。

這些傢伙，說不定真的可以成為專業人士。

雖然我不知道專業人士到底是怎樣，不過若真有人能成為專業人士肯定就是這種人吧，就是若田這種人吧。我暗想。

35

想必也有人發現了吧？

對於社團的人，我都是用「傢伙」或「那票人」來稱呼。

我加入的「電影社」，實際上是陽盛陰衰的社團。當然，並沒有禁止女性進入的規定。但也許是海報提供的資訊實在太少，或是希翼館看起來太詭異，幾乎沒有女孩子肯接近。

基本上，好歹還是有三個女社員。

一個是大四，兩個是大三。四年級的水木學姊，是同樣四年級的副社長高崎學長的女友，三年級的兩人幾乎是幽靈社員，鮮少來社團教室。也就是說，我們幾乎毫無機會在社團內談戀愛。

但是，對於已經玩到不想再玩（我是指下半身）的我而言，這個環境很舒服。純男性的空間讓我很安心。

我們嘲笑法國電影的性愛描寫取代露骨的葷笑話，談論美國新浪潮電影中的男性友情來取代過於熱血的勾肩搭背。貼在校內的海報，也刻意用《軍中黑道》或《人情紙風船》的某一幕、《越戰獵鹿人》裡發瘋的克里斯多夫·華肯的特寫畫面等等，不管怎麼想都不可能投合女孩子喜好的東西，取代高達和楚浮的電影海報（這才是女孩子會喜歡的）。

每次沉浸在純男性的喜悅中，我就會感到自己的身體日漸得到淨化。簡直就像是每天去教堂或寺廟禱告。

當然，社員並非全部都沒有談戀愛（就連我，也終於正式戀愛了。這個容後再述）。即便是看似宅男的傢伙，有女友的人還是會去約會（大抵是在電影院），其中也有人幾乎已同居。雖有「俗人才會去迪士尼樂園約會」這個謎樣的不成文規矩，但大家好像還是挺享受宅男式的戀愛滋味（那是高中難以想像的事。宅男居然也會談戀愛！）。

不過，不把戀愛帶進社團教室，成了彼此私下的默契（高崎學長和水木學姊有種老夫老妻的氛圍，換言之沒有性的成分在，所以被大家容許）。

當然社員之中也有很多人別說是享受戀愛了，甚至還是處男。他們並沒有絕望。他們就算在上大學之前早已嘗過戀愛辛酸的滋味，還是把希望寄託在大學上。換言之，他們在靜靜等待，等待聚光燈打在宅男身上，讓知識淵博的他們大顯身手的瞬間。

在大學，如同高中一樣有許多運動健將。如果借用美國電影的手法，他們就是所謂的「運動王子（jock）」。他們依然很受女生歡迎，但是會簇擁在那種男人身邊的，如果同樣借用美國電影的表現手法，是所謂「啦啦隊甜心」型的女孩子。換言之，對那種女人，宅男才不屑一顧（表面上）。

宅男們只是一心尋找肯認同自己的興趣、貪心一點的話甚至還會尊敬自己興趣的溫柔女孩。而那種女孩子，比高中時更多。

管他是處男還是胖子，我們可愛的宅男們完全沒有喪失希望。他們從電影學到大量的，真的是大量的戀愛模式，甚至有點躍躍欲試。而且即使在彼此的眼眸看到那種躍躍欲試，也沒有人取笑那點。不僅沒有取笑，還會抱著深深的共鳴，溫柔地頷首認同。

但是，社團的和平，因某個女孩的出現而瓦解。

某個炎熱的夏日，有人敲響社團教室的門。

從來沒人會敲社團教室的門，會敲門的只有想加入社團的人。過去，當然也有一些人想加入。在大約三十個報名者當中，剩下的只有法學院的小杉（他是異常的科幻電影迷），以及社會學院的六田（他對電影沒那麼了解，但是關於漫畫家拓植義春，他的知識不輸給任何人）。另外還有五人雖然加入了，但大抵都是幽靈社員。大家起初都是被「電影社」的文藝氣息吸引，不知幾時卻為了逃離社內太過陽剛的氣氛，最後改去活動性社團或聯誼性社團。

也來過幾個女孩子。有人是真的喜歡電影，有人是對恐怖事物的好奇心驅使，有形形色色的理由。但是，沒有一個女孩能夠堅持待下去。

「大家都是為了今橋才入社的。」

也有人這麼說，但是到頭來，我們這些社員無法溫柔對待女孩子才是主因。

首先，每當有女孩子出現，大家會開始互使眼色，看誰先去搭訕。如果率先去搭訕或積極回答女孩子的問題，多少會有一種「那傢伙在獻殷勤」的隱形壓力。也就是說，我們自負是硬派漢子。對於今後將要開始的戀愛，我們可以寬容大家興奮的心情，可一旦化為實際行動，過度濃郁的現實令大家都退縮了。

女孩子當中，也有人還是努力繼續來報到，但在夏天來臨前，多半都已放棄。所以我們再次謳歌純男性的天堂（心中某處，肯定都覺得萬分遺憾）。

在那種情況下，鴻上薺出現了。

那天，敲門後緩緩開門的鴻上，戴著草帽。那頂帽子小得令人懷疑是否真的能遮陽，日後被我們戲稱為「德瑞克・賈曼風格」（Derek Jarman Type）。鴻上即使在室內也從來不脫帽子。

「請問，現在還可以入社嗎……？」

鴻上歪著頭（後來我聽說，有好幾個人光是看到那個動作就已愛上鴻上）小聲如此說著。

鴻上專注填寫剛拿到的入社申請表。喜歡的電影？喜歡的演員？為何想加入這個社團？每個問題都很簡單，但是鴻上耗費了驚人的時間（我瞄了一下，在喜歡的演員這一欄，她寫的是「伊莎貝拉・艾珍妮」）。

鴻上頂著捲捲的鮑伯頭，穿著綴有精緻串珠刺繡的白色棉質古著洋裝。拎著一個和那身打扮毫不搭調的巨大托特包，腳上是破舊的CONVERSE帆布鞋。而且，是比自己的腳大了好幾號的男鞋。

光是鴻上的存在就令男社員們內心激動澎湃。大家連話都不說，又開始那種互使眼色與緊張的時間。我再也受不了，用舊音響放音樂。

「啊。」

聽到那個音樂，鴻上抬起頭。

「超喜歡。」

當然她那句話是針對我放的巴西音樂大師塞吉歐・曼德斯的音樂。不過，這句坦率的「超喜歡」，以及之後鴻上露出的笑顏，射中了在場所有人的心。

那時我已有女友。

是我在打工的唱片行認識的女孩，年紀比我大一歲。她叫做晶（Akira），發音聽起來很像男孩子，頭髮紮成馬尾。晶雖然脂粉未施，卻是大美人。她對音樂瞭如指掌，卻不會賣弄自己的知識，換言之我非常喜歡她。經歷放蕩生活之後，能夠擁有穩定交往的女友，只屬於兩人的關係竟能如此閃亮，我再次吃了一驚。我們不用放寇帝梅菲的音樂也能夠安靜地做愛。有時她會在我這裡過夜，有時我去她位於都立大學車站附近的住處過夜。

我很滿足。非常。

即便是這樣的我，面對鴻上的「超喜歡」，以及她的笑顏，還是不免小鹿亂撞。個性彆扭且身經百戰（在做愛方面）的我都這副德性了，更別說是那些處男們。

從此，鴻上開始天天來社團教室報到。

鴻上總是打扮得極有個性。她會把大了五號的T恤當連身洋裝穿，或者穿和服花色的裙子，也有時會打扮成當時罕見的歌德風格。而且頭上必然戴著那頂帽子，腳上是男用帆布鞋。所以，即便隔著老遠也能一眼認出鴻上。

鴻上不會自己主動開口。

每次，她總是有禮貌地敲門後才開門，嫣然一笑，在空著的椅子坐下。僅此而已。

起初，按照慣例無人與鴻上搭話。誰都不想被人發現自己迷戀鴻上這樣的女孩子，如果表現出交談之意，自己對鴻上的迷戀肯定會立刻傳得人盡皆知。

但是，鴻上完全不在意自己是被莫名其妙漠視的對象。不僅不在意，看起來還有點愉快。她的表情輕鬆自在好像想哼歌，但是她甚麼也沒做

我已不記得第一個跟她說話的是誰了，總之鴻上不知不覺成為公認的社員。她會和大家一起喝酒，有時帶自己喜歡的CD來，到了秋天時，她已開始翹課在社團教室打混，跟著遵守我們的傳統。

若只是那樣倒還好。我們乏味的「電影社」，終於有女孩子加入，平添一抹絢麗——若只是那樣健全的結果就好了。

可惜鴻上是個隨便的女孩。換言之，就像大一時的我。不，算了，我看我就不要再用迂迴的筆法了。

鴻上是個隨便張開大腿的女孩。

若借用美國電影的表現手法，她是個「婊子（bitch）」。

透過聯誼聚餐讓我發現，只要喝了酒，她就會變得有點淫蕩。比方說哪怕只是一個脫下針織衫的動作，她都會一邊輕聲嘆息一邊將衣服緩緩自肩頭滑落，看起來好像在暗示某種不只是因為怕熱才脫外套的意味。

鴻上喝醉後，眼圈就會泛紅。眼睛看似哭腫，卻一直都是嘴角上揚地笑著，因此看起來就像個小可憐。實際上她喝多了就會立刻睡著，除非有人扶她一把，否則她根本動不了。

鴻上在距離大學兩站的車站附近一個人租房子。

喝完酒後，大抵會有某人把鴻上送回家。當我得知送她回去的人都和她發生關係時，鴻上

幾乎已和全體社員睡過了。若借用美國電影的表現手法就是「做了（fuck）」。

即便是憤憤不平大罵鴻上「這女人真不要臉！」的傢伙，到了下次聚餐，也會爭相搶著把爛醉的鴻上送回家，結果受到雨露滋潤（即便是如老夫老妻的高崎學長與水木學姊也因為鴻上分手了。本來堅決反對擾亂社內風紀的高崎學長，最後也抵抗不了鴻上的魔力）。

鴻上入社一年，就和十四名社員中的十二人睡過（其中七人原本是處男）。這是非常驚人的紀錄。

只要鴻上來社團教室，大家都會蠢動不安。他們不甘心彼此共享鴻上，可是到頭來又戒不掉那個、因此為恥。彼此都是彼此的鏡子。大家互相迴避，互相憎恨，社團教室的氣氛變得糟透了。在那種情況下，鴻上還是照樣天天來社團教室，放她喜歡的音樂，她只是微笑著。

鴻上的桀傲不遜令我難以置信。

明明是她害得社團變成這樣，她卻一副事不關己的樣子。她協助學長拍攝獨立電影（鴻上當過三部片子的女主角），有時候她居然還主動邀約社員！

「今天要不要去喝酒？」

即便氣氛惡劣，遺憾的是，還是無人能夠拒絕鴻上的邀約。

尤其是被鴻上奪去童貞的人，更是無法逃離鴻上。他們好像在社團教室之外也會與鴻上見面。好像也曾發生過某人突然造訪鴻上住處，結果和別人撞個正著的事件。根本是地獄。其中也有人過於迷戀鴻上而生心病，也有人為了避免和「婊兄弟」面對面，從此再也不來社團。

我很氣鴻上。因為我的樂園，在短短一年內就被鴻上變成地獄。

我自己也明明放蕩過，卻只因為鴻上是女的就責怪她是「婊子」，那完全是大錯特錯。但是，我認為她至少該挑選一下地點與對象。我固然毫無節操，但鴻上不僅沒有節操，還有喜歡吃窩邊草的壞毛病。

「今橋學長很瞧不起我吧？」

被鴻上這麼說時，我不禁嗆到了。

那天，我正在學生餐廳獨自吃午餐。之前我都是買麵包或飯糰去社團教室吃，可是自從社團教室的氣氛惡化後，我再也無法忍受待在那裡。

我正在吃麻婆豆腐時，鴻上在我眼前坐下。光是那樣，狀況已足夠讓我嗆到。

「今橋學長一個人嗎？」

不等我回答，鴻上已經坐下了。她從袋子取出三明治，大口咬下，那是販賣部很搶手的雞蛋三明治。時值夏天，鴻上穿著塑膠水桶那種藍色的馬球衫，規規矩矩地連第一顆扣子都扣上（當然，沒忘記她的草帽），米色及膝寬裙（腳上的鞋……已經不用再寫了）。看著難得打扮成好學生的鴻上，我很自然地暗想：「我可不會上當喔！」很明顯地提高了戒心。

「若是三明治，幹嘛不去社團教室吃。」

我的說話方式帶有一點火氣。聽起來或許像在暗示「我不想和妳一起吃」，實際上的確如此。我不想被任何人看見我和鴻上一起吃飯。當時，鴻上在校內也變得很有名，所以無論在社團教室或聯誼聚餐，我都刻意迴避鴻上。

「我本來是那麼打算，但正巧看到今橋學長。」
鴻上說著，啜飲紙盒裝牛奶。
「今橋學長才是，向來都在社團教室吃飯，今天算是很難得？」
「會嗎？」
我盡可能做出冷淡的回應。如今，我甚至對初次見面時自己曾因鴻上的笑顏小鹿亂撞感到可恥，所以我竭盡所能地輕蔑鴻上。透過此舉，淨化自己的身體（社員之中，沒有遭到鴻上毒手的，只有我和混血兒尾上零。尾上是虔誠的天主教徒）。
「會呀。學長不想去社團教室嗎？」
鴻上不屈不撓地持續找我講話令我很煩。我倏然掃視周遭，好幾個人和我的眼睛對上。
「我去……」
我正想回答時，
「學長不想讓人看到跟我在一起？」
鴻上說。聲音雖小，卻很犀利。我不由自主看著鴻上，鴻上出乎我的意料，居然在笑。
「今橋學長很瞧不起我吧？」
我嗆到了。當然是因為被她說對了，同時也是因為向來沉默的鴻上，竟然毫不退縮地筆直看著我的眼睛。
「你嗆到了。因為被我說中了。」
鴻上說著，放聲大笑。她看起來完全沒有受傷，不僅如此，甚至看起來很開心。

我害怕那樣的鴻上。她在想甚麼，我完全捉摸不透。

「我哪有瞧不起妳……」

我說到這裡，

「沒關係，不用勉強。反正我都知道。」

鴻上說著，喝光牛奶。

「被人瞧不起，反倒輕鬆。」

然後，她還是嫣然一笑。

諷刺的是，鴻上成了我人生當中第一個異性好友。

對於在男子高中長大的我而言，女孩子一律只分為是性交對象與否這兩種（表面上是根據是否想追來當女友來區分，但那個其實說穿了，幾乎都含有性的欲望）。

在大學校園，看到男女混合的團體帶著「我們只是好朋友！」的感覺愉快交談，我會覺得「少騙人了」，對於宣稱「只想交朋友」主動接近我的女孩子，當她日後向我告白時，我也會很不屑地想：「果然如此。」

所以對我而言，鴻上這個純粹的異性朋友非常寶貴。

至少，我對鴻上完全沒有愛情或性慾。那想必是因為鴻上在我眼前公然發展的性愛史，已令身為男人的我徹底退縮了。而鴻上也知道我是這麼想的。

「被人瞧不起，反倒輕鬆。」

自從那天起，我與鴻上經常奇妙地偶遇。在學生餐廳，在校園，當然還有在社團教室。每次，鴻上都會主動找我講話。起初充滿戒心的我，由於鴻上的態度實在太坦蕩蕩，也漸漸敞開了心扉。

本以為鴻上沉默寡言，但她其實很聒噪。她會談電影，談音樂，甚至談她與幾乎全體社員發生關係的原委。

「喝醉之後，自然而然就會變成那樣。」

鴻上以令人傻眼的誠實，坦然陳述自己的性慾。

「不過，性交之後，大家都會拚命講自己的私事，所以很好玩。比方說他們小時候的種種。該怎麼說呢？你不覺得好像隔閡不見了？」

能夠毫不含糊地說出性交兩字的女孩，我還是頭一次遇到。

「沒有隔閡的傢伙，未免也太多了吧？」

即便我這樣諷刺她，

「我大概知道五十人的過去與煩惱喔！」

她大刺刺地說。見我打從心底目瞪口呆，鴻上莞爾一笑。

「我就像神社，對吧？」

所以最後我也不再目瞪口呆，反而噗哧笑出來。

我發現自己與鴻上交談時會特別自在。

和男孩子聊藝術當然也很愉快，但是多少也有點虛張聲勢；有時甚至會演變成互相賣弄知識，也會害怕自己的無知遭人嘲笑。最重要的是，我從未把大一時放蕩的性生活告訴任何人。因為我覺得，如果說出那種事會被大家輕視。所以，當鴻上開始亂搞時，我其實很擔心大家的反應。

「太不要臉了。」

「好骯髒。」

大家大致上都是說這種話（即使大家都和鴻上發生過關係！），簡直像歐洲中世紀的獵殺魔女行動。那些話令我畏懼。我下定決心絕對不說出自己的往事，同時也以「男女有別」這個藉口逃避。

我是男人，鴻上是女人（換言之，我不是魔女）。

而且我比任何人更輕視鴻上。我恨她。我把她當成摧毀我的樂園的惡魔。如果不用這種方法保持精神上的穩定，我根本撐不下去。

但是，與鴻上交好後，我非常乾脆地說出了那、件、事。

「我一年級的時候也玩得很凶。」

「你的意思是瘋狂做愛嗎？」

跟鴻上談話時總是會變成這樣。該怎麼說呢，她太露骨了。但是，不知不覺我卻發現，那樣露骨的談話，於我而言非常舒服自在。

「因為只要我一搭訕，那些女孩子就會乖乖跟來。」

「男人可以做到那樣的可不多喔！是因為你長得帥吧。哪像我，胸部小，穿搭也沒有女人味，起初得費好一番功夫才會發展到上床那一步。」

「那妳都怎麼做？」

「總之就是灌對方很多酒，再軟綿綿地倒在對方身上。」

「那也太直接了吧！」

對了，即使我向鴻上坦承自己曾經很瞧不起她，「我早就知道了！」鴻上只是笑著這麼說。

「所以才能夠和今橋學長正常地交談。」

和鴻上在一起時，認識鴻上的傢伙必然會以曖昧的眼神看著我倆。我知道他們心裡一定認為我們「有一腿」。我尤其忌憚在社團內和她太親密。

和鴻上有過關係的人，大致分為兩派。

一派是相信鴻上的人，另一派則厭惡鴻上。

兩派都已不再和鴻上發生關係（不過也有幾人好像偶爾還是會）。可是兩者之間有著驚人的鴻溝。

前者，把鴻上視為女神。鴻上的確很溫柔，又是個輕易便張開雙腿的女孩，至少對二十歲左右的男人而言，簡直是宛如天使般的存在。

對我而言比較麻煩的是後者。

他們雖然和鴻上發生關係，不，想必正是因為發生過關係，才會更加痛恨鴻上。我想，只有憎恨鴻上才能讓他們將自己的行為正當化。

「不是有那種歐吉桑去酒店或色情場所玩，還要義正詞嚴教訓女孩子說為什麼在這種地方上班？就像那種感覺。」

我認為鴻上的說法是對的。

如果我和鴻上發生關係，我想我也會同樣痛恨鴻上，把她當成引誘自己墮落的惡魔。最好的證據，就是昔日與我發生過關係的女孩，我絕對不想再見到她們。

那些女孩並沒有錯，我只是害怕我會厭惡自己。

我並沒有從容與堅強到可以回想那些曾跟我睡過的女孩，藉以誇耀自己的性技巧。我很輕視那些宣稱自己「上過多少女人」的傢伙。

我只是對自己做過的行為感到可恥。校園很大，而且我一直小心提防，所以很少發生那種情形，不過如果偶然發現其中一個女孩，我會立刻開溜。惡劣的時候，甚至會暗想「她怎麼還不走」。換言之，我是個爛人。不過，即便是那樣惡劣的想法，我也可以坦然對鴻上訴說。

「我絕對不想見到之前和我有過關係的女孩。」

「啊？我倒是無所謂。」

然後我也理解了後者痛恨鴻上的心情。

我不再去社團教室。

如今，和鴻上在一起比待在社團教室更舒坦。鴻上對電影和音樂也很了解，只是，她並非為了唬弄文科的宅男們才加入電影社。我與鴻上無論是談電影，或是談性愛，都能相談甚歡。即便我倆去喝酒，鴻上也不再緩緩脫下針織衫，我也完全沒有那種想法。我們就是純粹的好朋友，那對我來說非常新奇，也很驕傲。

但是，我倆的這種關係，唯獨在晶的面前我始終開不了口。

說起來我甚至沒有告訴過晶有鴻上這號人物。

在晶的心目中，我是加入一個純男性的電影社，是永遠在議論電影的男人。我沒提鴻上入社的事，當然更沒有提起鴻上和社內每個人都上床的事。我不想和晶談論那種話題。

「你女朋友還好嗎？」

只要和鴻上喝酒，她必然會這麼問。我想，鴻上大概是擔心「跟我喝酒你女朋友不會生氣嗎」。我們雖然並沒有演變成那種關係，但鴻上還是以她的方式在顧慮我的戀人。

「沒事。」

我每次都只這麼說。對於晶，我沒必要說謊。換言之，她不是那種會天天打電話來查勤，問我「今天做了些甚麼」的女人。所以我用不著向她報告我與鴻上去喝酒，即便晶偶爾問起「今天過得怎麼樣」，只要我說「和社團的傢伙去喝酒了」，晶就會說聲「是喔」欣然接受，就此結束這個話題。

晶真的是個好女人。她很美麗，身材姣好，知識豐富，如此完美的女孩竟是我的女友，對此我每每心懷感激。而且，正因她是完美的女友，我希望晶也對我保持良好的印象。我不想讓她知道我的下半身荒唐的過去，也不想讓她知道我與鴻上講葷笑話為樂。我希望在她心中扮演知性、瀟灑、硬派的弟弟情人。

「你這樣勉強耍帥，不覺得累嗎？」

我與鴻上，在澀谷的雞肉串烤店喝酒。我和鴻上只要喝多了就不會吃東西，因此我們只是漫不經心地吃著烤雞皮沾橘醋還有煮毛豆。

「我哪有耍帥……可是，人都會想表現自己好的一面吧？」

「啊——可是那也該有個限度吧？基本上你和你的女友單獨相處時，都在聊些甚麼？」

「聊聊音樂啦，或是電影啦。另外，她必須要找工作了，所以也會聊將來的出路。」

「噢，她比你大一歲對吧？她有想去的公司嗎？」

「她好像想找出版社或是唱片公司。」

晶總是穿牛仔褲或工作褲，打扮得很男性化，所以，她穿起正式套裝的樣子很耀眼。我一再請求她穿套裝給我看，晶總是笑著配合我。做愛時，我會撕破她的絲襪，所以她每次都必須買新的。

「你女朋友長得漂亮，應該一下子就能找到工作了。」

「誰知道。」

時代前所未有地不景氣，工作並不好找。晶鎖定傳播媒體找了幾家公司應徵，但是光靠長得漂亮好像還是無法找到工作。

「又碰壁了。」

每次見到我，晶會笑著這樣說。不過，隨著日子一天天過去，連我也看得出來，晶的臉上漸漸出現疲色，而我無能為力。我認為不該隨口安慰她「妳沒問題的」，但是話說回來，以我的立場也無法給她甚麼有用的建議。所以我總是老實地咕噥一聲「是嗎」，就此保持沉默。

至於我自己對明年即將展開的求職活動，其實還沒有感到任何危機感。雖然晶一再警告我等到大三結束才開始求職已經太遲，必須盡早行動，但是直到大三的夏天，我還是甚麼也沒想。

我辭去唱片行的兼差，改去賣黑膠唱片與書籍的小店打工。那是真正愛音樂愛書籍的行家會去的收藏專賣店，換言之是很有風格品味的地方，我對在那裡上班的自己深感滿足。老闆唐島先生是個三十歲左右的男人。飛往世界各地採購唱片與西洋書籍的唐島先生是我的偶像，我心裡模糊想著，自己將來也想像唐島先生一樣。

「對了，鴻上妳將來有甚麼想做的事嗎？」

鴻上正在吃雞皮。第三杯啤酒已經快喝光了。

「唉，沒有耶。我是覺得如果能一直這樣活著就好了，不過，那應該不可能吧。」

我之前就覺得，鴻上是個像水一樣的人。她會順應別人的要求改變形狀，而且很透明。雖然的確是婊子，但基於那個理由，時常讓我覺得鴻上像個天使。

「我以前曾經被人綁架。」

「啥？」

鴻上做出驚人的告白後，

「對不起，啤酒再來一杯！」

她的態度倒是非常淡定。

「綁架？」

「對，啊，不過，只有短短幾個小時。好像是我兩歲的時候。」

「被誰？新聞有報導出來嗎？」

「沒有，就在我家那邊。」

鴻上貪心地把所剩無幾的啤酒喝光，等待店員送新的啤酒來。彷彿啤酒比她現在要講的話題更重要。

「別看我這樣，小時候超級可愛喲。很難相信吧？」

「嗯，對呀。」

「你還真的不否定啊。不過，是真的很可愛，所以我爸媽很溺愛我。我還有個姊姊，但是比我大九歲，而且我爸媽是真的很疼愛我，所以我姊私下經常欺負我喔。她會拽我的耳朵或是打我，每次我媽都會罵我姊，然後就更加疼愛我。」

「不是要講綁架的事嗎？」

「噢，對，我們住在大學城，附近有很多專門租給學生的宿舍或公寓。我就在某天被那些學生中的某一個人綁架了。」

「怎麼綁架的？」

「當時我被留在客廳睡覺，我媽也不知在哪裡，總之只有我一個人。那個學生好像是從院子進來的。他就這樣把我抱走了。」

「是男的？」

「對，還是某所知名大學的學生，在附近也是出了名的好孩子。」

「哇，這是常有的情節。」

「我被帶去那個學生的公寓，但小孩子都會哭嘛，還哭得很凶。期間我媽在家已慌了手腳，立刻報了警。我的哭聲當下就令附近居民起疑，因為那棟公寓住的全是學生，所以過了兩個小時左右，我就回到家了。」

「那個男的，後來怎樣了？」

「聽說他家好像非常有錢，所以大概是私下和解吧，當然事後他搬走了，事情好像沒有公開。總之他說都是因為我太可愛了。」

雖然鴻上向來大剌剌，但我不敢追問「他對妳做了甚麼」。況且當時鴻上才兩歲，肯定不記得了。但是，

「在那個男人房間時的事，我多少還記得喔。雖然我想你一定不相信。」

鴻上如此說道。

「我並沒有被他怎樣，他只是一直看著我。我被放在地上躺著，所以他應該是俯視我，但是該怎麼說呢，他的表情卻像在仰望，感覺就像是在看某種神蹟。但我其實一直在哭，那個哭聲他也不嫌吵。他沒哄我，就只是定定看著我。」

我又叫了一杯啤酒。我很想去廁所，但是又想聽鴻上說故事。

「回到家後，我爸媽的對我的溺愛簡直不是普通誇張。我活到這麼大，一次也沒被爸媽說過『不行』你知道嗎？你不覺得那樣很扯？我姊從國中開始變壞，即便在我看來，也覺得爸媽對我偏心得簡直令我心懷愧疚。尤其是我媽，她整天小薺長小薺短的。她在那種時候的表情——」

對著送啤酒來的店員，鴻上說：「啊，不好意思，我也要。」店員露出有點不耐煩的表情。

「我覺得，和那男的很像。」

「很像？」

「嗯，該怎麼說呢，那種仰望的表情，簡直像是在膜拜。」

鴻上雖是在談自己的故事，卻好像是在講述某個陌生人的事。

「我不喜歡那樣。」

鴻上說著，打了一個嗝。髒死了，我笑她，鴻上又打了一個嗝。

「妳姊呢？」

「啊？」

「鴻上的姊姊，現在在幹嘛？」

鴻上端起送來的啤酒喝了一口，略微皺起臉。

「她死了。」

我當然很驚訝，不過，多少也覺得應該是那樣。換句話說，我已經醉了。

「是跳樓自殺的，在她二十歲時。」

鴻上的嘴唇被啤酒沾濕。居酒屋骯髒的地板上，散落客人丟的串烤竹籤。

「和現在的我同齡。」

這時，我的手機響了。不知為何，我知道那應該是晶打來的。我沒接電話。鴻上也沒問我幹嘛不接，只是小聲地呢喃：

「我馬上就要超過姊姊了。」

37

我姊貴子，好像在我爸外派的杜拜過著安定的生活。

雖然過程迂迴曲折，但姊姊本來就最喜歡爸爸，而爸爸，少了母女的爭吵，姊姊的存在也成了他派駐海外的慰藉。據說姊姊幹勁十足地替爸爸煮飯、打理他的生活瑣事。

我也和爸爸保持聯絡。當時沒有LINE或Skype這種東西，我們幾乎都是透過廉價的傳真機交談。

「今天杜拜的氣溫是四十一度。白天根本無法在外面走路。」

「今天在街上看見皇太子。這是個治安良好的國家。」

爸爸傳來的，都是些不痛不癢的內容。偶爾，姊姊也會添上一句話。

「大家身上的香水味都很濃。」

「豐滿的人比較受歡迎。」

有時，她也會畫上精緻的插圖，清真寺或阿拉伯人、阿拉伯灣的景色等等。姊姊的畫不斷進化，換言之，她越畫越好了。本來想扔掉的傳真，最後統統被我保存下來，就是因為姊姊的這些畫作。

我也會回覆兩人。

「今天放假所以整天都在看DVD。」

「日本也很熱，不過四十一度太誇張了。」

同樣也是不痛不癢的內容。

爸爸和姊姊，已和我的人生相隔遙遠。杜拜與日本這個物理性的距離，更助長了那種心情。爸爸的確是我的爸爸，姊姊也的確是我的姊姊，但是對於離開老家開始獨自生活的我而言，遠在千里之外的兩人已漸漸淪為回憶中的人物。

爸爸的記述中出現最多的，就是姊姊去清真寺禮拜的事。姊姊不是伊斯蘭教徒，而且又是女的，所以我很懷疑她是否能夠進入清真寺，但我可以輕易想像，姊姊帶著伊斯蘭教女性戴的頭巾，身裹長袍，神色凝重地向阿拉膜拜的場景。

換言之，姊姊根本不在乎自己拜的是甚麼教。

失去沙特拉黃門大人這個重要精神食糧的姊姊，大概亟需抓住甚麼東西吧。不管那是基督教或伊斯蘭教。

姊姊打從小學就已有樣學樣地跟著禱告，況且伊斯蘭教近在身邊。現在，身為清真寺的日本女性，她肯定正受到許多人的注目。姊姊光是待在那裡，就已足夠成為絕對的少數派。

老實說，我希望姊姊就這樣永遠待在遠方。

圷家已經分崩離析。但我認為，此時此刻，於我們而言是最能夠安心的狀態。

我媽不知幾時又交了新的男友。想必在我不斷放蕩之際，我媽也投入她的放蕩人生。新家只剩媽媽一人，她再也不用顧忌任何人，可以盡情與男友約會。雖不知夏枝姨和外婆怎麼想，但以她倆的個性，八成是以茫然的態度接受我媽所做的一切。我媽又以女人的身分重新發光發熱了。

即便如此，她也沒忘記身為母親的職責。不過，頂多也只是有時打個電話給我罷了。

我媽會問我有沒有好好吃飯、有沒有好好用功這種很像母親會問的問題。但是，她好像壓根沒考慮過我可能會回答「沒吃」或「沒看書」這種答案。

她的電話，不知為何總在我睡午覺時打來。

比方說這天我翹課了。下午兩點過後電話響起。

「喂？」

我還沒「喂」完第二聲，我媽已急著說：

「出大事了！」

她經常用這種方式說話。就好像我對她身上發生的事情全都瞭如指掌似地，好像我一直在跟她對話，現在正在接續剛才的話題似地。

「唉，真的出大事了啦！」

所以我每次都不得不問：

「怎麼了？」

「還能怎麼了，就跟你說出大事了。治夫自殺了。」

自殺？聽到這個字眼我的腦海浮現的，當然是鴻上。就在最近才聽說鴻上的姊姊自尋短見。這個奇妙的巧合令我倒抽一口氣。

「自殺？」

「對呀，就是治夫！」

我費了幾秒鐘努力回想治夫是誰。然後終於想起那是好美姨的老公，也就是我的大姨丈。我媽從來不會為了我特地稱他為「治夫姨丈」。

「他自殺了？為什麼？」

正確說來，並非自殺。是自殺未遂。

從事紅茶及餐具進口的治夫姨丈，原本過著相當闊綽的生活，但是泡沫經濟崩盤後，這幾年姨丈公司的業績一路衰退。姨丈一直瞞著好美姨也瞞著家人，但或許是他覺得到了山窮水盡的地步，昨晚，他服下大量的安眠藥。

「據說是好美及時發現，立刻讓他吐出來才撿回一條命。」

當我終於聽到這句話時，已過了快一個小時。在這之前，我媽把話題扯得很遠。她談到好美姨他們的奢華生活，談到真苗的容貌，談到治夫姨丈傲慢的態度。其中最讓我驚訝，同時也恍然大悟的消息是，

「義一居然是人妖！」

我媽想說的，正確而言應該是同性戀。但是，聽到那句話我當下的反應是，

「文也也是？」

我不禁問道。我當然想起了小時候那兩兄弟給我看那本雜誌，後來還特地寄到開羅給我。

「文也？幹嘛這麼問？」

「他不是啊？」

「不知道，總之出大事了啦！」

我媽的敘述，似乎永遠不會畫下句點。所以我試圖結束對話：

「不管怎樣，總之救活了吧？」

我媽後來又嘮叨了半天，最後，她斷然表示：

「相信金錢，遲早不會有好下場。」

我媽能夠不迷信金錢，是因為有我爸每月按時寄錢給她。她之所以能夠不斤斤計較金錢，過著悠哉的生活，完全是拜我爸一個人所賜。

所以我媽的說法令我嗤之以鼻。

結果治夫姨丈的債務，是由親戚、義一、文也、還有我爸分攤償還。尤其是義一幫了姨丈很大的忙。當初得知義一是同性戀後，姨丈幾乎和他斷絕父子關係，非常鄙視他，可是如今姨丈不得不重新思考，到底怎樣才叫做男子氣概。

不過話說回來，我爸的容忍度與心胸寬大實在令人佩服。

他不僅接納麻煩的長女，金援前妻與前妻的家人，連幾乎已再無瓜葛的親戚欠的錢都幫忙償還，而且還出錢讓兒子上東京的私立大學。

駐外人員的待遇很好。房租補助自然不消說，還有其他種種津貼，因此我也聽說駐外人員在國外期間領到的薪水，幾乎可以全部存起來。

我爸是年過五十才外派杜拜，而且是以高級主管的身分過去，所以待遇特別優渥。爸爸與姊姊兩人住在有六個房間的大房子，而且，是凱悅飯店附設的住宅區！

不過，爸爸的確把自己的薪水大半都給了我和我媽。他毫無怨言，也沒有再婚的徵兆，最重要的是，他還過著驚人的簡樸生活。

比方說他吃的都是這樣的東西。

早餐是從日本網購的糙米、味噌湯和自己醃的泡菜；午餐是帶我姊捏的糙米飯糰當便當；晚上盡量一下班就回家，還是吃糙米、味噌湯、泡菜，另外再煮點甚麼蔬菜。身為高級主管的爸爸，有時為了公務也必須參加宴會或餐會。但爸爸盡可能回絕那些應酬，讓部下代他出席，真的非得本人出席時也只露面幾十分鐘，回絕隔日的餐會。

我日後才理解爸爸為何把自己逼到這種地步，但是當然，那時的我尚無從得知。我只知道，爸爸在杜拜這個金碧輝煌的國度，住在凱悅飯店的六房雙廳豪宅，盡可能過著簡樸的生活，如此而已。

日後，退休的爸爸終於出家，但是他說比起在幽靜的山寺修行，在杜拜這個欲望橫流的城市過著遠離喧囂的生活，更能收到數倍的修行之效。

我姊後來也不斷重複宗教的浪遊。換言之，繼沙特拉黃門大人之後，她又開始踏上追尋某種事物的心靈之旅。不過，在她旅居杜拜期間，陪伴枯瘦的爸爸修行之餘，她屢次前往清真寺，說穿了只是個獻身給自己有幾分熟悉的伊斯蘭教的怪人。但是那樣子的生活，讓姊姊的精神狀態穩定下來。她應該一直待在杜拜。

可惜，駐外人員只要還是駐外人員，遲早必須回國。一如我們曾經自開羅歸國。

我大四那年夏天的某日，收到爸爸的傳真。

「今年內會結束駐外工作。」

我當然很憂鬱。那個姊姊，要回來了。

「你姊會來東京嗎？」

這天我照例又在和鴻上喝酒。

我沒有參加求職活動。如今想想真虧當時我沒有找到工作還能那樣理直氣壯的樣子，但當時是前所未有的求職冰河期，沒有正職的打工族也很多。像我這樣的人並不算特例，我媽也忙著談戀愛，對我畢業後的出路完全沒放在心上。

況且以我當時面臨的狀況，即便找到工作大概也不會遇到甚麼好事。原因看晶就知道了。晶應徵了幾十家公司，最後終於進了一家小型影片製作公司。從早到晚被操得要死，且薪資微薄，她一日比一日憔悴。

「還不如打工時賺得多。」

正因為看到在電話中如此嘀咕的晶，所以我完全沒有勉強就業的念頭。我還在那家書店兼黑膠唱片店打工。店內免費贈閱的刊物專欄也交給我負責，在常客的邀約下，也會跟著去觀賞來日本演出的藝人演唱會，或是小眾的DJ活動。每天都過得很開心。反正我的學分幾乎修完了，沒有進行求職活動的我，因此有了大把時間。我和晶假日也少有機會碰面，於是我和鴻上在一起的時間更多了。

「你家在大阪，你姊卻要回東京？」

「那是因為我媽住在大阪的老家，妳忘啦，我不是講過她們兩個水火不容？」

「噢。可是，工作呢？」

「我姊不工作，但我爸希望在東京上班。」

距離退休只剩幾年的爸爸，比想像中更簡單地如願以償。他在東京分公司（他的公司總部在大阪）幾乎不用做甚麼工作就得到某種程度的地位。

「我想，應該是為了我姊。」

想必我爸也確信，如果姊姊又和媽媽一起生活，肯定也無法和平相處。可是話說回來，毫無生活能力的姊姊，即便已經二十六歲，還是無法獨立生活。為了姊姊，爸爸才會申請在東京上班。

而且，我想姊姊也如此期望。她肯定想離我媽遠遠的，最主要的是，她大概也認為應該與沙特拉黃門大人保持距離。

那時，我還不知道矢田嬸當初跟我姊說了甚麼。也不知道我姊為何會放棄她曾如此盲目相信的沙特拉黃門大人。

沙特拉黃門大人已如風中殘燭。

寢居被掛牌出售，但那異樣的外觀找不到買主接手，最後化為廢墟。牆上被人寫滿猥瑣的塗鴉，窗戶玻璃也被石頭打破。成了當地小混混的巢穴，三天兩頭都有警車停在寢居前。寢居已淪為當地的負面遺產。

沙特拉黃門大人雖已衰頹，但並未完全消滅。換言之，還有信奉者在。只是，失去了寢居，又因那起事件在社會大眾面前抬不起頭，因此信奉者已不再找地方聚集，變成各自私下祈禱。

沙特拉黃門大人原本就沒有神體，只是在祭壇上放了一張寫有「沙特拉黃門大人」的紙條。也就是說，在自己家裡也可以立刻再生。如果連那樣做都有所顧忌的人，就乾脆在心中默禱。正因為沒有神體，只要在心中浮現「沙特拉黃門大人」這行文字，那就已是祈禱了。換言之只要是識字的人，誰都可以親近沙特拉黃門大人。

矢田嬸依舊住在那棟公寓。那棟沒有浴室、只有兩個房間的小公寓。

關於負面遺產，被抨擊的本該是大嬸。但無人指責大嬸，就算有，附近居民也會保護大嬸。諷刺的是，比起沙特拉黃門大人的全盛期，衰退之後，大嬸反而開始受到教祖般的待遇。

大嬸家又放了新的架子取代祭壇，堆滿雜誌及吹風機、還有其他亂七八糟的物品。恐怕沒有人會相信後來變得那麼龐大的沙特拉黃門大人竟是起源自這裡，因為大嬸家實在太寒酸了。附近居民又開始像以前那樣造訪大嬸家，向大嬸訴說自己的煩惱。再也沒有人祈禱了。大家不再祈禱，改為撫摸不時跑來的野貓，自己拿起橘子吃，在大嬸家度過悠閒的時光。

外婆與大嬸的友情也完全復原，兩人經常造訪彼此的住處。大嬸會和外婆談論各種話題，而我姊的事情不時出現在那些話題之間。唯有我姊，一直令大嬸放不下心。

「你姊，不想見那個，呃——矢田嬸？」

鴻上把頭髮剪短了，露出的耳朵紅通通。

「不，我想她應該想見矢田嬸，她最喜歡矢田嬸了。但是，該怎麼說，她大概還是覺得不可以見面吧。」

「關鍵還是在於矢田嬸對你姊講了甚麼。」

這樣談論姊姊時，鴻上頓時變得特別感興趣。她渴望知道我姊的各種事情，而且聽完絲毫沒有嫌棄之色，因此我把關於姊姊我所知道的一切幾乎都告訴鴻上了。

「該說是關鍵嗎……總之，大嬸說的話幾乎是絕對的。因為她真的很尊敬大嬸。」

「你姊應該很率直吧。我是說真的，甚至率直得令我有點驚訝。」

鴻上經常這樣讚美我姊。我曾多次懷疑，她是否在我姊身上看到亡姊的影子，但好像並非如此，鴻上純粹只是對我姊有興趣。

「與其說她率直，她簡直是戲劇化。任何方面都是。我看她大概是不那樣就不甘心吧？總而言之，她真的拖累了很多人。想必是她自己想這麼做，況且她也無法獨自生活。她都二十六歲了妳知道嗎？妳不覺得她這樣很離譜？」

我對姊姊當然是抱著否定的態度。

鴻上對我姊的過高評價，令我有點害怕。那時候，或許我隱約已猜想到，遲早有一天鴻上會和我姊見面。我大概是怕鴻上見到我姊時會失望吧。我盡量貶低姊姊，以免讓鴻上產生錯誤的期待，因為姊姊永遠會讓自己看起來比「自己」更巨大。

「如果是家人或許的確很傷腦筋……不過，該怎麼說？我想你姊一定是在各方面都很脆弱易感的人。」

鴻上咕嚕咕嚕喝光不知已是第幾杯的啤酒。那句話，當然讓我想起了須玖。

「因為她是個在各方面都脆弱易感的人。」

大地震後，須玖不忘關懷我姊。可是，比任何人更受傷的也是須玖。曾幾何時，須玖已成了我無法伸手觸及的人。

我還沒有對鴻上說過須玖的事。如果談到高中的話題，我就講足球和當時交往的女友，自然而然地搪塞過去。我以為自己已拋棄關於須玖的往事。須玖的事，成了我心裡的一根刺。想起須玖令我很痛苦，而且對如此痛苦的自己，也感到可恥。

「鴻上，妳有甚麼覺得可恥的事嗎？」

鴻上是天使也是惡魔，換言之看起來非常天真爛漫。就我所見她好像沒有女性朋友，而且對於自己在學院被人稱為婊子也不以為意，相當有膽識。

「幹嘛，你該不會以為我不知羞恥吧？」

「不，不是那樣，不是不是。我是看妳舉止大氣，該怎麼說，好像從來不會為雞毛蒜皮的小事害羞。」

「這個嘛，我的確沒甚麼事情好害羞的。」

鴻上不再喝啤酒，轉而進攻廉價的番薯燒酒。我叫來店員，加點二百八十圓的啤酒。時間才剛過九點。我不想聽鴻上繼續說下去，逕自起身去廁所。即便這麼做，鴻上當然也沒生氣。

等我小便之後回到座位，鴻上還保持跟剛才一樣的姿勢坐著。手裡拿著裝燒酒的杯子，茫然托腮。

「可是。」

然後，她用彷彿一直在聊剛才那個話題似的口吻，突然開始述說。

「我覺得，東西越變越多很可恥。我喜歡怪裡怪氣的衣服，只要看到有趣的T恤，我絕對會買。」

那天，鴻上穿著印有《阿基拉》（AKIRA）的動畫人物鐵雄的T恤，下半身是拖在地板上的檸檬印花長裙。

「那些東西在房間裡越積越多。鞋子多到鞋櫃裝不下，餐具之類的東西也變多了。反正只要看到古怪、好玩的東西，我就很想要。」

「那樣很可恥？」

「對，我會不好意思。」

我猜鴻上大概醉了，她大概已經搞不清楚自己在說甚麼。鴻上一喝醉就會變得顛三倒四，有時突然往桌上一趴，就這麼昏睡過去。

「東西增加，很可恥，捨不得丟掉，也很可恥。」

鴻上小聲打嗝。聲音意外地可愛，我不禁笑出聲。

「鴻上的房間，聽起來很亂。」

「對，的確很亂。」

「那或許也很可恥。」

「不，髒亂並不可恥。」

鴻上完全沒喝燒酒。我朝鴻上瞄了一眼，只見她咬著下唇，雙眼朦朧濕潤。

「昨天晚上，也有學院的男生來。」
「啊？」
「我現在已經忘記名字了，總之，那個男生來了。他很久沒來，然後，我們就做了。」
鴻上拿杯子的手濕濕的，大概是杯子上的水滴。明明只是水，卻不知為何異常鮮明赤裸，我不由得移開目光。
「房間髒亂沒關係，不會怎樣。但是，那個男生說，比起上次來時，東西好像更多了？他說這句話讓我覺得非常羞恥。」
歡迎光臨——店員的聲音傳來。
「東西越來越多卻捨不得扔掉，令我非常羞恥。」
鴻上的聲音微微顫抖。彷彿在哭泣，是很苦澀的聲音。
我喝光啤酒，說不出話。
我很驚訝。
鴻上說昨晚有男人去她家，這句話讓我很明確地感到不爽。我可以拿鴻上是婊子這件事情開玩笑，也早就知道會有男人去鴻上家。可是，一旦確定「昨天晚上」這個具體的日期時間，我居然對那個男人，對鴻上，氣憤到可恥的地步。
我慌了手腳，非常慌。
鴻上沒有察覺我的異樣。她依然握著杯子坐在旁邊，還是一樣小聲地咕噥。
「很可恥。」

38

那年冬天，我和晶分手了。

並不是因為鴻上。我的確嫉妒鴻上與「昨天晚上的男人」，但我踩了煞車。我無法想像自己與鴻上發生關係，甚至愛上鴻上。那不該發生。

我逐一回想鴻上到目前為止的種種放蕩行為。鴻上是如何摧毀社團內部，是用甚麼方式談論情事，與鴻上並肩同行時，大家是以甚麼樣的視線看著我們。

然後，在我終於可以充分輕蔑鴻上後，我再次戰戰兢兢地邀她去喝酒。看著喝醉的鴻上，我甚麼遐思也沒有，就算她告訴我今天待會有男人要去她家，我想我也可以不以為意。很好！我在心中握拳做個勝利姿勢。好險。

鴻上是我很重要的朋友。

不論我說甚麼她都會毫不厭煩地聆聽，我跟她可以聊電影和音樂，甚至分享那個姊姊的故事。她簡直是有如須玖般的存在。但是，只因鴻上是女的，我不得不輕蔑她。如果不把她看得比自己低等，我就無法與她平起平坐。

「今橋學長，你瞧不起我吧？」

鴻上最初講的這句話，一語道中我倆日後的關係。

「被人瞧不起，反倒輕鬆。」

鴻上打從開始就一直很溫柔。

晶與我，已經很久沒見面了。

即便偶爾可以見面，她也因連日的繁忙工作疲憊不堪。起初，她還會抱怨不如以前打工的待遇或雜務太多，但是也漸漸不再發牢騷。取而代之的，是她開始口口聲聲強調「這些日後都會成為我的光榮資歷」或「我很自豪能向大眾傳播資訊」這種積極進取的發言。

晶從打工時代就很勤快，比正式職員更能幹。我喜歡能幹的晶，晶似乎也對自己的工作頗為自傲，並且深知我喜歡的就是那樣的她。

但是，當時她的積極進取看起來有點虛張聲勢。

難得見面，我還沒開口問她就主動說起職場的某某人製作的影片有多麼精彩、待在這家公司有多麼幸福。我當然知道，晶只是在自我催眠。整天忙於繁重的工作與雜務，領的薪水卻比打工時還少，如果不像這樣告訴自己這是一份有意義的工作，恐怕會撐不下去吧。所以，我自認也很順著晶說的話適度回應。

但是在我內心，我覺得以前會發牢騷的晶還比較好相處。

晶不是會主動示弱的女子，正因如此，晶的牢騷很寶貴。我認為軟弱的晶很可愛。但是，她自某個時期起，再也不發牢騷了。她那種堅決不說的頑強，令我們之間的氣氛變成某種尖銳、質地堅硬的東西。

分手的起因，是由於我的一句話。

那天，晶一如往常滔滔訴說自己的工作有多麼精彩、多麼有意義。我雖有點不耐煩，但是好久沒看見美麗的女友，我不想讓她不開心。於是我嗯、嗯出聲附和，興趣盎然地，不，是假裝興趣盎然地傾聽。

但是，當晶說到「昨天幫忙剪接到天亮」時，我不禁脫口而出：

「妳還是不要太逞強比較好。」

這句話，令她臉色大變。

「你甚麼意思？」

我暗想，完蛋了。我顯然說錯話。

「不，我只是擔心妳的身體……」

我一邊這麼說，一邊垂下眼簾，桌上放著她煮的咖啡。無論再怎麼忙，她都會從磨豆子開始煮咖啡。

「我的工作，不做某種程度的逞強是無法完成的。」

晶的聲音很平靜。從來不會歇斯底里，不會嘮嘮叨叨，是晶的一大優點。

「嗯，對，是啊，這個我知道，但是，我還是會有點擔心……」

這不是真的，我只是抱著隨口附和的心態隨便說說而已。因為她工作的話題似乎沒完沒了，但我又沒有勇氣轉移話題。我覺得如果只是不斷嗯嗯應聲，看起來大概不像對她的敘述感興趣，於是從腦海浮現的話語中，挑選了最不痛不癢的安全說法。

其實日前，有家雜誌的編輯來我打工的店裡。看到店內的免費贈閱刊物，誇獎我寫的專欄很有趣。晶從學生時代就很喜歡那家出版社的藝文雜誌，所以我很高興，當下用手機發訊息給她。

過了一會，我收到晶的回信：

「太好了！真厲害！」

但是今天從我到晶的住處直至此刻，她完全沒提起那件事。

「擔心？你根本不是那樣想吧？」

聽著晶的聲音，我這才發現她從一開始就打算對我說某件事、、、。「不要太逞強」，只不過是小小的導火線，就算是發生別的事，最後肯定也會變成這樣。換言之，她從一開始就已擺出備戰姿態。

晶伸手拿起桌上的咖啡杯。那潔白似骨的杯子，是我倆一起去美術館時在館內的紀念品商店買的。看到那個杯子，我的心情苦澀。想必那一刻，我已有強烈的分手預感。

「你總是這樣。」

「啊？」

當女孩子說「你總是這樣」時，肯定是壞事。在我的放蕩時代，已有過太多經驗。通常當女孩子說出這句話後，接著肯定會說：

「我永遠不知道你在想甚麼。」

「你都沒有自己的意見嗎？」

「到底想怎樣你說清楚。」

這些話是很久很久以前，我家那兩個女人就經常對我說的。因此，我也只能像過去回答的那樣，如此說道：

「嗯——對呀。」

我很清楚這種態度只會讓女孩子更火大。但是，我不想說出除此之外的言論去積極煽動那樣的氛圍。我希望永遠保持被動的立場。是妳自己要擅自發怒，進而升高戰火的——我想保持這樣的態度。

「你總是看不起努力的人。」

可是，從晶的嘴裡冒出的話，出乎我的意料。

「啊？」

「你認為自己從不努力卻特別受到眷顧吧？你永遠都很被動，所以你其實很看不起拚命努力、試圖得到甚麼成果的人，不是嗎？」

晶或許也覺得自己說得太過分了，語尾有點躊躇。

「你不去找工作，是你自己的決定，我也知道你在歐德打工做得很開心。」

歐德就是我上班的那家書店兼黑膠唱片店。

「但是，如果因為這樣，你就看不起那些努力找工作的人，還有那些即使做的不是理想的工作還是努力成為社會上的一分子、認真努力工作的人，這未免太不公平了吧？」

晶連續使用了三次「努力」。

「不是嗎？」

在她的心目中，我好像成了「看不起努力的人」的男人。雖然她用的是疑問句，內容卻是明確的肯定句。

「我工作了八個月，雖然辛苦，卻重新發現工作的重要性。我發現成為正式職員而不做臨時兼職，有著背負起社會責任的意義在。」

之後從她的口中，又源源不絕地冒出很多話。但也許是因為太生氣，也是因為太震驚，我不記得她說了甚麼。

太被動，這點我被人指責過，但是從來不曾被指責過被動的原因，自己也沒有那樣想過。我之所以被動，只是想息事寧人。沒有主動參與——我是說，我沒有跳進甚麼漩渦跟著攪和，而是暫時冷眼旁觀，靜待事態平息，真有那麼罪大惡極嗎？

我很想反駁晶，但最後我還是甚麼也沒說。現在如果說了甚麼，就會變得與晶同等水準了。

那天，我和晶分手了，但在她說出分手兩字之前，我已經討厭她了。明明曾經那麼喜歡她，覺得她如此完美，現在卻厭惡得「不想與她同等水準」。晶已離我太遙遠。

我們就此結束交往。

我從她家把我的私人物品帶走，也把她留在我家的些許私人用品請快遞寄回。對大學生而言將近兩年的交往算很長，但我們竟如此倉促簡單就分手了。

實際上是我單方面被甩，所以我很傷心。

我在房間中尋找晶留下的痕跡卻感到失落，習慣性地看手機，失望地嘆氣。

這幾個月，我和晶幾乎沒見過面。雖然靠著簡訊勉強保持聯絡，但我和晶本來就都不太喜歡簡訊這種溝通方式。

所以，與晶分手應該不至於對我的生活造成物理性的影響，但她的離去對我的打擊意外巨大。

晶是個好女人。

歐德的老闆也很喜歡晶。見過晶的常客，必然都會誇獎她。對我而言，晶也是我自豪的女友。她長得漂亮、頭腦聰明，又很信賴我，最重要的是很溫柔。

分手那天，我明明已經明確地厭惡晶，可是隨著時間過去，我開始不斷想起她的優點。說來丟臉，有時我甚至很想哭。國中時和高中時，我都已經有過和女友分手的經驗，但是這次是我有生以來第一次感到自己失戀了（「被甩掉」的經驗，的確是第一次）。

就在這個節骨眼，爸爸和姊姊回國了。對我而言是最糟糕的時間點。

爸爸在巢鴨租了兩房一廳的房子，又和姊姊過起簡樸的生活。他們回國數日之後，我與他們相約見面。

在約定的咖啡店出現的爸爸曬得黝黑，顯得越發精悍。雖然還是和以前一樣瘦，卻不再有以前那種令人心疼之感，反而散發出某種莊嚴的氛圍。換言之，他那宛如僧侶的氣息又升級了幾分。

「步，抱歉遲到了。」

爸爸的身後，站著姊姊。

我從會面前就已有心理準備。不是對爸爸，是對姊姊。

爸爸八成瘦得像竹竿，這早在我預期之內，但姊姊會變成怎樣，我完全沒概念。兩人之前沒有中途回國，也沒有寄照片給我。

我並不了解在分開的數年之間，二十幾歲的女性會有多大的改變。更何況對象是那個姊姊。她會打扮成甚麼古怪的模樣，如今變成甚麼樣的容貌，我完全無法想像。縱使她以伊斯蘭教的女性裝扮出現我想我也不會驚訝，萬一她打扮成伊斯蘭教男性的裝扮，我也下定決心不出聲。

但是，出現在眼前的，就是那個姊姊。

眼前的姊姊，一如當初啟程前往杜拜時的模樣。她一成不變反而比改變更令我強烈震驚。

「妳都沒變！」

我不禁脫口而出。

「是嗎？」

姊姊頂著大光頭。她去杜拜前，因為好幾個月沒洗澡，只好理成光頭。至少，我是這麼以為。我以為她是因為頭髮糾結很麻煩只好理光頭，但是姊姊說，

「我喜歡這個樣子。」

去杜拜之後，據說她也一直在家自己用推子剃頭。

姊姊脂粉未施，和爸爸一樣曬得黝黑，還是穿著男用寬鬆衣物，所以乍看之下有種雌雄同體的氛圍。我們是在新宿的咖啡店碰面，但是誰也沒有注視走進店內的姊姊。

我很喜歡東京這一點。像姊姊這樣的怪人多得數不清，所以，沒人會注意。姊姊來東京，就這個角度而言或許是正確的決定。

「真的一點也沒變。」

姊姊對我說的話置若罔聞，逕自翻開菜單。然後，也沒問爸爸，就叫來服務生。

「兩杯柳橙汁。」

爸爸見到我好像很開心。

「步已經變成大人了。」

「豈止是大人……我都已經二十二了。」

「是嗎，那也可以喝酒了。」

那時，我懷疑爸爸該不會是要邀我「咱父子倆去喝一杯」吧。擁有成年兒子的父親大抵都想這麼做。

「可惜爸爸已經戒酒了。」

但是爸爸好像已和普通的父親不同。他以安穩的神情說出自己戒了酒，態度非常平靜。

姊姊把服務生送來的果汁，咕嚕咕嚕地一口氣就喝掉一半。

「東京怎麼樣？」

說完，她直視我的眼睛。

老實說，面對兩人我有點認生。畢竟四年沒見了，而且對方是我的爸爸和姊姊。面對血緣關係親得不能再親的這兩人，我一直很靦腆。可是姊姊卻好像昨天才見過面似地對待我，還目不轉睛地瞪著我。我震住了。

「甚麼怎麼樣？是個大都市嗎？」

「怎麼會是你問我？」
姊姊不是在糗我，是真心這麼問。小眼睛定定看著我。
「哎，的確是大都市。」
爸爸還是這麼溫柔。這才想到，我本來打算一見到爸爸就先道謝。謝謝他替我出學費，謝謝他金援我讓我一個人在外租房。還有，這話或許不該由我來說，但是替治夫姨丈還債，還付贍養費給媽媽與外婆她們，這都要謝謝爸爸。
可是，我說不出口，連提起那件事都不好意思。
「說到都市，杜拜也是大都市吧？」
我不客氣地這麼說，然後啜飲著咖啡。
「嗯，超級大都市，但基本上不會在外面走路。無法想像和這麼多人擦身而過的情景。」
「嗯──」
「你的學校，人也很多吧？」
「嗯，不過沒有新宿這麼多。」
「你住的地方的車站也是？」
「不，新宿比較特別。」
這時，爸爸好像終於發現柳橙汁的存在。他叼著吸管，稍微潤唇。
「巢鴨呢？」
「巢鴨人也很多，不過都是老先生老太太。」

「為什麼選巢鴨？」

「嗯——公司替我找的房子當中，那間看起來最好。」

「噢？」

之後，已經無話可說。我在腦中思考二十二歲的兒子與五十七歲的父親久別重逢時會說些甚麼，但我怎麼想都想不出來。我能想到的，只有媽媽的事。我不想對爸爸談起媽媽。我不想談那個正與不知第幾號男友熱戀的媽媽。

我們相對無語。

店裡的客人不斷來來去去。新宿，真的人很多。

我再也憋不住，看著爸爸，只見爸爸唇邊浮現一抹淺笑，正在看柳橙汁。彷彿柳橙汁中蘊含了整個世界的真實。

「步。」

姊姊大聲說。我渾身猛然一抖。

「白砂糖對身體不好喔。」

她說著，指向銀壺裝的砂糖。

我姊真的一點也沒變。

39

大學畢業後，我還是待在歐德。而且，也開始從事簡單的寫作工作。晶昔日喜歡的雜誌《VOL》的總編輯，也就是說我的專欄很有趣的那個人，開始邀我寫稿。

我得以在雜誌頁面的一角介紹歐德推薦的黑膠唱片或書籍，或是記錄自己的日常雜事，那全是拜歐德的知名度所賜。雖然只是四百字左右，頁面一角的小單元，但是能夠在晶最愛的雜誌擁有連載單元，讓我感到終於對晶還以顏色。

我喜歡寫作。

第一次發現這點，是在我寫歐德推薦的黑膠唱片與書籍的廣告文案時。老闆第一次交給我寫的廣告文案，是迪．安傑羅的專輯『Brown Sugar』。

我絞盡腦汁思考要如何用短短數行文字傳達出那張專輯以及迪．安傑羅的美好。老實說，我覺得我比準備大學的課堂考試還費力。可我想了又想還是沒有任何靈感，我寫了又刪，寫了又刪，一再塗改。在這樣的過程中，最後，我想起須玖說過的話。我回想須玖稱讚音樂或小說時都是怎麼形容的。

「唐尼．海瑟威的聲音……該怎麼說呢，你不覺得只存在那個場所？」

「正統派的雷鬼那種朦朧節奏的音樂很耐人尋味呢。」

「莫里森是用這世上最美的文字戰鬥的人。」

我將須玖說過的那些話在腦中交錯整合。

『Brown Sugar』這張專輯是在我十八歲那年問世，那時我早已和須玖斷了聯絡，所以我不知道須玖沒有沒聽過這張專輯（說來可悲，他肯定沒有聽過吧。因為須玖當時在很深的海底）。不過，我可以在腦海想像須玖如果聽到他的歌聲會怎麼形容。我可以正確地用須玖的聲音重現。

最後我寫成的是這樣的文章。

「在很甜很甜的聲音背後，瀰漫著無藥可救的臭男人味。迪・安傑羅不只是為了女人們，也為了我們，更為了音樂而歌唱音樂。」

是相當概念性的唬人文章。

但是，當時我二十歲，正是想要酷的年紀。最主要的是，我沒有音樂的專業知識。所以吉他的技巧如何，混音是如何呈現，我一竅不通。因此本來應該寫出唱片公司及製作人名稱的廣告文案上，我只寫了自己想說的話。

看著我戰戰兢兢遞過去的紙張，老闆說，

「不錯，很有意思。」

當時的喜悅，我至今難以忘懷。向來被動的我，主動導出的文字，在那一瞬間被某人認可它的價值。

「不錯，很有意思。」

老闆交給我的廣告文案一張、五張地逐漸增加後，我就如初嘗愛情滋味的女孩心跳劇烈。店長給我寫文案的方形紙張，成了連結我與世界的寶貴門票。

結果，我在歐德寫了幾百張廣告文案。有時連大學的功課都丟下不管，一直在埋頭寫文案。對此我完全不覺辛苦，不僅不辛苦，還有種巨大的喜悅。因為寫的文案太概念性，起初還曾被顧客詢問「這是甚麼意思」弄得自己面紅耳赤，也曾被老闆連續退回八次命我重寫。

「阿步，這樣真的看不懂。」

但我不屈不撓，繼續地寫。等我開始寫免費贈閱刊物的文章時，我推敲文章之用心已到達文豪的水準。不知不覺，在常客當中也開始有人期待我那相當偏門的文章。其中一人，就是《VOL》雜誌的總編輯池景戶先生。

「四百字的篇幅你懂嗎？就是一張稿紙的字數。在那個字數之內，隨便你寫甚麼都行。」

在我看來池井戶先生猶如神一般的存在。

而且這篇稿子，不只是來歐德的顧客，還將被不特定的多數人看到，我頓時幹勁十足。但是，那種氣概，和「向大眾傳播資訊」那種冠冕堂皇的大義名分無關。我純粹只是希望有人肯看我的文章，而我那種天真，以及我那偏離大義的輕飄飄文章，大概讓總編輯覺得很有趣。

「你的文章，散發出一種寫作開心得要命的興奮感，所以很好。」

老實說，那不是我期望的個人特質，我希望自己能更酷一點。但是當我面對稿紙時，那種虛張聲勢不翼而飛，我只是埋頭專心寫作。

這種感覺，坦白說還是第一次。踢足球時，當DJ時，我自認都是全力以赴。但是，好像還有另一個自己在冷靜地看著自己。我無法像須玖那樣打從心底樂在其中。事後回想，肯定是因為踢足球或做DJ都必須在多人數時才玩得開。踢足球時，我怕拖累隊伍；當DJ時，我拚命選擇的不是自己會跳的舞曲，而是可以讓自己看起來更拉風酷炫的曲子。

寫文章時，只有我一人。

就算文章最後會被別人閱讀、評斷，寫的時候畢竟是一個人。我不用在意任何人的眼光，可以專心投入。

當時的我，不是寫文章的專家。至今，我也不太清楚文章的專家究竟是指甚麼樣的人。但我唯一可以確定的是，當時的我，想的不是「別人會如何閱讀」，而是「我想寫」如此而已。唯有那個念頭，促使我振筆疾書。即便腦中閃過「總編輯會誇獎我嗎」的念頭，那也僅是一瞬間，之後只有「想寫」的欲望在背後推動我。

為了寫作，我閱讀了大量書籍。幾乎都是歐德有的書，如果想看的書籍店裡沒有時，我就請鴻上去大學的圖書館幫我借來。

吸引我的，跟音樂一樣，是美國的文學作品。尤其是約翰．厄文。

仔細想想，須玖第一次給我看他在閱讀的書時，手裡拿的就是厄文的《新罕布夏旅館》。要是沒有當時的邂逅，我現在肯定不會這樣寫文章。

關於厄文，須玖是這麼說的。

「厄文有種以等距離看待萬事萬物的感覺。不分優劣，放在同一張紙上。你不覺得，那正是小說才能辦到的精彩？」

除了厄文之外，我喜歡的還有像是史蒂芬・米爾豪瑟（Steven Millhauser）、沙林傑（Jerome David Salinge）、瑞蒙・卡佛（Raymond Carver）以及史都華・戴貝克（Stuart Dybek）等等。

首先，故事裡出現的食物及人物的名稱，就已是異世界。一想到在與我截然不同的世界，正展開一個完全陌生的故事，我就很興奮。而且，在那其中，如果有幸發現非常貼近自己的一行敘述，我會喜悅得渾身顫抖。我忍不住想，這句話只屬於我一人。

如今想來，我構思專欄文章時，參考的不是別人的散文而是小說，似乎具有非常重大的意義。我當然不是不知道散文的存在，不僅知道，還很喜歡伊丹十三或內田百閒等人的散文作品，但我還是純粹只想寫小說，或者寫像小說般的文章。

雖然在世人看來只是個打零工的，但我每天都過得如魚得水。

不僅如此，還有種謳歌這世間春天的心情。單靠歐德的打工工資和我這種外行人寫的四百字稿費，當然無法讓我過著富裕的生活，但下高井戶沒有浴室的小套房對我來說已足夠，就算三餐都靠超商打發我也毫不在乎（比起豪華精緻的「媽媽的拿手菜」，我更偏愛廉價的味道，這點從小學時代就沒變過）。

在常來光顧歐德的DJ及總編輯的照顧下，若有想去的夜店活動可以拿貴賓券或打折的門票前往，去了夜店後，打過照面的前輩們也會請我喝啤酒。有時還把他們不要的衣服給我，真的缺錢時，我就賣房間的唱片湊合著過。

我就這樣過了一年又一年，驀然回神才發現我已成了自由寫作者。雖然還在歐德工作，但工作天數已從一週五天減至一週兩天，有時一週只去一天，剩下的時間都在寫作，寫《VOL》的採訪專欄或其他雜誌的文藝單元。到了二十五歲時我和平地離開歐德，從此專注於寫作的工作。

我賺到了一點錢，於是搬了家。我的新家是位於三軒茶屋地區的兩房一廳小公寓，附有可以自動加熱洗澡水的浴缸，廁所也是西式的。房間外還有小陽台，也可以把洗衣機放在室內。

我也有了女友。和晶分手後，我和幾個人交往又分手（我必須聲明，那段時間我的性生活並不放蕩），當時交到的女友，後來維持了很久。

我的女友紗智子，比我大兩歲，同樣是個美女。她留著露出耳朵的短髮，有時會把頭髮染成美麗的金色。她是自由攝影師，也替《VOL》拍攝照片。她比我資深，在業界的人面也很廣。我和紗智子去參加派對時，總被那些搞創作的人視為金童玉女，接到的工作越來越多。

身為自由寫作者的我過著一帆風順的生活，我和紗智子參加某場派對時，聽到了那個衝擊性的消息。

「最近有個有趣的藝術家喔。」

不知是誰先提起，話題轉到最近轟動這一帶（據說是）的某位表演藝術家。

「我老早就聽朋友說過了，結果上次我終於也見識到了。」

那位藝術家，好像經常出沒東京的各個車站與景點。

一個人提起後，原來大家都知道。

「我男朋友也說有看過。」

「松田先生也說他看到了。」
當時我們的手機還沒有附帶甚麼照相功能，所以無法像現在這樣點開照片給人家看。我們不得不從別人的描述想像故事的全貌。
「起先，大家好像都覺得『咦，這種地方以前有放雕塑品嗎？』，結果竟然有人就藏在裡面耶。」
聽說那個人身上套著大卷貝站著不動。
「大家好像會從外面發出各種聲音或給糖果，等待那人從卷貝出來。」
而且，聽說卷貝的尾端露出一根很大的老鼠尾巴。
聽到這裡，我想我已臉色發青。
「這世上還真是甚麼樣的怪人都有。」
是我姊。
卷貝。老鼠尾巴。
絕對不會錯。那是小時候，姊姊在自己房間的牆壁雕刻的那個、、、、。
「噢？我都不知道還有那種事。阿步，你知道嗎？」
紗智子如此對我說道。我沒有回答，逕自離席，躲進廁所。
我姊貴子被視為神出鬼沒的藝術家，成了小有名氣的名人。
有時在澀谷的摩亞像旁，有時在上野公園的噴水池前，有時在國會議事堂前。姊姊一再化身為卷貝出現。

卷貝很大、很精巧，是用保麗龍和小片磁磚做成的，作品外觀的完成度之高，令任何人都無法亂踢或對它做出點火焚燒之類的粗暴惡作劇。卷貝露出的尾巴，是用黏稠狀的材質製成，參雜紅色的灰色，看起來很詭異。若想碰觸，它會像有生命似地動來動去，有時縮進卷貝裡面不出來。

如果對卷貝裡的人（對我來說是姊姊，但對大眾而言是卷貝裡的人）溫言軟語，據說那人就會出來。不是我姊這麼說的，不知幾時起，自然就變成這樣了。

「只要對卷貝說出全世界最溫柔的話語，裡面的人好像就會出來喔。」

姊姊的行為，不知幾時起變成是提醒大家注意日漸增加的繭居族和拒絕上學兒童這種社會問題的抗議行動。換言之，姊姊的表演被賦予了意義。

大家都卯足了勁想讓她從卷貝出來。在高中女生之間，甚至流傳著只要看到姊姊的身影就會永遠青春不老的傳言，還出現了只要拍攝卷貝的照片便可兩情相悅的咒語。

「我超喜歡你喔。」

「因為有你在，才讓這世界美麗。」

在卷貝的周遭，溫柔的話語此起彼落，卷貝的前面，放滿了美麗的鮮花及可愛的布料與鈕扣、各式各樣美麗的物品。

最後，甚至有人在旁邊搭起帳篷守株待兔，等待姊姊從裡面出來。不知為何，姊姊始終不曾被任何人目擊。卷貝總是不知不覺出現，不知不覺消失。

姊姊有了支持者。為了掩護姊姊，支持者開廂型車送姊姊到現場，設置姊姊的卷貝。然後等姊姊從卷貝出來時，支持者用白布擋住她的身影，自現場絕塵而去。

由於她的匿名性與神祕性，姊姊逐漸成了街頭的神話。

我對姊姊的行為感到畏怯。

我認為姊姊終於真的瘋了。那時我沒有和姊姊聯絡，但她的消息，也就是卷貝的消息，卻不斷從各處傳來。

「據說今天卷貝在神保町出現。」

「據說今天卷貝在六本木十字路口出現。」

每次，我都渾身哆嗦。

沒有人知道，卷貝（裡的人）是我姊。我不打算說出來，而姊姊（也就是卷貝）沒有嘴巴。

我認為姊姊又開始擾亂我的人生。

「那個是你姊啊？」

大家一臉八卦跑來找我打聽的嘴臉彷彿就在眼前。居然有那種親人，簡直令我忍無可忍。我一帆風順的生活再次籠罩烏雲。

那傢伙為什麼每次都是那樣。

我恨姊姊，打從心底憎恨她。她已經二十九歲了，即將邁入三十大關的女人，為什麼還要打扮成那樣傾訴「快看我！」（我不認為姊姊的表演像大家所說的那麼有意義。她純粹只是想引人注目）。
我很惱火，很窩囊。為什麼她就不能老實待在杜拜？想到這裡，我頭一次想起爸爸。
姊姊應該是和爸爸同住。
她搞出那麼大的卷貝，每天出門亂跑，爸爸為何不阻止她？
爸爸從杜拜返國之後，我只見過他幾次。每次，爸爸都說貴子很好，但他沒說貴子變成卷貝了。他隻字未提。
我恨爸爸。我不想和姊姊扯上關係，於是我決定把憤怒發洩在爸爸身上。
然而，當我向電話那頭的爸爸質問卷貝的事，
「好像挺有趣的嘛。」
他悠哉地回答。
「姊該不會是腦袋有毛病吧？」
即便我這麼說，
「哈哈哈，她很正常。反正很有趣，應該沒關係吧。」
換言之，爸爸的腦袋也有毛病！
掛斷電話後，我癱坐在房間地板上。
圷家到底怎麼了！
本來一家人就有點不正常。大家都很有個性，那種個性這些年來讓我飽受折磨。可是，我還是忍下來了。我嚴肅地走我自己的人生路。

可是現在，那個成了致命性的一擊。
我的家人有毛病。
而且現在，那將會妨礙到我。
我想抓住甚麼東西求救。然而，我想抓住的是甚麼，我自己也不知道。

40

身為腦袋有毛病的（前）圷家一分子，我媽和不知第幾任男友的感情進展得很順利。她不知道前夫現在變得宛如得道高僧，也不知道女兒整天套著大卷貝。或者，就算她知道，也壓根不想扯上關係。所以，我也徹底打消主動與我媽打交道的念頭。

這樣的我，因為某雜誌的編輯寄來一封簡訊，我在睽違多時後臨時起意返回老家一趟。

「要不要去採訪卷貝藝術家？」

採訪日期已經敲定了，所以我可以推說「那天已有別的工作」。像這樣的邀稿，身為自由寫手的我如果沒有正當理由的話很難拒絕，我總不可能說「其實那是我姊所以我不想去」。

因此，從事這份工作後我第一次說謊：

「我媽身體不好，我打算回老家一陣子。」

我已經有三年沒回家了。

我突如其來的聯絡，令我媽很困惑，不過她好像也有點高興。

「那我準備好飯菜等你回來。」

我已長期只吃簡單食物，所以這時候我媽的豪華料理的確令人欣喜。

老家的車站變得稍微美觀一點了。我很驚訝站前出現星巴克，圓環的超市已被東京知名的全國連鎖店取代。走在車站前的商店街，感覺有點不可思議。忽然無法相信自己現在住在東京，替幾乎堪稱最尖端的各種雜誌工作，有時與藝人見面，有時和那種人喝酒的現實生活。

我試著想像如果沒離開此地的自己。如果自己就讀本地大學，也許現在二十五歲的自己還住在家裡，在這條商店街來來去去。但是，那樣假想的生活怎樣都無法順利在腦海浮現。我無法想像自己一直住在這裡，我已經是「東京人」了，而且心中某處，也很輕視一直留在此地沒有離開的同學們。

搬去東京的這幾年，國中同學曾多次邀我參加同學會每次我都拒絕了。我嫌麻煩，與國中同學敘舊也讓我感到難為情。

但是，如今在這個狀況下，我倒是有點想參加同學會了。有一次，和老同學講電話時，我告訴對方我在唱片行打工，並一邊替雜誌寫文章，那傢伙聽了非常驚訝。

「搞甚麼，也太酷了吧！」

那傢伙國中時並不是會擔任主辦人的類型。他留在老家，與本地人談戀愛，和本地人廝混，動不動就想見本地人。我連他的姓名都不記得了，聊了一會才想起他叫做石崎。

「替雜誌寫文章，就是會去採訪別人吧？那你見過演藝圈的人嗎？」

當時我才剛替《VOL》寫小專欄而已，所以我只能說「沒有」，若是現在，我倒是見過各種「演藝圈的人」。不僅見過，還會去國外採訪，美國、英國、荷蘭、德國，拜訪世界各地的創作者。

「怎麼，你沒見過啊？」

講那種話的石崎，現在應該真的會被嚇到吧？但是，就算是這樣，我也完全無意主動舉辦同學會，反正石崎很快又會跟我聯絡吧。雖然拒絕過很多次，我還是那樣想。

久違的媽媽，看起來有點恢復青春。

「你瞧你，居然留鬍子了！難看死了！」

看到我下巴的鬍子，我媽像高中女生似地一臉嫌棄。她大概希望我永遠是個娃娃臉的可愛男孩子吧。對了，記得高中時，她看到我長滿腿毛的雙腿還曾遺憾地嘆氣，令我印象深刻。

家裡整理得很乾淨。電視換新了，沙發椅套也不一樣了。

「步，你看廁所，換成免治馬桶了喲。」

我很想說那筆錢是來自爸爸的皮夾，但是看著興高采烈的媽媽，最後我甚麼也說不出口。

我的房間和姊姊的房間依然保持當年離開時的樣子。

雖然只過了短短數年，無人居住的房間了無生氣，看起來很冷清。媽媽大概經常打掃，並沒有堆積甚麼塵埃，但是這裡完全沒有那種「有人住」的感覺。我鼓起勇氣，也走進姊姊的房間。

一打開門，討厭的氣味立刻瀰漫鼻腔。

霉味，以及姊姊好幾個月沒洗澡的體臭，依然殘留在屋裡。媽媽打掃姊姊的房間或許沒有打掃我的房間那麼頻繁。但是，仔細一看，房間角落沒有塵埃堆積，窗戶玻璃也是透明的。

是姊姊的味道實在太強烈了。

姊姊的房間，宛如修道院的宿舍（雖然我從沒去過），換言之，有著濃郁的禁欲氛圍。姊姊睡地鋪而不是西式床鋪，所以乍看之下房間空無一物。或許是媽媽把東西全都收進衣櫃裡了，但我的良心終究不容許我連衣櫃都打開看。

我瞥向小書架，大體上都是哲學書籍或關於宇宙太空的書，其中夾雜了生物辭典及世界地圖。旁邊的架子放了顏料及粉蠟筆之類的畫具，也有幾本素描簿。

我瞬間縮了一下，但最後我還是取出素描簿。我想看看以「藝術家」的身分開始活動（雖不知當事人自己是否如此認為）的姊姊，她的藝術天分是否從前就有跡可循。

打開一看，裡面畫了從這個房間窗口看到的景色，以及大量的貓咪。每張都十分精緻，也很詭異。我理所當然地想起她從杜拜傳來的傳真。姊姊的確很有繪畫技巧。但是，就算如此，也不構成她套著卷貝到處站定不動的理由。這些畫中沒有卷貝，這個房間的牆壁，也沒有雕刻卷貝。

我終於確信，姊姊果然是想引人注目才搞出那玩意。大家好心替她解釋的甚麼社會意義云云，姊姊肯定壓根沒想過。就連爸爸，不也說姊姊的行為「好像很有趣」嗎？

我懷著惱恨合起素描簿，然後把簿子胡亂塞進書架，走出房間。

晚餐時，外婆和夏枝姨也來了。我媽卯足全力，做了整桌子快滿出來的豐盛菜餚。我再次感到我媽果真正處於熱戀之中。因為她看起來實在太生氣蓬勃，而且明明和夏枝姨只差幾歲，看起來卻足足有十歲的差距。

「我看到你寫的雜誌，就都買下來了。」

我不是那種會向母親一一報告在哪本雜誌寫了甚麼文章的男人，但夏枝姨卻特地為了我前往各家書店，買下有我文章的每本雜誌。

「你上次寫藍調歌手羅伯特・強森的那篇文章非常棒。」

會這樣讚美我的阿姨，全國恐怕找不出第二個。我再次感到自己真的很喜歡夏枝姨。

外婆瘦了，頭髮也變得稀疏。雖然依舊很多話，看起來精神很好，但她已成了名符其實的老太太。當然，外婆本來就是老太太，但那種急劇老太太化的外表，還是讓我嚇到了。

「貴子好嗎？」

外婆這麼問時，我媽不發一語。她保持沉默，吃自己做的香草蒸豬五花肉。我不確定是否該說出我姊的近況，但是，「她躲在卷貝裡在東京各地出沒喔」這種話，我自然不可能說出口。

「最近和爸爸見面時我問過，她好像很好。」

外婆聽了，小聲嘟囔「是嗎」。那個聲音太不像外婆，我的意思是說那根本是老太太的聲音，令我嚇了一跳。

「姊姊沒跟你們聯絡？」

「她有寫信，常常寄信來。」

對於見不到姊姊，外婆似乎感到很落寞。

「只要她平安無事就好。」

夏枝姨也很想念姊姊。

即便是那樣的姊姊。

我在想。雖然姊姊從小就把我家、把今橋家搞得雞飛狗跳，做了一大堆任性的事，一直讓人操心，但是外婆和夏枝姨還是這麼疼愛她。想到這裡不免又對姊姊惱火。我真的很想說出卷貝那檔事，但那恐怕只會惹外婆和阿姨傷心，所以我終究忍住了。

「步也回來了，這下子正好。」

我媽好像不想談我姊的話題。

如今我姊在我媽的心目中，和我姊在我心目中的地位差不多。換言之，是給自己的幸福生活籠罩烏雲的人。那時的我，就是這麼想。不過，我媽的心思似乎放在別處。確認大家都安靜下來後，她放下筷子，以嚴肅的口吻如此說道：

「我打算結婚。」

全場鴉雀無聲。我只是握著筷子看夏枝姨，而夏枝姨，則是緩緩扭過頭看外婆。

「聽見了嗎？我要結婚。到時候，他會搬來這個家。」

外婆靜靜閉上眼。她的眼皮枯瘦，形成暗影。

「報告完畢！」

媽媽又開始吃東西，而外婆只說了一句：

「這樣啊。」

外婆和夏枝姨離開，只剩下我和我媽後，我終於搞清楚狀況了。

我媽要再婚。而且，她的再婚對象要住進這個家。

「為甚麼？」

我整理思緒後，終於擠出的只有這句話。

「甚麼為甚麼，你不也已經長大了。」

對於我的質問，我媽甚麼也沒回答。在她心裡已決定要再婚，也決定讓那個男的住在這裡。而且她認為，那件事誰也無權反對。

「步，你幾乎很少回來吧？貴子也在東京。」

「我不是說那個，為甚麼……」

「叫我說明原因多不好意思，你不要問了啦。」

我媽洗完碗盤，正在擦桌子。她跟我說話卻沒有看著我。

「這房子，是爸爸替我們買的房子！」

直到那一刻，我終於爆發怒氣。媽媽曾讓爸爸出面收拾各種爛攤子（雖然也有幫我），且一再做出各種放蕩行徑（雖然我也是），現在居然想在這個房子開始新婚生活（我絕對不會做那種事）！

「那又怎樣？」

那時，我看到我媽的耳朵有東西發光。不是夾式耳環，而是真的耳環。她都年過五十了居然還去穿耳洞，發現這點後，不知為何我陷入絕望。

「『那又怎樣』？虧妳好意思讓男人住進來！」

我的腦海浮現我的高僧爸爸。身材細瘦，為了姊姊選擇在不習慣的東京上班，還要一邊負擔媽媽和她家人生活費的那個可憐爸爸。

「妳的經濟生活全仰賴爸爸，自己從來不肯出去工作！」

這是我長到這麼大第一次對我媽說出這麼攻擊性的話。但是那時，我想替我爸出氣。代替那個至今幾乎只為媽媽和我、還有姊姊而活的爸爸。

「然後隨心所欲地談戀愛、結婚，現在居然讓那男的住進這個家。妳到底有沒有想過爸爸的心情？」

我媽對著已經非常乾淨的桌子一擦再擦。她的手背浮現靜脈，那勉強令她看起來像她那個年紀的女人。

「就算你們已經離婚了，他好歹跟妳做過夫妻吧？妳怎麼有臉做出這種事？」

我很清醒。晚餐時只喝了一杯啤酒，不可能喝醉。但是，我說出如果沒喝醉絕對講不出口的話。

「爸太可憐了。」

這時，我媽終於看向我。

「步。」

她的太陽穴不停抽動。那是發怒的徵兆，想到這裡，我渾身僵硬。

「你根本不了解那個人。」

如果不稍微想一下，我還真的不知道所謂的「那個人」是指爸爸。

「你，不了解，那個人，和我之間的事。」

我媽彷彿是要告訴自己，一字一句地分開說。

「你，絕對不了解。」

然後，彷彿要強調對話結束，她抓起抹布躲回廚房。過了一會，響起水槽放水的聲音。

我聽著水聲，久久不能動彈。我顯然是退縮了，我怕媽媽生氣。都已經二十五歲，下巴留著鬍子，比媽媽的個子還高出一截，依然害怕媽媽的自己，令我感到很可恥。然而，不管再怎麼羞恥，都無法抹消那個事實。

那晚，我在暌違三年後睡在自己的房間。

我夢見卷貝。夢中的我走近露出邋遢的老鼠尾巴的卷貝，我想攻擊它。我的手上拿著武器，但我不知道那是甚麼武器。就在我只差一步便可逼近時，卷貝忽然被掀起，裡面出現一個人。那人不是姊姊，是我。

是小時候的我。

在我滯留老家期間，外婆死了。

那天早上外婆去上廁所一直沒出來，夏枝姨前去查看，才發現一動也不動的外婆。是心肌梗塞。

夏枝姨非常堅強，但我媽卻亂了方寸。所以守靈夜及告別式的種種事宜，都是由我和夏枝姨分頭處理。我本來是藉故推掉工作，不料卻成了真的必須返鄉不可的狀態。

守靈夜與喪禮來了很多人。

正焦頭爛額的好美姨和治夫姨丈，看起來有點愧疚。尤其是姨丈變得很瘦，昔日的威嚴已經全然消失。我不知道是否相信金錢卻遭到背叛的人都會變成那樣，但是至少我個人，比起以前的姨丈，更喜歡現在的姨丈。

反之，姨丈的孩子們態度坦然。尤其是義一和文也都變得很體面，令我目瞪口呆。

「小步，好久不見。」

聽到對方這麼打招呼，老實說我有點怕怕的，但義一和文也哪一個是同性戀，乍看之下我無法分辨。兩人都在大型企業上班，舉止帶有我望塵莫及的威嚴。兄弟倆都已經三十五、六歲了。

至於真苗，把丈夫和小孩也帶來了。她依舊很胖，但是現在胖得和真苗的年齡與生活吻合。也就是說，真苗已變成隨處可見的那種普通歐巴桑。她應該還不到三十歲，但她和比她大十歲的丈夫看起來年紀相仿。真苗的兩個女兒也是胖嘟嘟，簡直像小時候那個真苗的翻版。換句話說，很像受到寵愛的海豚。真苗草草向我打聲招呼就急著對姊姊說話。昔日曾是死敵的兩人，如今是生活圈絕對不相干、處於兩個極端的人了。

殯葬場擠滿了人，包括附近鄰居，以及矢田嬸。

矢田嬸是坐輪椅來的。

據說她的腳不良於行。但是略胖的身材，垂下蕾絲面紗的帽子，令大嬸看起來越發有老大的威風。

在好美姨的意思下，由夏枝姨擔任喪主（好美姨已徹底變成謙虛的人）。

夏枝姨在喪禮期間一次也沒哭過，致詞時，態度也很淡定。彷彿她老早就知道外婆會死。無論是移靈出棺或是撿骨時，她和哭得有如孝女白琴的我媽與好美姨成了鮮明的對比。

外婆是我人生中第一個「死掉的人」。

於我而言，死亡是發生在電視中或別人家的事。所以，即便是聽說鴻上的姊姊自殺的故事時，我也無法貼近鴻上的體驗，我只是純粹對那個事實感到驚訝。但是，面對外婆的遺體，完全死掉的屍體，死亡第一次被推到我垂手可及之處。人總有一死，我這麼想著。雖然早就知道火葬的文化，但是看到外婆乾巴巴的骨灰，我這才切實感到人類真的會燃燒。

守靈那晚，只有我和姊姊守在外婆的遺體前。

我媽心神大亂待在家裡，我爸在陪她。夏枝姨本來也在場，但她肯定累壞了，所以我們請她先去二樓睡覺。

我姊也沒有流淚。

照理說她和外婆的感情應該比任何人都親，但她面對外婆的遺體始終不發一語。對了，她見到我媽時，也只是輕輕點頭致意。再加上她那種外型，簡直變得像外星人（我姊照例頂著光頭，身穿黑色套裝，而且是那種滑溜溜有光澤的尼龍布料）。

我姊不時碰觸塞在外婆周遭的乾冰。我本來還怕她被凍傷，但是即便長時間碰觸，她也沒有任何反應。

黎明時分，睡意到達頂點，我終於開口。

「卷貝。」

姊姊沒有看我。

「那是甚麼意思？」

我認為我的聲調充滿批判意味，但她的表情完全沒變。

「我打算做更多。」

我沒有再追問下去。

坐在家屬席姊姊的樣子，令周遭的人們竊竊私語。我知道，人們並不是為她的外貌吃驚，而是大家還記得沙特拉黃門大人那場騷動。

寢居終於被拆除，但是後來大片空地一直荒廢著。雖有種種傳言說要蓋圖書館或購物中心云云，但是沒有一樁消息成真。兀然空出的空間，直接呈現出沙特拉黃門大人詭異的存在感。或許因此，姊姊沒有和矢田嬸說話，矢田嬸也沒有找姊姊說話。
告別式結束後，在會場展開小型的宴會。
我忙著替見都沒見過的人們倒酒。姊姊和媽媽都派不上用場，因此已經離婚的爸爸只好出馬。附近鄰居和親戚很久沒看到爸爸，好像都很高興。爸爸義無反顧地支持長得漂亮卻個性好強的媽媽，以偉大的愛情包容她，現在甚至還幫助幾乎毫不相干的前妻姊夫，所以大家一直都很喜歡這個安靜的男人。

「阿憲，你還好嗎？」

「你變得好瘦。」

從各種地方都有人與爸爸搭話（治夫姨丈幾乎恨不得向爸爸下跪）。每次爸爸都安靜微笑，宛如聖人般在這個場所移動。

過了一會，趁大家酒酣耳熱之際，我如釋重負地離開會場，在火葬場前，看到矢田嬸站在那裡，我很驚訝。因為我記得大嬸應該是坐輪椅來的。

「大嬸。」

我出聲喊道，大嬸緩緩朝我轉身。雖然拄著拐杖，但她的確是牢牢站著。

「妳的腳不要緊吧？」

「不要緊。」

喪禮的會場離大嬸家很近。殯儀館附設的墓地好像也埋葬著大嬸的朋友，所以大嬸也常來。我和姊姊也跟著大嬸來過這個墓地幾次，當時我自然作夢也沒想到，十幾年後會在這裡火化外婆的遺體。

「真是辛苦你了。」

大嬸很有老大派頭地安慰我。放在我肩上的手雖然厚實溫暖，卻有很多老人斑，有幾根指頭的指甲已變成紫色。大嬸年紀已經很大了。

「我想坐一下，可以幫個忙嗎？」

大嬸扶著我的肩膀，朝墓地入口的長椅移動。她嘿咻一聲坐下後，再次望向變得有點遠的火葬場。一隻烏鴉飛過，然而，那極為不祥的身影，也彷彿在哀悼外婆的逝世。

「最後能夠看到小步，我想她一定很開心。」

大嬸如此安慰我。

而我，比起外婆過世的悲傷，親人會死掉這件事更讓我震驚。此時此刻，是我在人生中最接近死亡的時刻。而且我早已明白，那只不過是今後將會來臨的諸多死亡的序幕。

會場同時也在舉行某個陌生人的告別式。穿黑衣的人們絡繹經過，有人哭，有人笑，但大家都活著。

「妳好久沒見到我姊了吧？」

我這麼一說，大嬸呼地吐出一口長氣。

「是啊。從她去杜拜前到現在。」

為何會想要提起姊姊的話題，我不知道。雖是自己先提起的，但我卻因為思考而陷入短暫沉默。大嬸即便見我沉默也沒吭聲，她只是默默凝望煙囪冒出的白煙，以及在那周遭盤旋的烏鴉。

外婆生前與大嬸是摯友。眼看著自己的摯友化為白煙，不知是何種心情。

「我姊現在套著卷貝。」

從我口中冒出的，是這樣的話。

並不是因為覺得沉默很尷尬，也不是為了討好大嬸。那一刻，我只是任由自己的嘴巴自由發揮。

「是嗎。」

大嬸的反應很冷淡。烏鴉劃出一個大弧形，彷彿要緊緊相隨，外婆的白煙也跟著彎曲。

那一刻，我忽然想到。

大嬸遲早也會死。當然，我也會。

大家終有一死。

我看著大嬸。大嬸明明只是坐著，卻呼呼猛喘大氣。

大嬸的死，想必會在不久的將來降臨。

就算大嬸是本地的教父，是姊姊的英雄，也注定要面臨死亡。大嬸若是死了，這個地方不知會變成怎樣。最重要的是，姊姊會變成怎樣？

我很想知道那天大嬸對姊姊說了甚麼。

大嬸到底對長期不肯走出房間的姊姊說了甚麼？為什麼大嬸能夠讓姊姊走出房間？姊姊為何能夠脫離她曾經如此深信不疑的沙特拉賁門大人？

「妳對姊姊說了甚麼?」

我以自己都驚訝的率直脫口而出。或許是世間萬物的死亡氣息令我亢奮,但更重要的是,只要在大嬸面前,自然而然就會變得如此坦率。

從以前就是這樣。

不只是我,許多人在大嬸面前都會變得特別老實。毫無辦法地,老老實實袒露自我。大嬸身上,就是有那種力量。

「妳記得那天,就是我姊走出房間的日子。大嬸妳來我家。」

大嬸自白煙移開目光,彷彿嫌刺眼似地瞇起眼。已是黃昏,我們的周遭只有朦朧的光線。

「我姊本來那麼相信沙特拉黃門大人,是吧?可是跟妳談過後,當天她就突然走出房間了。之後她去了杜拜又回來,現在套上卷貝。大嬸,妳到底跟她說了甚麼?」

卷貝的事,想必與大嬸無關。但是,現在的姊姊,又開始迷惘的姊姊,她的原點應該在大嬸講的話之中——不能怪我會這麼想。大嬸本來就是姊姊的英雄,一直都是。

我等待大嬸發話。大嬸依然瞇著眼,定定看著甚麼。

「不在啊。」

「啥?」

大嬸緩緩移動眼珠。看樣子,她好像在找甚麼。一瞬間,我懷疑大嬸該不會是老年癡呆了吧,我暗自一驚。

大嬸微微伸長短小的脖子,認真在尋找。我毛骨悚然。大嬸該不會是在尋找外婆的靈魂,或者這世間不該有的東西？我凝視大嬸，無法動彈。

「找到了。」

大嬸語帶欣喜。

我朝大嬸牢牢鎖定的視線前方看去。隔開墓地與道路的圍牆上，有一隻黑貓。黑貓悠閒緩慢地走在圍牆上，最後爬上低矮的民宅屋頂，蜷縮成一團。原來是貓這種世上尋常出現的動物，我這才鬆了一口氣。不過，我當然不懂那個意義。

「小步，你嚇了一跳吧？」

「啥？」

大嬸像要安撫我似地看著我。

「你嚇了一跳吧。從埃及那遙遠的國家回來，結果大嬸家居然出現沙特拉黃門大人，對吧？」

我第一次從大嬸的嘴裡聽到「沙特拉黃門大人」這個字眼。明明應該是大嬸創始的東西，但是大嬸這樣一說，竟讓人懷疑那個該不會全是幻想，想想還真不可思議。

沙特拉黃門大人到底是甚麼？

「……我的確嚇了一跳。但是我不敢問那是甚麼，因為我覺得好像不該問。」

大嬸聽了呵呵笑。

「你呀，早在長大成人之前，就已經被逼著不得不變成大人了。」

聽到她這麼說，我不禁鼻頭一陣酸澀。

我清楚回想起自己玩樂高積木的情景。在矢田公寓的一角，默不吭聲，安靜組合樂高時的情景。

當時，我甚至還不到三歲。那麼小的時候發生的事我還記得，這本來就是件奇怪的事，照理說應該不可能。但是，在我腦海浮現的或紅或藍的樂高閃閃發光，非常美麗，彷彿此刻就在眼前。而且那種情景，無論如何，都有靜謐的寂寥縈繞不去。

「說到沙特拉黃門大人啊。」

大嬸的眼中出現水光，但她並沒有哭。大嬸已是老太婆了，鼻子不自覺流出鼻水。大嬸鬆弛的身體，會自動滲出各種水分。

「其實不管它是甚麼都行，只要能幫助來我家的那些人就好。」

我還記得大嬸口中的那些「來我家的人」。不需要對那段回憶存疑，我可以在腦海清楚描繪那些人的臉孔。那些人幾乎都是女的，但是其中也有大叔，有哭泣的人，而且也有連幼小的我都看得出來，像是走在鋼索上搖搖欲墜的人。

被父母留下的債務拖累苦不堪言的人。害怕丈夫施暴的人。房子燒毀，找不到生存意義的人。

無論是哪種人，大嬸都一視同仁。她會傾聽對方訴說，點頭同意，一直陪伴在那個人身邊。

「只要是能夠讓來我家的人，能有一個信仰，是甚麼都行。」

大嬸省略了很多話。那是大嬸一向的做法，但我很高興。因為我認為，那是大嬸認同我的證據。我用自己的頭腦思考。

我在思考大嬸那句「是甚麼都行」，背後隱藏的意義。

只要能有一個信仰，是甚麼都行。

世間眾生皆有種種痛苦。有些痛苦絕對無法解決，也有些痛苦殘酷得讓人無法接受。肯定會有某種信仰是為了那樣的人而存在吧。有些問題光靠我等凡人無法解決，有些問題如果歸咎於自己，只會讓自己活不下去。

為了一肩扛起那些問題，才會有信仰、有宗教的存在吧。

然而大嬸並沒有從既存的宗教之中尋求解決之道。

大嬸是個聰明人。不過，她不只是聰明，她有能力分辨危險事物，知道甚麼樣的東西會給人帶來痛苦。

「是甚麼都行。」

大嬸肯定認為，如果依賴既存的宗教，又會產生新的痛苦。宗教的差異，造成許多悲劇性的抗爭，還有許多人以「教義」之名迫害他人，大嬸不是透過新聞，而幾乎是憑著身體直覺理解了這些。

沙特拉黃門大人沒有教義。基本上，它本來就不是宗教。沙特拉黃門大人，只是在那裡、、、、的東西，是一張紙。它從不向祈禱者強求甚麼，也不會給予甚麼，只是在那裡。大家因此得以將一切寄託在沙特拉黃門大人上，歸因於沙特拉黃門大人。

「那麼，為什麼叫做沙特拉黃門大人？」

沙特拉黃門大人到底是甚麼？

「你看。」

我朝大嬸用下巴指著的方向看去，只見剛才那隻黑貓睡著了。

「看甚麼？」

「那個。」

「貓？」

「對呀。不過，不是黑的。」

「甚麼？」

「是褐色虎斑貓（chatora）。」

我沉默。沉默著，忍受衝擊。我的手臂，出現大片雞皮疙瘩。

「不是有隻虎斑貓常來我家嗎？你記得吧？」

我記得。常來大嬸家的許多貓咪之中有一隻褐色虎斑貓。那是隨處可見，極為普通的貓咪。沒有任何神聖之處，就只是一隻貓。

「那個小傢伙伸懶腰時，屁眼會不停抖動，看起來非常可愛。看到那個，大嬸就覺得甚麼都無所謂了。」

大嬸好像想起甚麼似地笑了。鼻水順勢淌下，大嬸卻毫不在乎。

「意思是褐色虎斑貓的肛門（chatora-no-koumon）？」

我戰戰兢兢地說。

「對呀。」

「沙特拉黃門（satora-koumon）大人？」

「對。」

那一刻，我再也按捺不住，不由微微顫抖。席捲數百人，作為一大宗教（雖然大嬸從來沒說過那種話）令這條街，乃至整個地區都陷入狂熱的，結果居然是褐色虎斑貓的肛門。

「是甚麼都無關緊要喔。」

那才是重點。不可以是氣派的東西，不可以是會讓我們畏懼的東西。必須是能夠讓人覺得這世上發生的種種「怎樣都無關緊要」的東西。

「妳那天告訴我姊的就是這個嗎？」

我想起姊姊的房間，那扇緊閉的門扉。

就在那向來悄然無聲的房間，那天，大嬸頭一次發話。就在那房間裡，姊姊受到與我相同，不，肯定是比我更強烈、難以比擬的衝擊。

「我姊聽了之後怎麼說？」

「她沒說話，只是一直看著我。」

光聽這句話，我好像就能理解姊姊的心情。

自己相信的，打從心底相信、追隨的，原來並不是偉大的力量。原來一點也不偉大。

那其實只是貓咪的肛門。

是過去看過幾百次，到處都有，不足為取的東西。、、、、、我想起那天，姊姊從房間出來的模樣。幾乎糾結成一條一條的頭髮，沾滿汙垢的皮膚，還有，那股強烈的臭味。

姊姊很飢渴。從小，她就對一切飢渴。

大嬸一直看著那樣的姊姊。大嬸很疼愛她，而且打算永遠默默守護著姊姊，守護著被自己創造的「沙特拉黃門大人」，這不足為取的東西奪去全副心魂的姊姊。

大嬸認為，為了讓姊姊不再將「不被人愛」、飢渴於「不滿足」的原因歸咎於自己，所以「沙特拉黃門大人」對姊姊而言是必要的。後來雖然出現那樣的結局，決定性地傷害了姊姊，但是即便如此，大嬸當然不可能對姊姊見死不救。大嬸是真的疼愛姊姊。

「我對那孩子說，必須靠自己，找到自己相信的東西。」

我的鼻孔，還殘留著姊姊房間強烈的氣味。而且那個味道，令我不由自主想起布滿整面牆壁的長著尾巴的卷貝。

「一定要靠自己找到自己相信的東西。」

我姊就此展開宗教性的浪遊。

她主動採取行動了。為了找到取代「沙特拉黃門大人」的東西，自己相信的東西。

我想起在喪禮上看到的姊姊背影，那漂亮的光頭。

自煙囪冒出外婆的白煙，久久不絕。

42

外婆死了，我媽陷入失意的谷底，但她並未放棄再婚的念頭。

結果，我在老家待了兩星期（身為自由寫作者，這是致命的天數），我媽在我停留期間，一直努力試圖安排那個男人和我見面。

我真的很受不了我媽。

守靈夜和喪禮上還哭得一塌糊塗完全幫不上忙的媽媽，別說是還在服喪期了，才剛、剛開始服喪的數日之內，居然就已精力充沛地開始為自己的再婚做準備。

想當然耳，我拒絕與對方見面。

「那我自己結婚你也無所謂囉？」

她幾乎是擺出吵架的挑釁姿態。我簡直不敢相信，我已經連生氣都氣不起來了。我只想知道她幹嘛那麼心急。外婆前幾天才剛過世，就連我媽，不也哭得那麼傷心嗎？

「妳幹嘛那麼心急？」

廚房的流理台上放著外婆的照片。我家沒有佛壇，我媽基於室內裝潢的美觀不認同佛壇的存在。外婆的遺照當然放在夏枝姨住的家中佛壇上，每天早晚由夏枝姨供上清水和白飯。

「我才沒有心急。那是老早之前就決定的，只是等著告訴你們而已。」

就算妳自己要等，自己要心急，也不關我的事。然而，我非常可悲地心知肚明，處於那種、狀態的媽媽根本不會理解那種事。

「外婆才剛過世耶。」

「就算是外婆，也絕對會替我高興。」

我沒有再多說甚麼，默默回自己的房間。我只是覺得隨便妳想怎樣就怎樣。我媽對著我的背影，像要窮追猛打地說：

「我一定會幸福的。」

我這才想到，打從幾年前，她就不再自稱「媽媽」了。她一直用「我」自稱。

「我一定會幸福的。」

她頑強的意志，無論發生任何事都絕對不會妥協。

就在我回東京的那天，她居然做出把未婚夫帶去新幹線月台的荒唐舉動。

當時我正在開往東京的希望號自由座的月台候車，忽然見到兩人出現。我太過驚訝，連話都說不出來。不知她是怎麼知道我要搭乘的新幹線，而且，這麼遼闊的月台，又是怎麼找到我的？我媽的衝動每每讓人震驚，到了這個地步，我不得不認為我媽擁有不可思議的神奇力量。

「步。這位，是小佐田先生。」

我媽完全不管我的臉色難不難看，逕自挽起身旁男人的手臂。

被稱為小佐田先生的人說：

「敝姓小佐田，請多指教。」

說完朝我鞠躬。

小佐田先生比起外表年輕的我媽看起來更年輕。事後詢問年齡，才知他四十四歲，換句話說他足足比我媽小了八歲。而且，可悲的是，小佐田先生與年輕時的爸爸驚人地相似。他很像昔日那個身材高挑、相貌堂堂的爸爸。

我不忍心對小佐田先生置之不理。他看起來很明顯一臉困窘的樣子，想必是被我媽硬拉來的吧。當我媽陷入那種狀態後，絕對無人能夠阻止，這點小佐田先生今後將以萬分悲傷的心情學到。我已經開始同情小佐田先生了。

見我低頭行禮，小佐田先生說，

「對不起。在這種時候見面。」

說完深深低頭鞠躬。小佐田先生一定是好人，大好人。但是，就算是好人，也不應該在外婆死後立刻住進我們家。

「嗅。」

我含糊回答，立刻鑽上滑進月台的希望號。我下定決心絕不回頭，但是在我找到空位坐下後，我媽竟拉著小佐田先生的手走到我的窗邊，然後隔著玻璃窗定定看著我。那時，我幾乎只感到恐懼。我媽對幸福異常的執著，令我的背脊發冷。

「步，有空要再回來喔。」

我媽隔著車窗說。我想她隱含的意思大概是想說：雖然小佐田先生要搬來同住，但那個家也是我的家。可是，我當然不打算再回去，因為我無法原諒我媽誇張的荒唐舉動。

小佐田先生從最初到最後一直滿臉抱歉地站在我媽身旁，灰色西裝的腋下已被汗水浸濕變色。小佐田先生才剛離婚，兩個女兒還在念小學。

回程的希望號上，我很久沒這樣喝醉了。

每次服務員推車經過時我就買啤酒，抵達新橫濱時，我已喝光九罐啤酒。我爛醉如泥地在東京下車，好一陣子都無法走出車站廁所。意識朦朧中，一直看著馬桶光潔的白色。

我媽真的很快就再婚了。她從此要以小佐田奈緒子的身分活下去。

等我填補長期的空白，終於完全找回工作節奏時，卷貝，也就是我姊，已占領東京都內的每個角落。

「我打算做更多。」

姊姊果真照她所言，製作了大量的卷貝，有大的，也有小的。姊姊和她的同黨把那些卷貝放置在東京各地，無法放置時，就在牆上用噴漆畫出卷貝。姊姊簡直成了蒙面塗鴉藝術家。

我推掉採訪姊姊的工作，後來好像換成別的寫手去採訪。我不知道他們是如何找到姊姊。但是，某家刊載流行次文化的藝文雜誌，最後的確以黑白頁的四分之一篇幅刊出那篇報導，姊姊的確在不提姓名與長相的條件下接受採訪。粗體標題寫著：

「卷貝，是我從小的心靈寄託。」

一看到這句標題，我就合起雜誌。

如果可以，我真想和今橋家所有的女人斷絕關係。我恨不得躲進深山，但又忍不住氣憤：

「為何是我？」我在這個世界上腳踏實地活著。與創作者見面，寫稿，與社會明確地保持關聯。

該從這個世界離開的不是我，是她們兩人。

我在心中一再試圖想像兩人在深山寺院過著安靜的隱遁生活。不消說，那絕對不可能，那兩人不可能主動從自己的舞台退場。

結果實現我想像的，是爸爸。

爸爸從公司退休，真的隱居於深山寺院。

「你要出家？」

我是在爸爸即將前往山寺的一週前收到他的通知。爸爸已經自公司離職了。

「談不上出家那麼誇張啦。」

爸爸喝著柳橙汁。我凝望玻璃杯上的水滴，在我的腦海，「圷家」這兩個字已支離破碎。

「可是，爸你要拋下家，也拋棄財產，住進山寺吧？那樣不就是出家嗎？」

「家裡有貴子住，財產也會交給你們母子三人。我領到的退休金還不少喔。」

「我不是問那個！」

我很激動。

搞甚麼鬼。圷家到底怎麼了？

那是我以前曾經想過的問題。我的家庭瘋了，完完全全地瘋了——以前也曾，不，我應該已想過八百遍了。

可是現在，我彷彿頭一次這麼想到似地，強烈受到傷害。

我姊還在繼續製造奇怪的卷貝，我媽在外婆死後立刻再婚，我本來以為唯一正常的爸爸居然說要出家。

這一家人，到底在搞甚麼！

「搞甚麼，真是，搞甚麼啊……」

我苦惱抱頭。不久前，我才剛過完二十六歲生日，但我覺得自己好像一下子老了五歲甚至十歲。

「我很抱歉這麼晚才向你報告。不過，雖說是要出家，其實也不是那麼正式，如果你想見我時，還是可以見面。」

「那個不重要。為甚麼，到底為甚麼？是因為那個人再婚？」

我不打算稱呼我媽「媽媽」。既然她以「我」自稱，打算走自我的人生，那我也沒有義務非得稱呼她「媽媽」不可。

「爸，是因為那個人再婚嗎？」

爸爸聽了我的話啞口無言。他看起來很痛苦，但那或許是爸爸本來的表情。

「是那樣嗎？那對你打擊很大？」

「不是。你媽再婚，能夠找到幸福歸宿，我真的很高興。爸爸是真的很高興，這下子可以安心了。貴子好像也找到自己想做的事了，至於錢的問題，靠我領的退休金，我想應該還能撐一段時間。」

「等一下，爸你的意思是說你老早就想出家了？」

「……是啊。」

爸爸好像下定決心，打算對我坦誠相告。

「可是，之前那個人還單身，姊姊又是那樣，所以你才一直忍著沒出家？」

「爸爸沒有忍，是爸爸自己不放心。她們兩人沒有錯。」

「沒有錯？靠你賺的錢逍遙度日，外婆一死就立刻結婚耶？」

「那樣並沒有錯。錢是爸爸自己想給的，況且你媽——」

「可是結婚是另一回事吧？你知道那個人，一直跟各種不同的人交往嗎？」

我無法煞車。脫口而出之後，我才想到自己為何這麼想傷害爸爸。

「她可不是單身。她交了很多男朋友，而且，還讓男人住進那個家你知道嗎？都是花你的錢你知道嗎？」

「即便如此，只要你媽能夠幸福——」

「爸你早就知道？」

「……」

「爸，你早就知道那個人男朋友換了一個又一個？」

「還不至於換了一個又一個吧。不過，嗯，我知道。」

我噢了一聲，就此僵住。

離婚之後，我媽交過無數男友，而且揮霍他辛苦賺來的錢打扮得花枝招展去見新男人，這些事情爸爸都知道。

「她說不定還拿你的錢去養小白臉。」

為什麼我非要這樣傷害爸爸？媽媽拿錢供養別的的男人云云，那應該不可能是事實。至少，我沒聽說過。可是，看著眼前彎腰駝背的爸爸，我就是按捺不住地變得特別殘忍。

「不會吧。」

「爸你都不生氣？」

「不生氣，只要你媽幸福，那就夠了。」

這時，我想起那晚揚言「一定會幸福」的媽媽。哪怕爸爸不幸，女兒、兒子都很痛苦，自己也要獨自幸福。媽媽雖然沒有這麼說，卻表現出這種強悍與殘酷的意義。

「只要你媽能夠幸福就好。」

我啜飲咖啡，試圖讓自己冷靜下來。喝著甜膩的咖啡，就會想起那個警告我白砂糖對身體不好的姊姊，我覺得很煩。

「所以，那個人得到幸福了，你就安心了，然後呢？出家？」

爸爸早已把腦袋剃得光溜溜。穿白T恤和灰色運動褲的爸爸，打從走進咖啡店的那一刻起，就已散發出家僧侶的氛圍。

不，不只是今天。爸爸很久之前就以在家眾的身分修行。就連我，想必也曾一次又一次這麼想過。只是「像僧侶的爸爸」，和「成為僧侶的爸爸」，終究不同。完全不同。

爸爸，依然還是我的爸爸。

「那麼重大的事，為什麼不講一聲就決定。」

我已經不再看爸爸。

「我們是一家人吧？為什麼每個人都這樣？」

我本以為爸爸，只有爸爸，是我家的正常人。換言之，我以為只有他理解我的心情。我以為爸爸的異樣寬容，只是出於他那驚人的善良溫和。但我錯了。

「為什麼那麼任性？」

家庭四分五裂的故事，我已聽到不想再聽。但是，那種事一旦降臨到自己身上，那過度絕望的血淋淋之感令我毛骨悚然。即便知道這麼想很可恥，我還是不由自主地覺得自己是全世界最不幸的人。

「步。」

我憑當下氣氛就知道爸爸會傾身向前。下一瞬間，他的手放到我肩上。這意外的行為令我吃驚，然後我感到難為情，甩開爸爸的手。即便隔著T恤，我也能感到爸爸的手非常冷。

「對不起。」

爸爸朝我深深一鞠躬。看著那光溜溜的腦袋，我深深感覺到，爸爸是認真的。

「真的很對不起。請你原諒。」

被他這樣道歉，我反而更加氣憤了。

爸爸一直很努力。為了我們，只為了我們。自從某一刻起，爸爸辛苦工作賺得的錢，再也不肯花在他自己身上。這些年他是為了媽媽，為了姊姊，為了我，也為了外婆和夏枝姨在工作。

可是，如今爸爸第一次決定去做自己想做的事，我卻以前所未有的力氣對爸爸生氣。

「你們自顧自地離婚。」

我已經二十六歲了，我長大了。面對理光頭、瘦得不可能再瘦、把全部財產都留給我們、打算退出社會的爸爸，我根本沒資格講這種話。可是，我還是無法停止。

「自顧自地說要出家。」

對爸爸的憤怒，對自己的厭惡，令我微微顫抖。

「步。真的，真的很對不起。」

爸爸沒有抬起頭。看著他頭頂的傷疤，我差點哭出來。爸爸肯定是自己剃的頭。像NIKE商標的傷疤，雖然很小，但是大概會殘留好一陣子吧。

爸爸住進了關東近郊的山寺。

過了一陣子，我的戶頭匯入一筆錢。那是令人悲傷的巨款。

第五章

殘酷的未來

43

我姊著實成了地下世界的精神領袖。

她製作各種卷貝，描繪圖畫，在現場用噴漆畫出一圈一圈的圓形圖案，大概是當作簽名吧。因為那個標誌，姊姊被稱為「漩渦」。這些年她把我捲入各種漩渦，這個名稱的確很適合她。

「漩渦」留下的卷貝，每個都很精緻。若是事先完成的造型物體還能理解，但她是怎樣在當場留下這樣的圖畫，令大家都覺得很不可思議。可姊姊他們就是神不知鬼不覺地做到了。

塗鴉算是犯罪。姊姊他們背著警察留下各種卷貝。不知幾時她的造型作品開始被偷，在拍賣會上以高價賣出。有時是五萬圓，有時是二十萬，最後超過五十萬時，我在網路上看了不禁雙手發抖。

但這場騷動，依然只在暗地裡進行。

在八卦談話性節目和電視新聞中，這場騷動被藝人的婚訊及六本木之丘開幕這些熱鬧的新聞掩蓋，壓根沒提起「漩渦」一個字。但是，姊姊的確是名人，不知為何。

我從幾年前才開始接觸的網路，以怒濤洶湧之勢速迅普及。那種普及的方式，和某種東西有點像。但是，在我思考到底像甚麼之際，它已更加迅速地蔓延，結果奪走了我的思考能力。

姊姊在網路這個盒子裡掀起各種論戰，被人不斷推上祭壇。

在「UZUMAKI（漩渦）」這個標題的分類項目下，從「漩渦」究竟是何方神聖的爭論——看到在班克斯（Banksy）、巴斯奇亞（Basquiat）這些塗鴉藝術家的名字之中還出現稱她為「現代的浮世繪大師寫樂」這種留言時，我很想吐——乃至各種謾罵，充斥各種評論與留言。

然後，有一天，我終於看到了。

「漩渦是神。」

那只是一句莫名其妙的傻話，而且很快就被反駁的大批評論淹沒。

但我忘不了，昔日的噩夢又清晰重現。

沙特拉黃門大人。

姊姊的周遭已有許多支持者出現，他們想必還不至於把姊姊當成神。但是，在他們之中，姊姊的存在已變得很重要。姊姊應該不可能付酬勞給他們，換言之，有一群死心塌地信奉姊姊的人，聚集在姊姊的周遭。

如此一來，已可預見姊姊遲早會崩壞。

因為，姊姊並不是神。

姊姊的身邊，已經沒有矢田孀。換言之，沒有人可以再救她了。

姊姊三十歲了。她已經不是容易受傷的十幾歲少女了，但我知道，在某個部分，她比十幾歲的少女更脆弱易受傷害。

為了姊姊的事過度心煩，我漸漸憔悴。我本來就瘦，所以我以為不會被任何人發現，但是如今不時有人說我「變瘦了」。再加上壓力過大令我菸抽得越來越凶，我開始不祥地咳嗽。

我這樣的變化，身為女友的紗智子自然不可能沒有發現。

「阿步，你很忙嗎？」

紗智子剛從石垣島回來，她是為了旅遊專題報導去攝影。紗智子經常這樣遠征外地。而且，她還沒回自己家就先來我家，讓我很開心。

「幹嘛這麼問？」

「因為你看起來很累。」

紗智子曬黑了。我很喜歡這樣滿不在乎任由自己曬黑的紗智子。

「不，我沒事。」

老實說，我拿不定主意是否該告訴紗智子。

雖然我曾立誓不把我姊的事情告訴任何人，但是面對姊姊一天比一天更像「精神領袖」的事實，我的心理負擔已至臨界點。我想把姊姊的事告訴某個人，減輕心理負擔。

如今想來，我很後悔為何沒有找鴻上喝酒。大學畢業後，即便成為自由寫作者，我還是和鴻上保持聯絡。鴻上大學畢業後同樣沒有找工作，還是在打工。她的打工地點是池尻地區的餐廳，不過她有時好像也會做美術大學的裸體模特兒。

若是鴻上，就算我說出姊姊的事她大概也不會太驚訝，還會設身處地替我著想，傾聽我說話。而且不只是對我，想必也會關心姊姊。她不會帶著無謂的好奇心，她肯定只會誠心誠意地替姊姊操心。鴻上就是這種人，她是個溫柔的好人。

然而，我已置身在新世界。

我收到採訪名人及采風紀行、新歌介紹還有電影評論等各式各樣的邀稿。換言之我已是當紅的寫手，該見的人太多了。

而且當時我很喜歡紗智子，非常喜歡。紗智子也和晶一樣，不是那種會哭哭啼啼亂吃醋的個性，但我不想讓紗智子替我無謂地擔心。

「真的？你是不是有甚麼煩惱？儘管對我說不用客氣。如果現在不想說，等你想說時再說也行。」

紗智子很溫柔。

「好嗎？」

紗智子耀眼的笑顏，令我心醉神迷，那是我最大的失策。結果，我把姊姊的事告訴紗智子了。我說我姊就是「漩渦」，還說了「漩渦」製作的卷貝。

紗智子拿著本來正準備清潔保養的相機，就這麼認真聽我訴說。不時微微點頭，但我已經無暇注意紗智子的反應。總之我只想找個對象訴說，說我從小就怎麼被我姊耍得團團轉，為了逃離姊姊的影響，付出了多大的努力。最後，就連出家的爸爸，還有媽媽在外婆死後立刻再婚的種種，我也全都告訴她了。

等我統統說完時，已是深夜。

紗智子沉默片刻，凝視著我。然後靜靜地，

「謝謝你告訴我這些。」

她說。

「很辛苦吧。」

這句話，令我幾乎哭出來。

紗智子說出了我最想聽到的話。關於姊姊及家人的事，我並不奢求解決之道。但是，圷家最辛苦的是我，全世界最委曲求全的是我，這點，我希望得到某人的認同。

「你應該也能做些甚麼吧？」這種廢話自然不用說，就連「你姊也有她的苦衷」這種話，聽了也只會讓我火大。

「很辛苦吧。」

再沒有哪句話更適合在此時此地出現。

紗智子是女神，我如此暗想。

她比任何人都了解我。我幾乎衝動地想當場向她求婚。直到此刻，我才發現自己已到了適婚年齡。在我的腦海中，與紗智子住在時髦的房子，兩人攜手朝創作工作邁進的生活，化為緩慢的影像流過。我們很幸福。

「紗智子，謝謝妳。」

之後，紗智子替我放水讓我去洗澡，我和留下來過夜的她溫柔做愛，陷入安寧的沉睡。我打從心底想，幸好告訴她了。我感到紗智子與我之間，又有了一種堅定的情感連結。

然而，隔天早上，我正在泡咖啡時，紗智子如此開口。

「能不能讓我見你姊姊？」

紗智子比我更早起。她坐在桌前，好像一直在思考。

「啥？」

「你姊，現在住在東京吧？」

「……沒錯。」

「我能不能見她？」

紗智子在說甚麼，起初我還聽不懂。我把裝咖啡的馬克杯遞給紗智子，在紗智子對面坐下。

「我想見你姊。」

那一瞬間，我還抱著樂觀的揣測，以為紗智子是關心我才這麼說。我以為她打算去找這些年把我耍得團團轉的姊姊替我討回公道，叫姊姊「不要再繼續拖累阿步。搞活動要有分寸」。但是，看著紗智子的表情，我才發現並非如此。紗智子的眼睛炯炯發光。

「妳想見她……做甚麼？」

面對戰戰兢兢如此詢問的我，紗智子熱切地向前傾身。

「我想替你姊拍照。」

那一刻，我的直覺反應是看著馬克杯。換言之，我想起與晶分手時的情景。紗智子的這句話，令我受傷得霎時決定與她分手（這對馬克杯，是我和紗智子一起去柏林採訪時買回來的。看來，我好像真的很喜歡與女友買成對的馬克杯）。

「拍照……」

「你放心，不是標榜『漩渦的真面目』那種八卦新聞式的照片。是我拍的照片喔，你懂吧？我想拍攝在人生受過傷的女性找到藝術這個表現手法後，走向嶄新人生的模樣。」

我定定看著自己泡的咖啡，那是美麗的栗子色。嘴上說愛喝咖啡，但我其實只喝得下放了大量牛奶與砂糖的咖啡。每次放砂糖時，姊姊的聲音就會在腦海重現，但我置若罔聞，繼續消費砂糖。

「好嗎，阿步？」

紗智子說著，拉起我的手。她那纖細的手指，一點也不像攝影師的手，但是，紗智子的確在拍照。她拍過成千上萬張的照片，每張照片都很美，但是坦白說，我從來不覺得紗智子的照片有哪一點好。或者該說，我不明白究竟要從哪看出照片的好壞。我讚美編輯讚美的照片，貶低編輯貶低的照片。我這種人，就是這樣。

「請你相信我，相信我的照片。」

我當然拒絕了紗智子的請求，但是紗智子不死心。她使出千方百計來說服我。

「阿步，你必須坦然面對你姊。」

「你姊若能堂堂正正地現身，說不定她就可以穩定下來，勇敢面對過去。」

她講了很多，但總之結論只有一句「讓我替她拍照」（不過話說回來，女人為何這麼喜歡使用「面對」這個字眼）。

紗智子的目光清澈，宛如北歐的湖泊，是沒有絲毫雜質的美麗顏色。但是，正因如此才可怕。紗智子不含雜質的純粹野心很可怕，她想貫徹自己意志的氣魄很可怕。

是的，換言之，紗智子露出跟我媽一樣的目光。

察覺這點的瞬間，我的馬克杯掉落地上。我是故意的。

我與紗智子，後來還是繼續交往了幾個月。紗智子會傳簡訊來，我也會回覆，但是，我們畢竟無法再恩愛如初。我無法抹消對紗智子的不信任，紗智子也心知肚明。而且，到頭來我終究無法諒解她對藝術的企圖心，這令她十分氣惱。

而我早已明白。

紗智子渴望藉由拍攝我姊的照片，讓自己更上一層樓。

紗智子是個美女，也很親切，還有不錯的技術與體力，所以一直有接不完的工作。但是，紗智子早已有自覺，自己的賣點只在於美貌和親切，以及還算不錯的技術與體力。

若是普通的攝影師，那已是絕對足夠的本錢。問題是紗智子並非普通的攝影師，她是一個野心勃勃的攝影師。

紗智子渴望所謂的藝術名聲，她希望被稱為「攝影大師」而非普通的攝影師。在那樣的紗智子看來，我姊這號人物想必是極有魅力的拍攝對象。

我倆在一起時，紗智子如果提起我姊的名字，我會很不高興。看到不高興的我，紗智子也會變得不高興。她指責我不理解藝術，說我反對身為女人的她積極從事藝術活動，是舊時代的大男人主義。而我終於忍無可忍。

即便如此，與紗智子分手的時候，我仍對紗智子心存愛意。

我在自己的心中繼續溫存那個溫柔的紗智子，那個聰穎美麗、衷心愛著我的紗智子。然而，最後我卻打從心底痛恨那樣的紗智子。

因為紗智子在分手後，向某位我也合作過的編輯提起她的計畫。

「能不能讓我拍攝『漩渦』？」

如果光是那樣也就算了，可是紗智子還告訴那個編輯「漩渦」就是我的姊姊。

編輯找上我。

「今橋老弟，能不能由你出面請你姊答應攝影？」

我當然拒絕了。可怕的是，即便如此紗智子還是和我姊取得聯繫。

很不幸的是，姊姊接受過一次採訪。就是之前我推掉的那個小篇幅採訪。編輯和紗智子找到那篇採訪後，和當時的寫手聯絡，最後成功聯繫到姊姊。而且，甚麼不好說，偏偏打出我的名號，說服姊姊接受拍攝。

「那個人說她是你的女朋友。」

事後姊姊如此告訴我。那時我當然已經和紗智子分手了。換言之，紗智子利用了我的名字。

紗智子的野心，和她那種為達目的輕易便可出賣昔日戀人的精神，令我萬分恐懼。那時，我確確實實對女人感到絕望。我和女人的交往方式，打從國中和有島交往時就已扭曲，然後到了今天，就此確定。我再也無法相信女人了。

「她還說，能夠見到男友的姊姊很榮幸。」

結果，姊姊讓紗智子拍了幾百張照片。

之後雜誌以整整十頁（！）的專題報導刊出姊姊的照片。

以「碰觸漩渦的核心」為主題的雜誌頁面上，赤裸裸地揭露姊姊的素顏。站在大卷貝旁，理著光頭的姊姊，瘦削的身軀穿著男士西裝。那是有墊肩、乍看之下很像科學怪人的西裝，屁股的地方縫著那條老鼠尾巴。西裝底下，不著寸縷。若隱若現的肌膚下，瘦骨嶙峋得怵目驚心。消瘦的臉頰與凹陷的眼窩，令姊姊的模樣看起來非常不祥。

雜誌一推出，那些照片就（在網路世界）得到極大的回響。

紗智子從此將拍攝「受傷女性的重生」作為畢生志業，另一方的姊姊，卻只暴露在無數的汙言穢語中。

44

姊姊為什麼要上雜誌呢？

身為神祕的「漩渦」，扮演地下世界的精神領袖難道還不滿足嗎？抑或——那是我最不願意想的——是因為紗智子是我的女友，這才打動了她？

如果真是那樣，姊姊的再次崩潰都是我的錯。

這樣說或許很像狡辯，但我的確曾經試著聯絡姊姊。或者該說，我是要告訴她，我和紗智子已經分手了，紗智子想利用她成就攝影家的名聲。但是，姊姊聽了之後的反應是：

「步。就算已經分手，也不可以講昔日戀人的壞話喔。」

姊姊的聲音，有點生氣勃勃的味道。

不管對方是誰，總之有人熱心地表明想拍攝自己，這大概讓姊姊很興奮，而且雖是前任，但弟弟的女友想見身為姊姊的自己，想必也讓她很高興。

姊姊是意志頑強的媽媽生的孩子，同時，也是無比溫柔的爸爸生的孩子。媽媽對於有人要替自己拍照視為理所當然，絕對不會說「接下來換我幫你拍」，而爸爸原諒與自己有關的所有人，像笨蛋一樣出錢出力。這兩人的血在姊姊體內交融，然後也因為這樣的血緣，讓姊姊受到傷害。

網路上的評論已變得非常可怕。

只不過出場一次就被攻擊到這種地步的人物也很罕見。由此可見姊姊的出現有多麼煽情聳動，而且多麼具有攻擊的意義，匿名的評論源源不絕地湧現。之前我就在想網路的蔓延很像某種東西，看著種種網路評論，我突然靈光一閃。

這種情形，和蝗蟲過境很相似。

不，管他是蝗蟲還是蝙蝠都無所謂。總之和生物大量繁殖，把整個村子或森林吃個精光的現象很相似。

姊姊看了網路評論。好像看到了。

或許是某個支持者偷偷告狀，或許是對姊姊直接造成某種傷害。我並不想知道箇中曲直，總之重要的是，姊姊再次受傷了。

網路上的謾罵，不是針對姊姊的作品（也就是卷貝），幾乎都是針對姊姊的容貌。換言之，是以「醜八怪」、「噁心」開頭的，像公廁塗鴉那種無聊的東西。身為「藝術家」，姊姊不該在意那種東西，不，說不定她本來就沒放在心上。無論是罵她「自以為是領袖」或「外行人也敢大搖大擺出風頭」，對於永遠是孤高藝術家的姊姊而言，想必只不過是小小的刺激。

然而，姊姊看到了。

在那些無聊的謾罵中，她看到某句話。

神木。

正確說來，對方寫的是「看起來就像個神木」，好吧，姑且退一萬步，那說不定是用來形容姊姊的孤高、神聖。

「神木」。

但是，姊姊不是普通的三十歲女性。她是那個姊姊、、、。

她不是「漩渦」，是貴子。

姊姊輕易便退回到小時候。而且在回到小時候的同時，也不忘把自己懷抱的種種童年陰影全都扯出來。那些別人曾經針對自己的殘酷言詞，別人曾經指著自己的種種嘲笑行為。曾經對自己敬畏如神的視線，霎時變成看待怪物的瞬間。

而且，如今姊姊孤身一人。

爸爸已住進山寺，身為弟弟的我完全幫不上忙。至於向媽媽求救，姊姊壓根沒有那種念頭。

「漩渦」就此停止一切活動。

乾脆俐落得令人害怕。比起蝗蟲過境吃光村子更輕易地，姊姊這棵樹倒下了。對姊姊而言，「神木」這個字眼，宛如崩壞的咒語。

紗智子和編輯並沒有保護姊姊。他們拍完想拍的照片，爆完想爆的料，之後就拍拍屁股走人。雖說當初是姊姊自己同意攝影，而且姊姊也已經是大人了，但那種做法委實太殘酷。

姊姊被拋棄了。

大批的支持者也一個接一個地離開了姊姊。沒有人能夠和完全不再製作卷貝的姊姊相處太久。少了卷貝，姊姊只是一介凡人。

姊姊再次閉門不出。

卷貝的吸引力，無法將姊姊挽留在我們這邊的世界。而且，很重要的是，沙特拉黃門大人已經不在了。褐色虎斑貓的肛門，即便在東京也隨處可見，但那已無法拯救姊姊的心靈。因為那只是平凡的褐色虎斑貓，平凡的肛門。

但是，還是有人救了那樣的姊姊。無論何時，拯救姊姊的永遠是那個人。

矢田嬸。

只不過，這次矢田嬸用了有點特別的方式拯救姊姊。

因為，大嬸死了。大嬸竟然在死後還救了姊姊。

是夏枝姨去拜訪大嬸時，發現大嬸遺體的。阿姨好像命中注定總是會第一個發現親友的遺體。大嬸的死因很巧合地與外婆一樣是心肌梗塞，換言之是猝死。

大嬸窩在暖桌裡，就此再也不動。野貓從廚房窗子拉開的隙縫鑽進屋內，彷彿想溫暖身體逐漸冰涼的大嬸，據說那些野貓蜷縮在她的周圍。夏枝姨感佩地望著那一幕看了半晌。

「很壯觀，簡直像釋迦牟尼死的時候。」

釋迦牟尼死的時候，阿姨當然不在身旁，但是阿姨絕對不會說謊。既然她會這麼想，可見當時的景象就是如此。矢田嬸就像釋迦牟尼圓寂時那樣，神聖地死去了。

外婆過世還不到一年，我不得不為了參加喪禮再次返鄉。我戰戰兢兢地通知姊姊後，她也跟著回來了。老實說，我認為這下子姊姊的精神將會徹底崩潰。失去沙特拉黃門大人，再度被「神木」重傷，如今，又失去了矢田嬸。

姊姊在返鄉的新幹線上保持靜默，那種靜默很可怕。她留長的頭髮醜陋地聳起，看起來像個男人。即便如此，姊姊畢竟走出房門了。為了見大嬸，她走到我們這一邊了。大嬸的力量如此無遠弗屆，甚且在死後依然不減。

我們姊弟沒有回老家，直接住在外婆家。因為我們的家，已成了我媽和小佐田先生的新婚愛巢。而我媽對於我們不回家住，也沒有任何意見。就算是那樣的媽媽，肯定也感到有點愧疚。而且想到向來敬愛大嬸的我們會有多麼心痛，媽媽或多或少也在用她的方式體諒我們。

大嬸的喪禮來了很多人，真的是很多人。曾接受大嬸經濟援助的人，由大嬸取名的孩子，被大嬸勸說後洗心革面的流氓，請大嬸當媒人的夫妻。就連早就知道大嬸如教父般事蹟的我們，都只能對那個數量咋舌。那絕非一般老女人的喪禮會有的弔唁人數。

姊姊在喪禮期間也很安靜。她沒有發飆，也沒有慟哭。她定定凝視大嬸的遺照。光看她那個樣子，感覺不出崩潰的預兆，但是，我目擊姊姊中途輕飄飄走出喪禮會場。大家投向姊姊的好奇眼光，沒有外婆的喪禮時那麼強烈。因為比起對姊姊的好奇，矢田嬸的死亡本身是更重大的事件，所以姊姊得以安靜地離開會場。

我悄悄尾隨姊姊，我怕她會做出甚麼事，我是說與死亡有關的某種行為。就算不是那樣，也難保被逼到這種地步的姊姊會做出甚麼行為。

姊姊經過墳場。幾隻貓自行蹲在墓碑上，但姊姊一經過，牠們就翩然跳下，彷彿要替姊姊帶路似地，走在姊姊的前面。接著那些貓又跳上另一塊墓碑，目不轉睛地看著姊姊。幾隻，又幾隻，一再重複。看著那不可思議的情景，我終於確信，姊姊應該是要去大嬸家。姊姊的步伐非常堅定。

大嬸家中，跟以前一樣有很多貓。

其中，也有褐色虎斑貓。我不知道是不是那隻虎斑貓，但那傢伙在貓群中也只是非常普通、、的貓。這時，姊姊發現我也跟來了，她注視我，但是不發一語。

大嬸家沒有上鎖。

姊姊就像回到自己的家，逕自開門走入屋內。屋內也有幾隻貓。少了大嬸的房子，依然瀰漫大嬸濃郁的氣息，不管怎麼想，都是「大嬸的家」。是長久以來與我生活十分親近的大嬸家。

這是姊姊自從沙特拉黃門大人的瓦解以來，第一次走進這個屋子。我跟在姊姊身後，非常緊張地觀察姊姊的動向。

姊姊佇立著凝視著屋子半晌。

她正凝視著某一點，即便站在她身後，我也知道她看的是昔日擺設沙特拉黃門大人祭壇的位置。那一瞬間，在姊姊的心中，想必有種種，真的是種種念頭來去。姊姊肯定是被某種我難以計測的東西震懾，所以只能站在原地。

「喵。」

一隻花貓叫了。那個聲音彷彿口令，讓姊姊動了起來。

姊姊走到以前放祭壇的位置，打開那裡的櫃子門。簡直像在她自己的房間，甚麼地方放了甚麼東西她好像統統都瞭如指掌。而且，我想她的確很清楚。姊姊打開的櫃子裡，放了一個造型簡單的木盒。這宛如魔法般的發展，令我靜靜地亢奮。

然而，姊姊意外地很乾脆地取出盒子，更加乾脆地打開盒子。即便我在旁邊看著，她也毫不在意。

盒子裡放了兩封信，一封寫著「遺書」，另一封寫著「貴子」。那一刻，我強烈嫉妒著姊姊。雖然比不上姊姊，但我也很喜歡矢田嬸，而矢田嬸，應該也很喜歡我。可是大嬸即便死了，依然惦記姊姊，只想留話給姊姊一個人。寫有「貴子」的信封，對我來說太刺眼，非常刺眼。

姊姊面對如此戲劇化的情境，完全沒有退縮。想必，這是姊姊與大嬸老早就決定好的。大嬸或許是從她讓姊姊走出房間的那天起，也可能是更早之前就決定了。總之姊姊置身在只有大嬸和姊姊才理解的空間。姊姊看起來有點神聖，實在不像是一場蝗蟲過境就被輕易擊倒的人。

姊姊打開寫有「貴子」的那封信，信上是大嬸那男性化的字跡。

「如果找到了就將這封信與遺書扔棄。如果沒找到，就把遺書拿給大人看（最好是夏枝）。」

就只有這樣。

完全沒有甚麼臨別贈言或感傷的遺言。

老實說，我很失望。因為我以為信上應該寫了甚麼更戲劇化的東西。然而，我立刻念頭一轉，覺得這才是極有大嬸風格的做法。大嬸自始至終都很有男子氣概。她想必不會依依不捨、嘮嘮叨叨地留甚麼話，而且她大概也不希望因為那樣做使得姊姊依依不捨吧。

姊姊安靜地逐字看去。似乎是在內心細細咀嚼大嬸的話。「如果找到了」是甚麼意思，還有，「如果沒找到」又意味著甚麼，我覺得她好像有點拿捏不準，但在同時，她看起來又像是在難以估量的深度理解了那件事。

而我，當然想起了那句話。

「必須靠自己找到自己相信的東西。」

要去尋找取代沙特拉黃門大人的東西，只有自己相信的東西。那天，大嬸如此告訴姊姊，於是開始了姊姊的宗教希求之旅。

姊姊就保持那個姿勢靜默片刻。

連我也知道，姊姊「沒有找到」。姊姊一直努力想去信仰甚麼。那或許是伊斯蘭教的清真寺，或許是想出家的爸爸，或許是自己親手製作的卷貝。但是，無論是何者，姊姊都無法把它化為自己的所有物。因為，姊姊現在正受著傷。

我陪著姊姊，也在那裡安靜不動。我動不了。如果我做出行動，我怕可能會因此讓姊姊身上溢出甚麼。而那個，肯定是此刻不該有的。

姊姊輕撫紙面。那張紙，想必與當日寫上「沙特拉黃門大人」的那張紙是同樣的東西。就是那種平凡無奇的，白色的紙。然而紙面寫上大嬸強而有力的字跡後，便擁有了驚人的力量。

「（最好是夏枝）。」

足以證明大嬸驚人力量的證據，就是此刻打開房門的，不是別人，正是夏枝姨。我倒抽一口氣。姊姊應該已經充分是個大人，可大嬸卻寫著「給大人看」，說不定大嬸生前就已預料到這個場面？

「貴子。」

阿姨站在門口說。發現我也在場之後，朝我露出笑臉，但她立刻看向姊姊。那一刻，我再次像個幼稚的小鬼般嫉妒。我嫉妒的是現在的狀況，是大家，不，正確說來是我愛的大家，都只在意姊姊的這種狀況。

「給妳。」

姊姊說著，把寫有「遺書」的那封信交給阿姨。阿姨呆立片刻，之後好像同樣早就了解狀況似地接過那封信，然後就那麼站著撕開信封。

我暗自期待那封「遺書」或許寫了大嬸真正的遺言。或許寫了留給姊姊與阿姨（當然最好還有我）的感傷贈言。然而，那封遺書，同樣非常簡單乾脆。

她寫的是遺產的分配方法（大嬸的資產相當龐大。雖然她一直住在這種破房子）、喪禮之後的善後處理，最後，她如此寫道：

「請幫我撒放骨灰。由今橋貴子負責執行。」

這次，我明確地看著姊姊。

姊姊宛如深海生物，悄然無聲。她看起來不像是驚訝，也不像是理解了甚麼。她只是身在此處。那種靜謐的姿態，彷彿屋內隨處可見的貓咪。

遺書還有下文。

「撒放骨灰之際，請帶著這張紙同行。」

那張紙泛黃到可怕的地步。已經破舊得彷彿一碰就會粉碎，因此裝在透明資料夾中。看起來就像古代的神祕文書，不過再仔細一看，那是字典的某一頁，看樣子，好像是「す（SU）」那一頁。

為什麼我說「好像是」呢？因為那一頁，被墨汁整片塗黑了。除了一個名詞。

「救世主」。

我不禁望向阿姨，阿姨沉默不語，凝視那張紙。阿姨向來缺乏表情，但她的眼睛深處，此刻明顯流露驚愕。我看著阿姨的眼睛，就此確定，阿姨知道這件事。

「救世主」。

墨汁乾涸，隱約映出背後的「SU」行各種字彙。「SUKU（空）」、「SUGUKI（酸莖泡菜）」、「SUGUSAMA（立刻）」。

「阿姨，這個……」

我這麼一說，阿姨看著我，然後看著我姊。

「妳知道甚麼嗎？」

阿姨微微點頭。並且，點完頭之後，彷彿這才想起要說話，

「我知道。」

她小聲說。

「這是甚麼？」

阿姨告訴我們那段往事。

那是關於矢田孀某段戀情的故事。

45

大嬸於一九二八年生於神戶。

據夏枝姨說，大嬸的家境富裕，還是當時極為罕見學過小提琴的千金小姐。家中有許多兄弟姊妹，當時父母也健在，但大嬸到底有幾個兄弟姊妹，她排行老幾，父母是甚麼樣的人，這些細節好像一次也沒有聽說過。

除了大嬸以外的家人，全都死於一九四五年六月的神戶大空襲。雖不知是否與此有關，總之大嬸對於家人的事絕口不提。

空襲時，大嬸十七歲。

當時大嬸正巧出門去了。期間，家裡遭到轟炸。

「呃……對了，她說嚇了一跳。全部都沒了。」

夏枝姨的說話方式有點含糊籠統。理由我也清楚。

夏枝姨是按照她從大嬸那裡聽來的直接轉述。

阿姨在別人說話時，絕對不會插嘴。即便對方的敘述支離破碎，她也不會問「那是甚麼意思」，即使對方在不上不下的地方結束敘述，她也不會催促下文。阿姨就是這種會忠實轉述她所聽聞的人（就連轉述都很少有。因為阿姨是個徹底被動的人）。

我可以想像矢田嬸是怎麼敘述這段故事的。大嬸是個省略很多事物的人。有時那是必然，也有時並非如此，但關於大嬸的身世背景，想必是出於前者的理由。大嬸就是從那個如果不省略回憶就無法訴說的悲慘時代活過來的。

總之她失去所有的家人，也失去了家，但大嬸還是活下來了。對十七歲的少女而言，那是太過殘酷的青春時代。

遭到轟炸的兩個月後，大嬸在滿目瘡痍的焦土迎來戰爭的結束。

之後她是怎麼謀生，不，謀生這個說法太天真。她是怎麼倖存下來的，大嬸再次省略。夏枝姨當然不會追問她做過甚麼，就算當時我在場，恐怕也問不出口。照理說我只是在聽並非當事人的阿姨轉述，但連我也數度遲疑是否該應聲附和。

「然後，她就遇見刺青的人。」

「刺青的人」某日出現在大嬸面前。那個人，據說背上刺有巨大的弁天菩薩。

「於是……啊，大嬸說，她家燒毀的那天，她撿到一本字典。」

阿姨並不擅長敘述。她一再跳回前面的情節，或者陷入沉默，摸索著如何重現敘述。她那種真摯的態度，一方面固然是出於對大嬸的敬意，同時也是來自阿姨自身的資質。

話說轟炸後，大嬸在焦土上四處走動。

自家房子已片瓦無存，卻找到一本字典。在整片燒毀的原野，居然留下紙張做的字典，大嬸認為那是一個奇蹟，於是鄭重保存起來。

然後，話題再回到刺青的人。

可是下一瞬間，刺青的人就得離開大嬸了。在那兩句話之間，就時間而言僅有數秒鐘，大嬸就和刺青的人相戀了。不對，相戀這個字眼並不切合兩人的關係。那是用戀愛來形容未免太笨拙，而且也不足以形容的某種關係。

臨別之際，大嬸拿出她珍藏的字典，「請把這個當作我。」說著交給刺青的人。結果刺青的人說，不能收下這麼珍貴的東西。

「大嬸說，那就只給我這本字典的一頁即可。」

到了這時，夏枝姨變得饒舌多了。

「大嬸說，我想把你選的字彙，當成我專屬之物。」

大嬸讓刺青的人閉上眼。然後她說，自己會隨手翻字典，你覺得可以的時候就喊停。

「停。」

刺青的人意外地快速喊停。

停下的那一頁，是五十音「SU」行的一頁。頁面分為三段。

「有上段，中段，下段，要選哪一段？」

「中段。」

「右邊數來第幾個字？」

「第三個。」

結果第三個字，就是「救世主」這個名詞。

「救世主」。

這個詞，對大嬸而言，成了多麼寶貴的東西啊。

家和家人都毀於戰火，失去一切的大嬸在焦土邂逅的那個人，居然選中了「救世主」這個詞。

大嬸剪下那一頁，珍藏起來，然後把字典交給刺青的人，兩人就此訣別。那年大嬸十八歲。

那兩個人很有可能之後就再也沒有相見，夏枝姨說。

「阿姨是甚麼時候聽到這個故事的？」

「十八歲時。」

阿姨平靜地說。

我直覺認為矢田嬸肯定只把這件往事告訴夏枝姨一個人。矢田嬸十八歲時，得到未來支持著自己的精神食糧，因此也在夏枝姨十八歲時悄悄告訴她這個故事。

矢田嬸與夏枝姨雖無血緣關係（歸根究柢，這個世界上沒有人與矢田嬸有血緣關係），但我多少可以理解大嬸選擇夏枝姨作為傾訴對象的理由。

正因為阿姨不饒舌，會把聽到的每字每句原封不動地照實吸收，所以大嬸才想把自己的故事告訴她。大嬸不需要機靈的回答，也不需要熱情的反應。當大嬸只想有個人聽自己說話時，夏枝姨是最佳聽眾。我想起了我媽和好美姨曾經講過的話，

「從來沒有聽過小夏的緋聞耶。」

如果阿姨是在十八歲決定終生不婚（我不確定是否如此），或許矢田嬸認為，那時候，正是說出這個故事的時機吧。說給深愛藝術、安靜度日的今橋夏枝聽。

我姊拿的透明資料夾裡，夾著已破破爛爛的「SU」行那一頁。經過數十年，飽受摧殘的奇蹟字典，剩下的其他頁數恐怕已經消滅了吧。雖然無從得知，但我就是這麼覺得。不知為何，我總覺得那個刺青的人和大嬸分別之後沒多久就死了。而且我認為，夏枝姨和我姊應該也是這麼想。

「救世主」。

大嬸把除此之外的字彙全部塗黑，大概是想保持那個文字的純粹。大嬸在戰後的數十年，與那個文字一同生存。她相信那個文字，在她的背上，同樣背負著弁天菩薩。

我被這個故事的壯闊撼動心魂。我無法想像大嬸青春年少、還是十幾歲小姑娘的模樣，她為了只見過一面的人留下的某個文字，選擇一輩子獨自生活的那種執著，彷彿撕裂了我的身體。

我們沉默半晌。這次，連貓咪也安靜了。然而，這次姊姊不需要貓咪的聲音。

「我去。」

無論何時，姊姊只要下定決心，就會立刻採取行動。

大嬸龐大的遺產某一部分竟然落到我的名下。和爸爸那時一樣，是驚人的金額。雖然很高興大嬸原來也惦記著我，但那龐大的金額實在太嚇人，令我哭都哭不出來。

喪禮迅速結束後，大嬸的部分骨灰，按照遺囑交給姊姊處理（姊姊把骨灰放進藍色的保鮮盒中）。

對於我姊他們的一連串行動，我媽就像看到甚麼詭異的東西似地，但她未置一詞。我媽身傍有小佐田先生陪伴，兩人看起來就像老夫老妻。他們之間的互動親密自然，幾乎是讓人感到悲傷的程度。

大嬸只寫「請幫我撒放骨灰」，卻隻字未提要撒在哪裡。不過，姊姊決定利用大嬸贈與的巨款環遊世界。

從她看完大嬸的遺言到啟程出發，準備時間不用一個月。姊姊與社會毫無接觸，也沒必要向任何人告別，無事一身輕。她只攜帶一個背包能裝得下的行李，在最深處放著夾在透明資料夾裡的「救世主」，以及裝有大嬸骨灰的保鮮盒。那個「救世主」，轉眼已成了姊姊的「救世主」，完全不需要其他的護身符。姊姊就像小學轉學去開羅時那樣英姿颯爽地離開了日本。

想到姊姊的支持者們今後何去何從讓我有點不安，但那不是我該擔心的事。實際上，那的確是杞人憂天。

即便「漩渦」不在了，支持者們又找到新的東西，某種取代「漩渦」的東西。最好的證據，就是姊姊消失後不久，關於「漩渦」的謾罵便銷聲匿跡，半年後已無人記得她。蝗蟲走了，大概去了下一個村子或下下個村子吧。因為蝗蟲永遠對某種東西感到飢渴。

關於「漩渦」是我姊一事，也沒有像我所擔心的那樣造成話題。不僅沒有，應該說本來就幾乎無人知道此事。

我想，那大概是因為紗智子並不希望「漩渦」與我的關係為人所知。她利用我這個前男友拍攝「漩渦」的照片，想必不會傳出甚麼好名聲。紗智子如今以攝影大師的身分，繼續在各種媒體上刊登「揮別受傷的過去勇敢前進的女性」的照片。每次在雜誌上看到紗智子的名字，我就得咬牙忍住滿心苦澀。我嫉妒紗智子的成功。

我依舊有接不完的工作。

採訪名人、介紹書籍及新歌、海外遊記及身邊雜記。起初，我會對每個字充滿愛意，百看不厭地盯著刊登自己文章的雜誌，每每為此雀躍不已。然而，隨著這份工作逐漸變成例行公事，我變得有點應付了事。無論見到多有名的人，被分派到多少頁數，我都會拿紗智子正在做的工作和自己相比，永遠無法滿足。可是若問自己究竟想做甚麼，還來不及思考又有新工作上門，結果再次應付了事地寫文章，連刊登文章的雜誌都懶得看一眼。

我無法從自己的文字中，找到超越「救世主」的東西。

或者，那也是理所當然。在我身上怎麼可能擠出足以和大嬸的經歷、當時邂逅的詞彙匹敵的東西。

但我還是深受打擊。

我無法那樣切實地渴求文字。我終究不認為自己寫的文字在這世界上有甚麼意義。

我的文字只是普通的文字，沒有超越也沒有不足。

有一天驀然驚覺時，才發現自己已三十歲。

我難以置信。

我依然住在那個兩房一廳的小公寓，從事同樣的工作。我無法找到超越「救世主」的字眼，但我用矢田嬸應該也用過的同樣文字，繼續寫我的文章。在不知道會傳達給誰，甚至我自己想傳達給誰都不確定的情況下，總之就這麼日復一日地過去了。

一成不變的生活中唯一改變的，是我的容貌。

俊美的臉蛋，修長的身材，光滑健康的肌膚。一如紗智子憑著她的美貌與親切贏得工作，我的這副臉蛋，肯定也在工作上帶給我不少好處。第一次見到我的女編輯看起來特別開心，也曾多次被對方露骨地邀約。但對我而言，已經跟著我三十年的身體，就只是自己的身體而已。不僅如此，我還極力不去想自己的容貌。我討厭別人覺得我是靠姿色得到好處。

但是這時，我的身體出現劇烈的變化。

我的頭髮開始脫落。

起初，只是排水口堵塞的頭髮有點顯眼的程度。我頂多只覺得，自己的頭髮烏黑，所以聚集起來才會看起來像是大量脫髮。但是，那樣的現象與日俱增。

最後終於演變到早上起來，枕頭上掉滿怵目驚心的頭髮。我慌忙買來生髮劑。那時，我交了不知第幾任的（不是認真的）女友，她來我家時我就把生髮劑藏起來。自己在拚命生髮的事，我死都不想被人發現。但不知不覺我懶得再隱藏，索性不再請她來我家，最後終於分手（當然原因不只是那樣）。

不只是生髮劑，舉凡按摩、促進血液循環的硬毛梳、乃至以電流刺激頭皮的機器，我試遍了各種方法，但頭髮還是繼續脫落，簡直像是髮根一齊死亡似的。終於有一天，我撩起瀏海，發現前額的髮線已退至令人失聲驚呼的地步。我起了雞皮疙瘩。

在外貌方面，我向來保有堅若磐石的安定感。從小，每個見到我的人都不停誇獎我「好可愛」。國中和高中時，女生為我瘋狂。大學時的放蕩，也是因為我有這個條件，工作上認識的人，也總是對我讚不絕口。我對這副容貌抱有扭曲的自卑感，沒想到現在居然會被這副容貌狠狠反擊。

頭髮一旦變得稀疏，髮線就會越退越高。我想拿後面與側面的頭髮遮掩，卻形成可笑的分線。稀疏到這種地步之後，這張俊俏的臉蛋反而變得礙眼。

我的臉孔很年輕，看起來還像是二十五、六歲，有時甚至像是二十出頭。若是充滿男子氣概的臉孔倒也適合光頭，如果本來就長得醜，或許還可以用禿頭當自嘲的話題。問題是我並非那樣。

有一天，我終於心生一念，決定去生髮診所。

我上網掛號預約，下定決心出門。

診所位於新宿某棟小型綜合大樓的五樓。同棟大樓的七樓，有「專業除毛美容中心」。一邊是想增加毛髮，另一邊是想除去毛髮，兩者卻並存在同一棟建築中。天底下還有比這更諷刺的事嗎？我一邊祈禱千萬別遇到任何人，一邊按下電梯的按鍵。

抵達一樓的電梯開啟時，從裡面走出兩個年輕女孩。

她們穿著短得令人驚愕的熱褲，戴著幾乎發出聲音的厚重假睫毛。我避開兩人，她們朝我瞄了一眼。

以前女孩子看我時，大抵是出於好感。超商店員看到我會臉紅，在咖啡店看書時，也曾碰上女服務生悄悄在我桌上留電話號碼的情形。

但是那兩人走了幾步路後，居然這麼說：

「那傢伙絕對是去五樓。」

我彷彿被人當頭潑了一盆冷水。兩人發出刺耳的笑聲，漸漸走遠了，我卻當場無法動彈。久候無人的電梯自動合起，又上樓去了。望著電梯一樓、二樓逐漸上升的燈號，我拚命忍住想哭的衝動。之後看到電梯停在七樓，我拔腿就跑。

我爽約沒去診所，直接回到家，好想就這樣一輩子都不出門見人。

我壓根沒想到，自己竟會有這樣的未來等著。

我開始戴帽子。

毛線帽、棒球帽、紳士帽，我買了各式各樣的帽子。我不敢在外面購買，我怕別人會說：

「一定是用來遮掩禿頭的。」

結果，我只能仰賴網路。網路對我這樣的人很親切。不只是帽子，我開始在網路購買所有的生活用品，衣服、鞋子、飲料乃至洗潔精。我盡可能不出門。

非得出門工作不可時，我會把帽子壓得很低。但是，我為無法在室內脫帽的自己感到羞恥。我覺得編輯與採訪對象都在嘲笑我：

「因為這傢伙禿頭。」

那成了痛苦的自卑感。是毫不扭曲、筆直的、毋庸置疑的自卑感。

我開始彎腰駝背，而且講話含在嘴裡口齒不清，不敢直視對方的眼睛。我活到三十歲才知道，原來自卑感會改變自己給人的印象。一直合作的編輯們，如今每次見到我都會說：

「你最近沒甚麼精神呢。」

那句話直接在我心中轉換成對我的嘲笑。那是對我的頭髮本身的揶揄，也是對我自我意識過剩企圖用帽子遮掩禿髮的嘲弄。

我整個人都變了。

46

我想喝咖啡，於是去廚房。

牆上的時鐘，指向三點二十七分。抽風機一直開著的廚房一片漆黑，但是，我不用開燈也能走到瓦斯爐前。因為我已經在這裡住了八年之久，甚麼東西放在哪裡，我就算閉著眼也知道。

我只打開流理台上方的日光燈，拿水壺裝水。

日光燈快要壞了。明滅不定的青白色燈光中，水壺慢慢裝滿了水。只有我一人，本來不需要裝那麼多的水，但我總是裝三人份的水量。若是以前，隔天我會把剩下的冷開水拿去給觀葉植物澆水，但現在我的住處沒有植物。幾年前，還有枝幹彎彎曲曲伸展的姑婆芋，以及在地板形成蕾絲般陰影的鵝掌藤。但我偷懶沒有好好照顧，最後兩盆都枯死了。現在陽台只放著陳舊的空盆栽。

我在已經想不起來是上哪買的、還是誰送的深藍色馬克杯放入咖啡粉和奶精、以及大量的白砂糖，注入滾燙的開水。廚房的架子上放著磨豆機和濾杯，但這幾年我沒有再親手磨豆子。我用湯匙隨便攪幾下，把湯匙扔進水槽。

鏘！發出一聲乾扁的聲響。

聽到那個聲音，我靜止片刻。那是生活中瑣碎無聊的聲音，但那個聲音，殘留在我體內半晌。

前天，我滿三十三歲了。

我依然住在同樣的公寓，從事同樣的工作。頭髮與三年前相比似乎並無變化，又好似益形惡化。總之不管怎樣頭髮稀疏是事實。

我邊喝咖啡邊寫稿子。

我在寫的是偶像會報誌的採訪稿。雖說是偶像，但並非電視上的那種偶像明星，是這幾年如雨後春筍異樣增加的地下偶像。截稿日是明天，也就是已過十二點的今天。就字數而言不過是三張稿紙的工作。

我敲打電腦鍵盤，喀喀的鍵盤聲響徹室內。但並未像剛才的湯匙聲那樣打動我的心弦。

寫完稿子寄出後，我也沒刷牙就睡了，醒來時已過了中午。

我習慣性地抓起枕邊的手機。查閱簡訊後，發現一通「久留島澄江」的訊息。

「昨天沒有回你訊息真不好意思！我昨天忙著送稿子去印刷廠，沒時間回覆。你的工作如何？」

收訊時間是早上六點二十四分。

我沒回覆，直接從網路打開電子郵件信箱查看。有幾封垃圾郵件，一封是編輯寄來上週交件的校正稿，還有一封陌生位址寄來的郵件。我沒有打開。把手機放到枕邊，我蒙上被子。一整天沒有任何計畫。

我曾想過，是從幾時開始的。

從幾時開始我變成這樣。

或許是從頭髮開始掉落時，或許是從前女友拍攝姊姊時。但在思考那個問題之際，多半會心情變差，於是就此不再思考。

出版業不景氣，這個說法我聽過。說不定，從我剛開始成為自由寫作者時，就已聽過這個說法。但是，我一直過著和那個說法毫不相干的生活。在我踏入社會時，各行各業都很不景氣，況且也一再從電視上聽到「不景氣」這個字眼。

但我還是有工作。沒有正經寄履歷求職就找到了創作方面的工作，和全日本、全世界的知名藝術家見面。我一直認為，我所在的場所與經濟不相干。不，我甚至沒有這麼意識過。我只是很自然地接下工作，與許多人見面，絲毫沒有懷疑過自己的現在會動搖不穩。

然而三十三歲的我，平日連今天是星期幾都已記不清，一整天就在睡眠中度過。

原因是出在藝文雜誌陸續停刊。為了刪減經費由編輯兼任寫手的情形增加也是原因之一。不過到頭來，肯定所有的原因都出在這樣在家睡覺的我。

雖說陸續停刊，但還是有藝文雜誌存在。就算編輯兼任寫手，如果有些文章只有某人才寫得出來，工作還是會上門。

是大家對我的工作表現不再感到魅力了。

這點我也有自覺。我的文章，只是為了填字數的文章。思考讀者會如何閱讀，對寫手而言很重要。可我卻變得只去思考讀者會怎麼閱讀，完全想不出「自己想寫」的文章。

寫文章時如果只想著如何服務讀者，或許堪稱很專業的工作表現，但那如果寫得無聊，只是為媒體而寫的文章。可有可無，也沒有我的個人特色，換言之既然沒有理由非得找今橋步寫稿，當然有別的人選替代。

以前由我負責的版面，如今已改由別的年輕人撰寫。

一讀之下，清新的文章洋溢令我臉紅的幹勁，但是，那是昔日我也曾體驗過的。雖有很多笨拙不成熟之處，至少文章擁有寫作者滿溢的熱情與強烈的責任感。

年輕時曾有人告訴我，要一輩子當個自由寫作者很困難。

「最好還是擁有只有自己才寫得出來的專業領域。」

那人也如此告誡過我。當時的我太年輕。年輕，充滿魅力，對文章滿懷熱愛。綴文成章，令我樂在其中。那人說的話，我無法感同身受。

可是現在，我不管寫任何專門領域的文章都無法吸引別人，就這麼有一搭沒一搭應付找上門的工作。

我直到傍晚才起床。

照例出於慣性檢查手機，沒有任何人來信。「久留島澄江」也沒有。

澄江是我的女友。

她比我大兩歲，現年三十五。任職於編輯部，專門製作放置在車站及超商等處，針對粉領族發行的免費刊物。雖是免費刊物，但母公司是堅實的企業，所以我想澄江算是很優秀的人才。我們是在一大群人聚餐喝酒的場合認識的，從她點菜的方式以及對大家的照顧，的確看得出她在工作上的幹練。

澄江在那次聚餐問我的電話號碼，之後數次與我聯絡。最後我們成為情侶時，她開心地告訴我，

「那次聚餐，實際上好像是為了撮合我們。」

聽到她這麼說，我羞恥得幾乎尖叫。我討厭自己傻呼呼地中了大家的計，更何況被大家認為澄江與我很登對也是一種恥辱。

澄江是個好人。

她在公司外也有不錯的風評，渾身洋溢的溫柔氛圍，令周遭的人很安心。

但是，她並非好女人。

圓臉圓眼睛雖然可愛，但那種可愛令澄江看起來像個歐巴桑。其實她並不胖，只是背部渾圓，手腳也很短很圓，看起來有點不修邊幅，所以和幹練灑脫的說話方式有點落差。

對我而言的好女人，比方說像是晶，或者紗智子。身材纖細，眼睛又大又亮，即使不化妝也一眼就看得出容貌清麗。雖然到頭來，我和她倆幾乎都是懷恨分手，但之後這幾年，我交往的女友水準越來越低。我知道我講這種話很低級，但我也沒辦法不這麼想。而且，我也很清楚，那是因為我自己的水準越來越低。我只是一個頭髮稀疏、幾乎是靠打零工過活的三十三歲男人。

澄江是個好人。就人品而言值得信賴，很溫柔，也很努力工作。但是，如果是昔日的我——我的確也難免會那麼想。如果是昔日的我，絕對不會和澄江交往。而且，我覺得這麼想的自己很窩囊。

枕頭沿著我的頭形陷落。一起床，想必又得看到散落枕上的頭髮，所以我不想起床。就算

我不回信，澄江應該也會主動跟我聯絡。我如此想著。
我們交往一年了，澄江非常勤快。她那圓滾滾的身子四處替我打掃房間，廚藝也不差，也很配合我心血來潮的性慾（嚴格說來，澄江算是性慾很強）。
我感覺自己好像陷入溫熱的泥沼。
我無法沉浸在昔日與晶在一起時，或與紗智子在一起時的那種優越感。但是和澄江在一起，有種我的一切都得到肯定的安心感。雖然她和我媽是截然不同的類型，但我有時會想，說不定和母親在一起就是這種感受吧。換言之，我並不愛澄江。
基於罪惡感，我拿起手機。
抓起的瞬間，手機震動。是真正的母親傳簡訊來。
「最近好嗎？」
我媽已過還曆之年，但她這把年紀卻喜歡在簡訊用上許多表情圖案。以前返鄉時看到她的手機，上面綴滿年輕女孩會掛的那種叮叮噹噹的吊飾。
我媽與小佐田先生在兩年前離婚了。
詳情她沒告訴我，但依照夏枝姨的說法，爭執的導火線好像是小佐田先生想去參加分居的女兒的高中入學典禮。
我媽對於小佐田先生把以前的家人看得比自己重要大為不滿。
但對小佐田先生而言，女兒就是女兒。
與我媽的再婚，是我媽驟下決心所主導，況且我想他對以前的家人也有強烈的罪惡感。但我媽把那樣的小佐田先生批評得一無是處，她堅持他應該專注在現在的生活。

我媽是個擁有驚人活力的女人，這點我早有切身體會，我和小佐田先生雖只見過數面，但我看得出來，他和我爸一樣，是脾氣溫和、徹底被動的人。想到小佐田先生，明明與我無關，我還是為他心痛。所以聽到我媽與小佐田先生離婚的消息時，老實說，我鬆了一口氣。

身為兒子，當然希望母親得到幸福，但我媽這個人，「一定要幸福」的意志實在太強烈了。我媽強烈的意志拖累周遭，尤其是像小佐田先生這麼溫柔的人更容易受傷。

我希望我媽在成為一個幸福女性之前，能夠先成為有常識的社會人士。

但基本上，我媽幾乎從來不曾參與社會活動。只要有我爸準備的房子和小佐田先生給的錢，她不用出去工作也能過活，所以我的心願終究不可能實現。

之後，我媽又過了幾個月邋遢的生活，然後不知悔改地再次找到新男友。以她那個年齡的女性而言，簡直令人驚異。

目前大概是因為還沒有找到足以讓她像與小佐田先生再婚時那樣的對象，所以她好歹還保持分寸。即便如此，我認為她絕非那種只結兩次婚就死心的人。

對我媽而言二次離婚並不值得自傲，但也意外促成一樁好事。

好美姨開始頻繁上門拜訪了。

在治夫姨丈的自殺未遂風波後，好美姨就一直過著在世上抬不起頭的日子，那同時，也等於奪走了好美姨的妄自尊大與動不動就藐視他人的個性。

好美姨尤其感謝幫忙一起替治夫姨丈還債的爸爸，但爸爸早早便已出家，因此她自然只能向我媽道謝。其實我媽根本沒有權利受到感謝，但是，爸爸是媽媽的前夫。好美姨有事沒事就和我媽聯絡，把感謝掛在嘴上。

看到好美姨軟化的態度，向來喜歡和她較勁的媽媽，就某種角度而言也脫下了盔甲。我媽與好美姨，又像以前那樣和和氣氣地相處了。那和樂融融的聚會，夏枝姨當然也在場。換言之今橋家的三姊妹如今再次團結。

「今天我們三人一起吃韓式泡菜火鍋。」

「我和好美與夏枝去逛街看夏裝。」

附帶的照片上，三姊妹親密地靠在一起，笑得很開心。

我媽傳來的簡訊中，偶爾也會問我：「交到女友了嗎？」或者更直接地問：「你打算幾時結婚？」

每次，我都含糊其詞地回覆，避免正面作答。我不願去想三十三歲已是結婚也不奇怪的年齡，也不願去思考澄江很想結婚的問題。

「結不結婚無所謂，但我或許想要個孩子。」

某次澄江半開玩笑說這句話時的臉孔，我甚至無法直視。

我逃避一切事情。

既然工作變少了，就該主動推銷自己。更重要的是，應該磨練自己的技巧，展現積極的企圖心。澄江既然是自己的女友，當然也有必要替她的未來著想。她已經三十五歲了，如果無法負責任，就該明確地向她提出分手。

但是，我逃避每一樁事情。

我從未想到，由自己採取行動竟是如此困難。對於一直很被動的我而言，主動去做某件事的重量，不是我能背負的。

如果鑽進被窩中，便可不用面對討厭的現實；但是相對的，現實也不會有任何改變。這樣躺在床上，閃亮耀眼的美好事物也不可能主動降臨到我身上，但我只是凝視著床單的摺痕。

這時，手機收到簡訊。

點開一看，是臨時有工作委託我。對方大概是怕用電子郵件聯絡來不及，叫我明天去採訪新生代藝人。反正我明天也沒有安排甚麼節目。

即便這樣在家睡大覺，照樣會有工作上門。這麼一想，我笑了一下。很可悲。

47

是一家小型經紀公司指定我去採訪的。

這幾年我經常採訪藝人，但我沒聽說過這家經紀公司。我要採訪的藝人叫做「提拉米蘇」，自從昨天接到這件工作後，我就上網查了一下相關影片。只見此人穿著褐色緊身衣，把臉塗成褐色與白色（亦即提拉米蘇的顏色），總之他的表演就是極力吹捧提拉米蘇的無厘頭演出，但是那種無厘頭，好像正緩緩博得人氣。

採訪內容會刊登在辦活動時分發的那種一本一百圓的小冊子上。沒有編輯，一切都由我自己包辦。今天幸好不用拍照，平時我還得自備相機。可是，酬勞低廉得匪夷所思。

不過工作歸工作，我還是勉強按捺憂鬱的心情走進經紀公司。

昏暗的室內，只見亂七八糟的辦公桌角落勉強塞了一張沙發，那裡有個男人背對我坐著。

一個大概是經紀公司職員的年輕女人招呼我：

「謝謝您專程過來。」

說著朝我一鞠躬。我在對方的催促下走近沙發，男人站起來，朝我轉身。

「請多指教。」

那個深深鞠躬的男人很眼熟。強烈的似曾相識感甚至令我有點暈眩，但我不可能認識提拉米蘇這號人物。然而男人抬頭的瞬間，我失聲驚呼。

「須玖。」

男人不可思議地盯著我的臉看了半晌，然後破顏一笑。

「今橋！」

真不敢相信，須玖居然就站在我的眼前。

須玖一點也沒變。五官深邃的臉龐，雖然駝背卻很勻稱的身材。接著，我很氣自己情不自禁地瞥向他的頭髮。須玖的頭髮烏黑濃密，那黑油油的頭髮，彷彿要強調「迫不及待」似地生氣蓬勃。

我不由伸手摸我的棒球帽。這種帽子，高中時我壓根沒戴過。被別人議論我倒不怕，但是萬一須玖說我變了怎麼辦。不過須玖只是開心地說，

「真的是今橋，好久不見！」

「兩位認識嗎？」

年輕的女職員問。

「對呀。這是我高中時的死黨。」

須玖如此回答。死黨。當我聽到他這麼說時，差點哭出來。一直對須玖暗懷的罪惡感，開始緩緩融化。

「今橋，能見到你真是太好了。」

須玖還是昔日的須玖。

冷靜下來之後，我才開始驚訝須玖就是提拉米蘇。昔日那個渾身充滿靈氣的須玖，居然穿

緊身衣而且用顏料塗滿整臉，全力表演無厘頭的搞笑演出。想問的問題太多，反而令我陷入沉默。

須玖代替我這個失職的採訪者，主動打開話匣子，這點也讓我很驚訝。須玖以前並不是這麼多話的人。他永遠只扮演傾聽者，如果對方徵求意見，他就全力思考，做出最真摯、最妥善的回答。他就是那種人。

「總之我想告訴大家提拉米蘇有多好。」

「我想把提拉米蘇的顏色與風味做成衣服。」

「光是提拉米蘇的語感就很棒！」

我知道，須玖正以藝人提拉米蘇的身分回答採訪。比方說我問起身家背景，他就說「是可可父親與鮮奶母親生的孩子」，有時我沒問，他也會主動在談話中穿插提拉米蘇的搞笑段子（雖然那純粹只是吶喊「提拉米蘇～！」而已）。在我眼前的，還是以前的那個須玖，同時，也是徹底改變的須玖。

結束採訪後，我還依然磨磨蹭蹭不想離開，所以當我聽到須玖開口說：「待會有時間嗎？」我鬆了一口氣。

我的時間多得要命，不走紅的藝人須玖好像也同樣有大把時間。我倆走進車站附近的咖啡店。

在吧台點了咖啡，落座之後，我察覺自己很緊張。我與須玖已有十五年未見了，也難怪會緊張。

「沒想到今橋現在居然在當作家！不過，這個工作很適合你。」

老實說，我並不希望他看到現在的我。若是看到數年前的我，那個幾乎專門負責藝文雜誌的評論欄，和許多藝術家見面的我，我想須玖一定會非常替我高興。我很想告訴須玖，替唱片行撰寫廣告文案時，須玖以前告訴我的知識派上多大的用場，最主要的是，我想為自己沒有對震災後封閉自我的須玖伸出援手一事好好道歉。

然而，

「沒想到能見到今橋！」

須玖只是一直開心笑著。

「我也沒想到須玖會變成藝人。」

「哈哈，我想也是。因為我以前很沉悶嘛。」

「你一點也不沉悶。」

我說的是實話。須玖一點也不沉悶。

雖然須玖的確寡言內斂，但他絕對不沉悶。他會津津有味聆聽足球隊友的傻話，在關鍵之處說出一句最好笑的點評，須玖就是那種人。總之他很有品味。所以，就算知道他成為藝人，或許也不足為奇。但是，那是指他成為有品味的藝人。若是扮演那種表情少有變化，不斷說出幾乎堪稱藝術傑作的絕妙段子，令藝文界也能另眼相看的藝人，須玖想必再適合不過。然而，須玖現在只是穿著緊身衣，臉上塗抹油彩，在毫無意義的時候高呼「提拉米蘇」。我作夢也沒想到，竟有這樣的未來等著須玖。

「為甚麼？」

說完，我才想到這種說話方式聽起來或許很瞧不起人。我很焦慮。

「不是，呃，我只是壓根沒想到須玖會成為藝人，所以才會問為甚麼。」

我拚命試圖把話圓回來，但須玖看起來一點也不在意。

「也是啊，你一定很驚訝吧。」

須玖直視還在等他回答的我。啊，須玖的這種眼神！我暗想，須玖絕對不會在意我堅決不肯脫下帽子這種小事。縱使我現在脫下帽子，他肯定也不會說甚麼。須玖只會誠懇注視別人的眼睛。

「提拉米蘇。」

「啥？」

「提拉米蘇就是起因。」

我噗哧笑出來。

「拜託，現在又不是採訪。你就告訴我真話吧。」

我這麼一說，須玖露出有點困窘的神色。

「不，我是說真的。起因就是提拉米蘇。」

須玖以真摯的眼神對我娓娓道來。

大地震後，消沉自閉的須玖狀況變得越來越糟。他的家境不好，因此他開始工作，但是外界傳來的訊息每次都令他受傷。不景氣導致的自殺、霸凌、無理由的殺人。然後他一直在想，那些被害者，為什麼不是自己？

須玖不斷換工作。

「工廠的商品檢驗員、除蟲工人，也做過人體試藥員。總而言之，我只是不想見人。」

須玖搬出家裡，獨自住在沒有浴室的小公寓，據說連三餐都不得溫飽。當時他的體重直線下降，臉頰凹陷，按照須玖自己的說法，

「變得很像骷髏。」

除了被警察攔下臨檢，他從不和任何人交談，不知不覺，須玖開始整天想著自殺。他覺得自己被死神選中。

「就在那時候，發生了那件事。」

一時之間想不起須玖說的「那件事」是哪件事令我很羞愧。

「看到大樓垮下，我自己也垮了。」

須玖說的，原來是美國的九一一恐怖攻擊事件。

「我覺得最可怕的，是自己對那起恐怖攻擊事件發生的背景一無所知。在那驚人的影像背後，全世界死了多少人，我一無所知。」

須玖彷彿正看著那一瞬間的影像，表情很痛苦。須玖果然沒變。對於別人的事，哪怕是跨越國境發生在遙遠的異國，他也當成自己親人的遭遇一樣為之痛心。在須玖的面前，我再次感到羞愧。

於我而言，世界上發生的種種，純粹只是在別處發生的事。對於不影響到自己生活的事，

我從來不會多做思考。我巧妙地逃避一旦知道會很難受的事情。

「那時我對死亡已經迫不及待了。」

須玖決心尋死。他自慚形穢地想，無辜喪命的人太多，實在太多了，在那些人之中自己絲毫不足為取，只是無用的渺小存在。那和我感到的羞慚，想必有天壤之別。或者，雖然須玖當時的精神狀態的確已瀕臨崩潰，但是須玖不管何時都是那種會扶持別人的人。他認為自己如果已無法再幫助任何人，那麼這樣的自己已沒有存在的意義了。

「決定尋死後，我寫了遺書。我覺得不管怎樣畢竟對不起家人。」

然後須玖琢磨著，死前應該看看美麗的事物。對須玖而言美麗的事物肯定很多。唱針落在唱片上的影子，因此演奏出的各種音樂，油畫的筆觸，翻閱書頁時的聲響。然而須玖說，

「我想看富士山。」

臨死之前，他想看富士山。

「你還記得太宰治的《富嶽百景》嗎？不知為何，我忽然想起那個。無論如何都想看富士山。想看太宰看過的富士山。」

太宰治是須玖喜愛的作家之一。

「太宰太灰暗了吧？」

昔日我這麼說時，

「不，他超爆笑的！」

告訴我這個意外答案的，也是須玖。其中須玖尤其喜歡的，就是太宰的《富嶽百景》。他

讀了一遍又一遍，每次都哈哈大笑。

須玖會在臨死之前想起曾經那樣歡笑閱讀的太宰，我多少可以理解。太宰是個非常溫柔的作家。想必，正是因為那種溫柔才會死。對了，須玖好像也有點像太宰。

須玖決定從他當時居住的大阪徒步前往富士山。時值盛夏，沿途露宿野外的須玖，據說身上散發異樣的惡臭。

「我本來還以為走久了，想死的念頭或許也會打消。」

然而須玖筆直向前走，走向死亡。須玖為自己全然不曾打消的堅決死意而驚訝，一邊朝富士山前進。

他帶的那點錢，在路上就用完了。反正都是要死，餓死也無妨，但他想看富士山。他並非打算在富士山下的樹海死去，只是想先看一眼富士山，然後再決定要怎麼死去。

某日，須玖終於見到了富士山。

那是雄偉壯闊，美不勝收的富士山，山脈的稜線徐緩，似乎連綿到天邊。那日是個典型的晴天，富士山旁湧現大片積雨雲。須玖很感動，太宰昔日見過的富士山，自己終於也見到了。接下來，他打算像太宰一樣死去。

當時，須玖已經有點鬼迷心竅。

數日不曾進食的須玖餓到極點，他想吃點東西再死，可是身上只剩下零錢。

他找遍全身上下，總共只有一百九十八圓。

他握緊那些銅板，走進附近的便利商店。起初，他打算買泡麵或飯糰。但他驀然看到冷藏櫃的牌子，標明的價錢是一百九十八圓，和自己手裡的全部財產正好是同樣的金額。須玖感到命運的指引，於是伸手拿起商品。

那個商品，就是提拉米蘇。

須玖立刻拿著提拉米蘇去結帳。他覺得做為人生最後的一餐，再也沒有比這個更適合的食物。

收銀台的店員似乎被須玖身上散發的異味嚇到了。須玖對店員的側目毫不在乎，買下了提拉米蘇。

從那家便利商店的停車場，可以清楚看見富士山。

須玖在停車場的車擋坐下，慢條斯理地打開提拉米蘇的蓋子。上層的可可粉隨風飄然揚起。那股香氣掠過鼻孔的瞬間，須玖開始猛烈地吃了起來。

直擊腦門的甘甜之後，接著竄上來的是有點苦澀的咖啡味。有生以來，他第一次吃到這麼好吃的東西。須玖哭了。他想吃提拉米蘇，他想吃更多更多提拉米蘇。他伸出舌頭，把塑膠容器內殘留的提拉米蘇舔得一乾二淨。宛如妖怪。

「然後。」

須玖說到這裡，停下喘口氣。

「然後？」

我催促，須玖不好意思地笑了。

「我說甚麼都想再吃一盒。」

須玖坐立難安。雖然身上已經沒有半毛錢，卻顧不了那麼多。須玖回到店內，對那個嚇得瞪大雙眼的店員說：

「請給我吃提拉米蘇。」

須玖是認真的。他是真心想再次品嘗那種幸福，那種滿口甘甜的幸福，只要再嘗一次就好。

然而，從休息室看到這一幕的其他店員立刻報警，須玖被警察帶回警局。

「那時候，我早就已經不想死了。」

須玖像調皮的小孩那樣抓抓頭。

「總之我就是想吃提拉米蘇。」

須玖啜飲咖啡。對了，須玖的那杯咖啡也放了大量的砂糖和奶精。我從來不知道，須玖原來愛吃甜食。

「只是有點對不起太宰。若是太宰，肯定可以把我這種人，還有這麼丟臉的糗事，寫成很有趣的小說吧。」

須玖說到這裡，結束敘述。彷彿要強調一切已說明完畢，他莞爾一笑。當然，須玖還沒有說明他後來為何會成為藝人的始末。

但是，我已經明白了。

對於讓自己起死回生，把自己挽留在這世上的提拉米蘇，須玖深受感動。小小一盒甜蜜又美味的提拉米蘇，徹底融化了須玖原本堅決的死意。

須玖當時肯定是決定做全世界最無聊的事吧。不美麗也沒關係。不中用也無所謂。就做全世界最讓人瞧不起、最無聊的事，博取大家一笑吧。須玖就是這麼想的。

「提拉米蘇！」

須玖無聊的搞笑，就是他今後也要活下去的高潔吶喊。

「怎麼搞得好像都是我一個人在講話，真不好意思。」

須玖說著笑了。我喜歡須玖的笑容。

「哪裡，謝謝你告訴我。」

須玖聽了，定定看著我。須玖的眼睛，還是像以前一樣眼尾下垂。五官深邃的瘦削臉龐，看起來有點像耶穌基督。

「然後呢？今橋你這些年都在做甚麼？」

我看著須玖。自己也知道，那是求助似的視線。我無法回答須玖的問題。關於自己的事，我無話可說。

48

我與須玖的友情再次復活。

我們就像高中時一樣，不，說不定比高中那時有更多時間。須玖光靠當藝人無法糊口，每個星期還有四天兼差當大夜班的保全，除此之外幾乎都閒著。

我們彼此都很窮，因此通常是在家庭餐廳碰面，點個無限暢飲的飲料吧就能耗上好幾個小時。起先我還畏手畏腳，深怕別人會覺得我們這種一把年紀的大叔大白天也不去工作只知廝混，但在泰然自若的須玖面前，久而久之我也能夠安心歡笑了。

我們聊了很多。

我終於可以告訴須玖，我替唱片行寫的廣告文案，以及這些年見過的藝術家。當然，我也提到了迪．安傑羅，須玖也聽過那張『Brown Sugar』！我把我第一次寫的那篇廣告文案告訴須玖，他非常高興。關於最近聽的音樂與看的書（須玖是去圖書館借書），我們有聊不完的話題。

「就算沒有錢，我還是覺得自己意外地富有。」

實際上，須玖看起來的確很富有。

須玖以前擁有的大量唱片和書籍幾乎都脫手了。不過，他現在不用花錢還是可以接觸到新的音樂與新的小說，而且他那豐富的知識與他對藝術不變的熱愛，讓須玖看起來像是比任何人都富裕的男人。雖然他幾乎每次都穿著同樣的衣服，但是衣服洗得很乾淨、很整潔。須玖擁有大白天無所事事的男人絕不可能會有的氣質。
說到這裡，第一次與須玖相約碰面時，他帶了一張唱片。
「這個一直沒有還給你。」
是妮娜．西蒙。
自從那天我們一起聆聽妮娜的「Feeling Good」後，就再也沒見面。懷念與心痛，還有羞澀的心情混在一起，令我不知該做出甚麼表情才好。
「真的很抱歉，一直留在我這裡。」
我勉強搖頭，然後硬擠出聲音，
「這張唱片，你聽了嗎？」
我問道。
「聽啦，一直在聽。」
這時我的腦中，響起妮娜的歌聲。妮娜那低沉乾澀，卻又無比溫柔的歌聲。

新世界將要開始
感覺好極了

嶄新的歲月在等待著我們。
我們是現年三十三歲的禿頂自由寫作者與不走紅的藝人。但是，見到須玖，讓我感到又有嶄新的、意想不到的世界在眼前展開。須玖對我而言就是光明。

即便天南地北地聊了又聊，我們還是有說不完的話。所以當須玖問起：

「你姊還好嗎？」

那已是我們重逢後的第五次見面，總計超過三十個小時之後的事了。

當然，我說出姊姊的情況。在須玖面前，我甚麼都能說。矢田嬸的事，裝在藍色保鮮盒的骨灰，大嬸的「救世主」。須玖只是默默傾聽我敘述。沉穩的雙眼，正是須玖特有的。那是對所有人都充滿善意的美麗眼眸。

講完時，須玖喝著第四杯冰咖啡歐蕾，我喝著第三杯咖啡。

「果然像你姊會做的事。」

須玖像是提到心愛事物時那樣瞇起眼。是的。只有在須玖面前，我不必為姊姊感到羞恥。只有在須玖面前，我可以把那個今橋貴子當成平凡無奇的普通姊姊。

「你姊已經撒完骨灰了？」

「好像是。」

姊姊好像在兩年前就已完成撒骨灰的任務。

她剛去旅行的那幾年毫無音信。我媽很擔心，似乎經常檢視電視播出的新聞，但是誰也不知道姊姊身在何處，也無從得知。

然而，夏枝姨每次都說「不用擔心」。被阿姨平靜地這麼一說，真的會覺得「不用擔心」，實際上，姊姊也的確安好無恙。

姊姊走遍世界各地。

馬來西亞、泰國、柬埔寨、澳洲、克羅埃西亞、捷克、斯洛維尼亞、俄國、德國、荷蘭、法國、西班牙、摩洛哥、突尼西亞、衣索比亞、蒙古、西藏，還有杜拜、埃及、伊朗。

雖然撒骨灰是主要目的，但她會在喜歡的城市停留一陣子。大嬸叫姊姊去找「自己能夠相信的東西」，所以姊姊也肩負著那個使命。

三年後的某一天，夏枝姨收到消息。

「貴子說，她想知道小步的電子郵件信箱。」

之後，姊姊心血來潮就會寄電子郵件給我，那時候網咖已在全世界普及。

起初，郵件主旨是「貴子」，但是後來，開始記錄她停留的城市及當地天氣，例如「杜布羅夫尼克　陰」、「布拉格　雨」、「阿迪斯阿貝巴　晴」等等。有時同一個都市的名稱會持續出現好幾個月，也有時只出現一次。不過，透過姊姊寄來的郵件，至少可以知道她目前人在哪一帶了。

內容通常很平淡不帶感情。

「認識了義大利魔術師。」

「當地人愛吃兔子。」

不過，她在埃及與伊朗時寫的郵件，可以看出頗有幾分興奮。

「公寓完全沒變！！！」

「金字塔還是好大！」

然後有一天，姊姊寄來的郵件是：

「與牧田先生重逢。」

郵件主旨是「舊金山　雨」。

起先，我想不起「牧田先生」是誰。頂多只猜到，姊姊既然沒有任何說明地提到「牧田先生」，可見那應該是我也認識的人。

我想了幾分鐘後，終於想起來了。

是埃及的牧田先生，姊姊的初戀對象。

是那個對著剛轉學進來的姊姊，誇獎她「衣服很優雅喔」，和姊姊像雛鳥般形影不離的男孩。在我的腦海中，牧田先生的貴族氣質、挺得筆直的腰桿，一下子全都清晰重現。

「與牧田先生重逢。」

之後，郵件的主旨一直都是「舊金山」。換言之，姊姊已經在舊金山住了兩年左右了。

姊姊應該也知道牧田先生是同性戀。當初就是因為那個原因，她的戀情才會無情地破滅。她與牧田先生重逢後，為何就此不再離開舊金山？後來，我不時收到她提及牧田先生的郵件，例如：

「與牧田先生一起吃飯。」

「與牧田先生做瑜珈。」

但是光看字面，看不出姊姊是否有些惴惴不安。只是，從牧田先生的出現頻率可以看出他再次在姊姊的人生登場，而且在她的心目中占據了重要地位。

「你姊要定居舊金山？」

「好像是。已經連續兩年郵件主旨都一直沒換過了，大概是很喜歡那裡吧。」

須玖挺直背，把難得咬牙揮霍一次所點的提拉米蘇吃得精光。

「她和那位牧田先生是怎麼重逢的？」

「嗯——回到日本後，他們好像還有通信，大概是用社群網站吧。」

透過網際網路，所謂的社群網站正在急速擴展。若以真實姓名登記，一下子就能找到老朋友，而且還可以結識來自世界各地的朋友，但我還沒接觸那種玩意。因為我不想讓昔日的朋友看到自己現在的樣子，也無法忍受一不小心得知舊情人的近況。晶，尤其是紗智子，肯定還活躍於這個圈子中。

況且，就算沒有仰賴那種東西，我不也這樣見到重要的老朋友了？

我向不了解社群網站的須玖簡單說明自己其實也不太懂的運作規則。須玖只說「真厲害」，看起來絲毫不感興趣。看到那樣的須玖，我再次深深感到，能夠與須玖重逢是個奇蹟。

「今橋……學長？」

這時，有人喊我的名字。在我身上，發生了另一個奇蹟。朝聲音的來源一看，

「啊。」

站在那裡的，竟然是鴻上。

「果然是今橋學長！啊——你怎麼會在這裡？」

鴻上的頭髮剪得很短，瘦了一點，但是照舊穿著奇裝異服（印有忍者龜的長裙，搭配男用

的白襯衫。很遺憾，這次沒有搭配以前那雙帆布鞋和那頂招牌草帽），我一眼就認出是鴻上。

「我還想問妳呢，妳怎麼會在這裡？」

見我驚訝，

「我從半年前就住在這附近了！」

那天我們碰面的地方，是須玖住的車站附近的家庭餐廳。從我住的地方，搭電車要換一次車。

「這樣啊，這樣啊。」

我和鴻上，在大學畢業後起初還偶有聯絡，後來就斷了消息。一方面固然是怕我的女友不高興，同時也是因為不想讓她看到現在的我。

對於我戴著帽子，鴻上沒說甚麼。坐在我旁邊的鴻上，打扮得像個十幾歲的怪丫頭，但她其實已經三十二歲了。我瞄了一眼她左手的無名指，她沒戴戒指。

「啊，呃，這位，是我大學的學妹。」

我向須玖介紹後，須玖沉穩地自我介紹。須玖對於鴻上的奇裝異服毫不在意；鴻上對於這個大白天無所事事把提拉米蘇吃得精光的男人，也沒有抱以異樣眼光。

「請多指教。」

就算沒有社群網站那種東西，我們還是又見面了。

49

果然如我所料，鴻上依然小姑獨處。

在我們碰面的家庭餐廳隔著車站的另一頭有間麵包店，她說她就在那裡打工，並且在那附近的公寓租房子。她沒有男友，也沒找到特別想做的事，就這麼悠悠晃晃過日子。

「枉費爸媽辛苦供我念到大學畢業，真是對不起他們。」

她雖然那樣說，但是看起來毫無愧色。

鴻上的兼職工作是從清晨做到中午，因此她也開始加入我與須玖的聚會。須玖本來就是來者不拒的人，而鴻上也有豐富的知識可以跟上我與須玖的話題。尤其是關於電影，她會提到我倆都不知道的新作品及導演，因此須玖很高興。鴻上說當今的導演中絕對是韓國導演金基德最有才華，須玖說他喜歡墨西哥導演阿利安卓・崗札雷・伊納利圖。

我們就像三兄妹似地形影不離。

最後須玖與鴻上甚至主動調整打工的時間，以便我們三人相聚。須玖的藝人活動（其實寥寥無幾）和我的工作（同樣也在不斷減少）依舊不規律，但須玖不在時我就自己和鴻上碰面，我不在時，須玖也會和鴻上兩人去玩。

鴻上也和須玖一樣，問起我姊的事。

「你姊過得好嗎？」

我在鴻上的面前同樣可以毫不避諱地說出姊姊的事。

「她在舊金山。」

我不在時，鴻上與須玖聊了些甚麼我完全不知道。所以我也不清楚他們彼此是否知道鴻上的姊姊自殺身亡，而須玖曾經企圖自殺。不過，那種事當然立刻就變得無關緊要。我彷彿浸泡在須玖與鴻上這溫柔的低溫溫泉中。那和我的女友澄江的存在，完全是兩回事。

澄江也很溫柔，宛如低溫溫泉。但是和澄江在一起，我總是不由感到自己有些「墮落」。那讓我深刻意識到自己是個依賴著外貌絕不出色、年紀也比我大的澄江過日子，三十三歲就童山濯濯的男人。

和須玖與鴻上在一起，我可以輕易回想起自己的黃金時代。我可以無視於現在的自己，回想當年和須玖在一起時我有多麼耀眼，和鴻上在一起時我是多麼吸引女孩子。我很清楚那是何等卑劣的行為，但我被現實中的自己打擊得很慘。我不想面對現實。只有在那光輝的回憶中我才有勇氣看清自己的樣子。

所以，我與澄江見面的次數日漸減少。

澄江也很忙。有時是深夜至黎明才傳簡訊來，有時也會傳簡訊來說自己「已經兩天沒睡覺」。

出版業不景氣導致人事費刪減，每個員工的負擔也相對增加。有時見到澄江，只見她掛著黑眼圈，法令紋變得格外明顯。在晨光中看著她時，她甚至蒼老得令人悚然一驚。

但是不時襲擊我的濃濁性慾很礙事，而且我會遷怒於配合我那股性慾的澄江。性交後，當我背對澄江入睡時，她會緊黏著我。我沒勇氣甩開她，但我討厭澄江潮濕的乳房碰觸我的背脊。澄江總是鼾聲大作。我知道她應該是太累了才會如此，很想體諒她，但我還是覺得那個聲音很丟人。

「今橋學長有女朋友嗎？」

所以有一天，鴻上這麼問起時，我撒了謊：

「沒有。」

話說出口的瞬間，澄江的臉孔浮現眼前，但我並不想改口。

「這樣子啊，我記得今橋學長大學時身邊一直都有女朋友吧？」

「啊，是嗎？高中的時候今橋也很受歡迎喔。」

「從高中時就這樣？今橋學長果然有一套。」

碰上兩人聯手，總是這樣。那一瞬間，我得以忘記自己日漸稀薄的頭髮，以及如今收到的幾乎都是垃圾郵件的空虛電腦。

在那些垃圾郵件之間，唯有姊姊心血來潮時還是會寄信來。

「舊金山　雨」。

已經沒必要再看郵件主旨。看樣子，姊姊似乎真的在舊金山安家立業了。有時我會懷疑她的簽證問題是如何解決的，但是想想那並非我該擔心的事，於是立刻拋諸腦後。姊姊已成了離我越來越遙遠的人。

然而，有一天收到姊姊的電子郵件，我終於得知她是怎麼拿到簽證的。

「近日將與丈夫去日本。」

丈夫？

我難以置信。姊姊居然結婚了！那個姊姊！

而且，不是「近日即將結婚」。姊姊沒有告訴我們便已自行結了婚，而且她說要來日本。

我陷入慌亂。

我已很久沒回信（換言之都是姊姊單方面報告近況），但這時我不假思索地回信：

「甚麼時候？」

我自己也不知道到底是想問她甚麼時候結婚的，還是想問她甚麼時候回來。姊姊大概解釋為後者，

「下個月四日。」

她如此回信。我收到電子郵件的那天是八月二十九日。換言之再過一星期，她就要回日本了。我慌忙又去信問：「妳要回國定居了嗎？」姊姊只回了一句：「暫時歸國。」我鬆了一口氣，但是若說恐慌是否就此平息？並沒有。

我先通知夏枝姨。其實我已有好幾年沒跟阿姨聯絡了，我真是個不孝的外甥。但是，我徹底迴避讓面目大變的自己暴露在別人面前。即便對方是親人。就拿我媽來說，她如果看到我的頭，肯定會毫不客氣地說：「天啊！你怎麼禿了！」

阿姨毫不在意數年的隔閡，在電話那頭說，

「我聽說貴子的事了，真是太好了。」

說著，阿姨笑了。她還是一樣逆來順受得可怕。所以，我只能把滿腔的忿忿不平在須玖與鴻上面前發洩。

「我姊居然結婚了！」

須玖與鴻上都是好人。

「太好了。」

我早就料到他們會這麼說。我接著又告訴他們，我連姊姊幾時結的婚、對方是誰都不知道。須玖說，

「果然像你姊會做的事。」

鴻上說，

「很有舊金山的風格。」

結果為這件事陷入恐慌的只有我。這麼一想，我很羞愧，但是，當然不是只有我這樣。還有我媽。

我媽被我姊結婚的消息嚇得腿軟。做母親的當然都希望女兒得到幸福，但這次的消息，令我媽來不及高興，只有滿心的驚嚇。相較於我姊結婚，我媽依然過著還沒定下來的生活。眼見自己逐漸老去，我媽似乎不敢相信自己可以在無人庇護之下獨立生活。

「我真不敢相信！」

在電話那頭大叫的媽媽，如此評論姊姊的婚訊，但我將之解釋為她在說自己的現狀。

由於姊姊的突然歸國，我不得不回老家一趟。是我媽強硬命令我回去。我無力反抗，反正

也沒有必須留下來處理的工作。對於頭髮我已經認命了，遲早有一天必須讓我媽看見。我抱著樂觀的想法猜測，有姊姊的突然歸國與結婚這種大新聞在前面擋著，我的頭髮問題應該會變得無關緊要吧。

令人驚訝的是，現身老家的姊姊居然留長了頭髮。烏黑光亮的長髮，和我媽昔日自豪的頭髮很像（我媽的頭髮已花白，被她染色之後，變成沒有光澤的褐色）。

更驚人的是，姊姊身穿女裝。是展現身體曲線、設計簡潔的針織彈性連身裙。淡黃色的連身裙與姊姊曬黑的膚色很相襯。

是的，換句話說，姊姊變得很女性化。

曾經被稱為神木的身材，如今總算長了一點肉。雖然就一般女性的標準看來依然很瘦，不過隱約已有女性化的柔和曲線。

丹鳳眼與看似篤實的厚唇、長髮、修長的身材，這麼綜觀之下，有種稱之為東方美人亦不為過的氣質。至少在海外，我想，在某些人的心目中應該會被歸類為「美女」吧。

「步，好久不見。」

最重要的是，如此打招呼微笑的姊姊，渾身散發出一種過著良好生活的人才有的從容。那令我最難以置信。

姊姊曾經隨時隨地都在分泌「不穩」與「不安定」。那些東西感染周遭，令姊姊總是變成某種問題的元凶。

可是現在姊姊在微笑。她挑起嘴角，挺直腰桿，就像光腳站在穩定平坦的石頭上。

姊姊的身旁，站了一個膚色白皙得匪夷所思、身材纖細的男人。他的臉頰凹陷，薄唇幾乎是白色的，但是大眼睛蘊含力量。濃密的睫毛與眉毛、頭髮還有伸出的手上濃密的汗毛，全都是美麗的金色。

我猜他是東歐人，後來一問之下才知道他是有波蘭血統的美國人。

那個人自稱艾札克，姊姊喊他「伊薩克」。

我之前一直懷疑姊姊的結婚對象是牧田先生。因為自從收到她與牧田先生重逢的郵件後，她就在舊金山定居下來，而且牧田先生本來就是姊姊的初戀對象。所以看到艾札克時，我受到雙重震撼。

夏枝姨對於姊姊的改變與結婚對象絲毫不以為意，平靜地表達喜悅。令人意外的是，阿姨居然用有些生澀的英語和艾札克交談。我問她是在哪學來的，她說長年觀看外國電影，所以多少懂得一點。阿姨的能力果然深不可測。

姊姊連對站在阿姨身後的媽媽都客客氣氣打招呼。

「好久不見。」

我媽就像小小孩一樣面紅耳赤，嘟嘟囔囔地說了甚麼。完全失去平日的風采。

姊姊夫妻（沒想到會有用到這個字眼的一天！）決定住在老家，而且，是長達一個月的停留。

兩人要睡在姊姊以前住的那個房間，但我媽毫無準備。所以我和夏枝姨不得不慌忙出去採購，替艾札克買墊被與毛巾被。

在姊姊的房間與阿姨拆開新被褥的包裝時，我仍在恍神。我還跟不上姊姊的變化，對於艾札克這個典型的白人成為自己的姊夫也毫無真實感。我只是一直在想，姊姊為什麼會回來。

阿姨把枕頭塞進新買的枕套，一邊難得主動地對我說話。

「她終於找到了。太好了。」

起先我以為阿姨的意思是說姊姊終於找到伴侶。但是，我錯了。那句話的意思是，姊姊終於找到了相信的東西。我想起那張寫著「救世主」的破紙。

「找到甚麼？」

即便我這麼問，夏枝姨也只是微笑不語。

如果說姊姊找到的信仰，就是人生伴侶，我認為那未免也太無趣了。姊姊在宗教上流浪多年，如果真的能夠如此簡單就安定下來，那我大概會瞧不起她。然而，姊姊看起來似乎沉浸在明確的安寧中，那是光靠找到伴侶也不可能得到的安寧。

姊姊到底找到了甚麼？

樓下傳來她和媽媽的說話聲。聲音雖小，但我茫然思忖，已有多少年沒聽過那兩人交談的聲音了？

50

艾札克非常理性且安靜，是個充滿學者風範的男人。

他在沙加緬度的高中擔任歷史科的臨時教師，目前停職，正在舊金山的大學進修。他比姊姊大六歲，現年四十三歲。從他散發的氛圍可以充分感受到他年紀不小卻還想學習的旺盛企圖心。

艾札克安靜，但津津有味地吃著我媽做的晚餐。姊姊說艾札克熱愛日本料理，即便在舊金山的家中，也幾乎每天烹煮日本菜。

我媽準備了手卷壽司。

我姊和艾札克都吃素。原本姊姊以前在日本時就壓根不碰肉類。夫妻倆笨拙地在海苔片放上醋飯，再放上小黃瓜、瓠瓜乾、紅燒菇類或酪梨包裹起來一起吃。艾札克尤其愛吃我媽煮的羊栖菜。他喃喃自語「fantastic」，不斷要求再來一份，所以我媽也漸漸恢復本色。

我姊的突然返鄉，再加上她驚人的容貌變化，令我忘記好好審視我媽，我這才發現她已失去昔日的光輝。指甲沒塗指甲油，身體的輪廓好像也變得鬆垮。低頭時有了雙下巴，板起臉不笑的時候，法令紋也變得很明顯。今年已還曆之年的她，這種程度的老化是理所當然的，但以我媽素來的作風，那幾乎堪稱敗北。

說不定，艾札克是今橋家多年未見的男性。我媽一向都是在男人面前才會發揮幹勁。也許是因為如今少了男人，才會讓她又徘徊在邋遢時期。看到艾札克這個男人欣然吃下自己做的料理，我媽想必在沉寂多時後重新感到滿足。

「要喝湯嗎？」

我姊替我媽翻譯這句話。艾札克其實也會講簡單的日語，但要與我媽溝通，他的知識還差得太遠太遠。艾札克用簡單的日語道謝：

「『些』謝。」

他那微微欠身鞠躬的行禮方式，簡直像個謙虛的日本人。

「他很久沒吃這麼多了。」

相較之下，這麼說著聳肩的姊姊，根本是個美國人。她那微黑的肌膚、極端細長的眼睛與身材構成的氛圍，稱為亞洲人的確比日本人更貼切，而且，是住在英語圈的亞洲人。她本來就是那種不適應日本的人。我感慨萬千地看著姊姊。

「幹嘛？」

不過，我姊看我的方式倒是一如既往。她直視我的眼睛，露出絕不逃避的神色。

「不，沒事。」

我連忙含糊帶過，啜飲我媽端來的湯。或許是喝得太匆忙，上唇的黏膜被熱湯燙得剝落。說到這裡才想到，無人問起他們兩人結識的經過。艾札克不擅長日語固然是原因，但是原本扭曲的今橋家才是更大的主因。首先，我媽就沒有主動對我姊發話（雖然也可能是因為太驚訝了），雖說氣質有所改變，但我姊畢竟不是那種會看場合調節氣氛主動說話的人。夏枝姨是徹底的被動，至於我，這麼多年來一直盡量避免與姊姊扯上關係。

不過，若是現在我覺得應該沒問題。

姊姊的改變太驚人了。已經找不到就在不久之前還在這家中身材乾瘦、不肯洗澡、只知反抗母親的那個少女的影子了。姊姊長大了。

「兩位，呃，是在哪認識的？」

我戰戰兢兢這麼一問，姊姊立刻回答：

「西藏。」

不是在舊金山邂逅令人很意外。換言之，姊姊與牧田先生重逢之前，就已認識艾札克了。

「那……。」

「是四年前吧？」

姊姊和艾札克的交往比想像中更久，似乎也令我媽驚訝。是喔，她像傻瓜似地嘟囔。她八成以為以我姊向來莽撞急躁的個性，可能認識艾札克幾個月就閃電結婚了（其實我也這麼以為）。

「西藏？那是怎麼……？」

我一邊發問，自己也不明白為何會這麼畏畏縮縮。

姊姊結婚了，而且對方是個很正派，看起來很溫柔的人。那本來是很幸福的事（雖然附贈了先斬後奏這個驚喜），但是對象是那個今橋貴子，頓時令我過去的戒心又復活了。

「當時我在寺院看酥油花，他正好也在看同樣的東西。」

姊姊的說明未免太簡略，那是跟矢田嬸學來的。兩人都憑著自己的意思，在該省略的地方徹底省略。

「艾札克當時也請了長假去西藏。就這樣。」

姊姊說到這裡，啜飲夏枝姨煮的麥茶。她朝夏枝姨微笑，彷彿想強調「真好喝」的那個動作，極有成年人的風範。換言之，完全沒有昔日那個姊姊的影子。

「然後呢？就找到了？」

發話的是夏枝姨。對於向來被動的阿姨而言，此舉相當罕見。而且，這種涉及姊姊根本的重大問題，阿姨居然就順著話題輕輕鬆鬆說出口。無論是我，或是完全聽不懂這個問題的我媽，都用力吞口水緊張等待姊姊的答覆。

姊姊盯著夏枝姨的臉看了一會，最後，她微微一笑。

「找到了。」

姊姊吃著已是第五捲的手捲壽司。難以想像我們認識的那個姊姊有那麼能吃。

我媽似乎非常緊張。

翌日看到起床的我，

「天啊，你的腦袋！」

她說。換言之，昨晚在餐桌上她壓根沒注意到我的頭。我很火大，但甚麼也沒說。我默默去洗手間，慢吞吞刷牙，直到心情平復。我的外貌果然變化大到令她大叫「天啊！」的地步。我在本該熟悉的老家被狠狠捅了一刀。我把掉落在洗手台的頭髮順水沖走，感覺很窩囊。自來水的水龍頭已經鬆了。不只是自來水，彷彿要追隨我媽的老化，房子也變得老舊。除了想必被拚命打掃過的客廳，我的房間已蒙上一層薄薄的塵埃，窗戶玻璃也模糊不清。走在走廊時會吱呀作響，遮雨板如果不用盡全力就關不上。畢竟已飽經風霜。

回到客廳，我媽以不客氣的視線盯著我的頭。我很惱怒，本來很想嗆她一句她自己也老了，但我這種人就是開不了口。

「也對啦，連貴子都變了。」

不勝唏噓如此感嘆的媽媽，顯然是透過我的頭髮想起逝去的時光。

「他們兩個呢？」

「去散步。」

據說夫妻倆早已起床，絲毫不受時差影響地出門散步去了。過了一會，玄關響起開門聲。接著是我姊的笑聲，我和我媽不禁對望。

幸福的妻子散步歸來笑語嫣然，是很普通的情形。

問題是如果扯上我姊就另當別論了。姊姊與幸福的笑聲格格不入，甚至足以令我和我媽面面相覷。的確是格格不入。

我媽對著走進客廳的姊姊小聲說：「你們回來了。」看起來有點膽怯。姊姊和顏悅色地笑著，身旁的艾札克，也用生澀的日語回答：「『窩』回來了。」兩人都滿身大汗。我問他們是去跑步嗎，

「做瑜珈。」

姊姊說完，就匆匆去浴室了。

姊姊的加州生活如此有板有眼，令我差點忍不住笑出來。吃素，大學生丈夫，還有每日例行（我猜想）的瑜珈！

被留下的艾札克，一邊擦汗一邊手足無措。我媽對著空氣說了一句「來泡咖啡吧」就躲進廚房，只剩下我們兩個乾瞪眼。我有點尷尬地對他微笑，他回以更尷尬的微笑。他那種一點也不像美國人的感覺，令我鬆了一口氣。

艾札克為自己尚未淋浴就滿身臭汗地坐上沙發說了一句「『堆』不起」。然後，對端咖啡來的我媽說「『些』謝」，還鞠躬行禮。我們默默無語地喝咖啡，等候彼此之間唯一的交集——我姊出現。

我再次被自己的想法嚇到。

我們之間的交集，居然是那個姊姊！

那個總是搞得周遭天翻地覆，幾乎分崩離析的姊姊。

沖完澡一身清爽的姊姊閃亮登場後，客廳居然飄散一股安心的空氣。以前我可曾慶幸過姊姊的出現？我不停打量拿起艾札克的馬克杯喝咖啡的姊姊。

艾札克接著去沖澡後，姊姊在艾札克之前坐的沙發坐下。然後，看起來衷心放鬆地翻閱報紙。過了一會夏枝姨也來了，跟我們一起喝咖啡。艾札克或許是洗澡特別仔細的人，雖只是淋浴卻遲遲不見他出來。

大概是察覺我們的氣氛，姊姊說，

「伊薩克愛乾淨。」

姊姊肯開口，讓我不自覺鬆了一口氣。我看著媽媽，她似乎也有同感。

「為什麼喊他伊薩克？」

我媽戰戰兢兢地，開始發揮她本來直來直往的個性。

「他不是叫做艾札克嗎？那是綽號？」

姊姊從報紙抬起眼，說道：

「艾札克是英文名字。是從伊薩克轉變發音才念艾札克。」

但姊姊的說明，媽媽似乎聽不懂。說來丟人，其實我也聽不懂。

「伊薩克是舊約聖經創世紀裡的人物。英語稱為艾札克，用希伯來語發音就變成伊茲哈克。還有阿拉伯語版喔，叫做伊斯哈克。」

我瞄了一眼夏枝姨，阿姨或許是在專心品味咖啡，沒有看任何人。

「喊他伊薩克他會很害羞，不過，他是猶太教徒，我就是想這麼喊。」

「猶太教徒？」

我媽似乎是不由自主地脫口而出。如果我媽沒說出口，我也正準備開口。

「是的。」

「猶太教徒……。」

但是我媽似乎對猶太教沒有更多的概念。至於我，頂多只有猶太就等於安妮·弗蘭克這個平庸的想法。我很慚愧，不禁垂下眼，但姊姊沒在意，繼續說道：

「我也改宗了。因為猶太教徒只能和猶太教徒結婚。」

「改、宗？」

我媽這次是真的扯高嗓門。但是，我知道她不是生氣，純粹只是太驚訝了。

我一直以為我媽已經不可能對我姊生氣了。哪怕是我姊宣布她已嫁到亞馬遜流域某個不為人知的部落，哪怕是變性的姊姊（哥哥？）閃亮登場，我媽想必也只會認命地看著我姊。她不會欣然接受，但也不會積極反對。因為我姊一直是個不知會做出甚麼驚人之舉的孩子。

「那麼，貴子是猶太人了。」

沒想到這時夏枝姨竟然發話了。自從姊姊回國後，夏枝姨就帶給我一連串的驚奇。我從來不知道猶太教徒就等於猶太人。姊姊不是已經和美國人結婚，並拿到美國國籍了嗎？

「對，我是猶太人。」

我媽已經連問都不想問了。她只是默默凝視我姊，一臉下定決心「不管妳說甚麼都別想嚇倒我」的表情。那是昔日幼小的姊姊不管哭叫或大鬧，我媽都堅決不為所動的表情。

「猶太人。」

我代替我媽出聲的。

姊姊在宗教上的流浪，終於以猶太教畫下句點。

和她小時候那麼崇拜的安妮．弗蘭克一樣是猶太人。她變成在那場二十世紀最大規模的大屠殺中被奪走無數性命的猶太人？

我一方面感到理解，卻又強烈地無法接受。對於一心想成為少數派的姊姊而言，成為正因是少數派才會遭到迫害、殘殺的猶太人，似乎是最好的結局，但是矢田孀所說的「找到相信的東西」，應該不是指既存的宗教。

「很有意思吧，我居然成了猶太人。」

姊姊的態度倒是輕鬆自在，絲毫感覺不到身為猶太人的自負與自傲。簡直就像是收到鄰居贈送的蘋果所以順手咬一口，對於自己成為猶太人付之一笑。我的思緒混亂。

姊姊到底相信甚麼？

艾札克沖完澡出來了。被薰熱的臉染上粉紅色，讓他看起來格外乾淨。

「Feelin' good？」

姊姊問。

那句話，令我想起還沒把妮娜的唱片還給夏枝姨。

「固德。」

艾札克出人意料地以日本式發音回答，姊姊聽了噗哧一笑。笑著的姊姊，看起來幸福極了。

51

我本來打算立刻回東京，結果卻在老家意外地待了很久。

並非有誰期望我留下。我媽沒說「你留下吧」，夏枝姨也不可能講那種話。我是自願留下的。我們聚集在客廳，作為古怪的一家人，彆扭地團圓。

就我用智慧型手機查閱電子信箱所見，並沒有新的工作邀約，縱使有，也是那種不需考慮便可斷然推掉的工作。在等我回去的，只有須玖、鴻上與澄江。

僅此三人。

在東京生活已有十五年的我，居然只有三人在等我回去，簡直是欲哭無淚。回顧十五年前的自己，彷彿是個陌生人。雖然當時我幾乎是落荒而逃似地來到東京，但那時我有光明的未來。輕易就能找到喜歡我的女孩子，而且也有許多令我深感興趣的工作主動找上門來，甚至令我對不景氣這個字眼不以為意。然而那光明的未來，曾幾何時已經沒有了。我失去頭髮，失去美麗的女孩們，也失去我深感興趣的工作。

這十五年來，我的變化如此巨大。

相較之下，我姊同樣改變了，但她的變化與我的截然不同。她的變化絕不悲慘。

首先，她變得笑口常開。雖然不會像我或艾札克那樣殷勤陪笑，但是想笑的時候她會開懷大笑，有時甚至說上幾句笑話。她不再像以前那樣把自己關在房間，她會盡量待在客廳，她期望與我和夏枝姨，甚至是和媽媽說話。

姊姊果然每天都做瑜珈。她與艾札克總是一大早就起床，不知去哪做完瑜珈才回來。他們沒有帶墊子出門，因此我問他們是怎麼做瑜珈，他們的說法是：

「直接與地面接觸，才能接收到大地的力量。」

白皙纖細像根豆芽菜的艾札克，看起來實在不像有接收到大地力量的樣子，但艾札克驚人地強悍。根據我不經意聽到的說法，他好像還去參加世界各地舉辦的馬拉松大賽，最近似乎也開始挑戰必須連續跑很多天的超級馬拉松。

我問他吃素會有力氣嗎？艾札克說，

「挑戰超級馬拉松的人之中有很多都是素食主義者。」

「在西藏邂逅時，艾札克也是從尼泊爾歷時數週走來的。」

我姊愛憐地凝視艾札克瘦骨嶙峋的雙腿。

他們回來的第一天我就已聽說，他們是在西藏的寺院相遇。但是那時候，我還不知道艾札克是猶太教徒。

「猶太教徒可以去其他宗教的設施嗎？」

我眼睛看著艾札克嘴上卻是問姊姊，場面看起來很奇怪。艾札克對自己不通日語似乎很抱歉。

「因人而異。虔誠的人當然不會去，但艾札克不太拘泥那種東西。」

「猶太教徒並非人人都很虔誠？」

「對呀。猶太教有六百一十三條戒律。在現代社會，要遵守所有的戒律很困難。」

「六百一十三條？」

「對。雖然在以色列也有嚴格遵守戒律的猶太復國主義分子，但在美國要遵守那些戒律相當困難。我們的拉比，也是相當開明隨和的人喔。」

「拉比？」

「嗯——該說是指導者嗎？」

「就像是牧師？」

「類似吧。對。」

「那位拉比，允許艾札克在西藏參拜佛教寺院？」

「誰知道。不過，我們早上做瑜珈也是在夏枝姨的神社境內。神社的神主先生是個大好人，艾札克也說神社非常美，開心得很。」

姊姊口中「夏枝姨的神社」，應該是指阿姨每天去參拜的神社吧。昔日姊姊在神社亂踢地上的碎石子，還騎到門口的石雕神獸上，極盡暴虐之能事，如今卻在那裡安靜地做瑜珈。神社的神明想必也驚訝得下巴都掉下來了。

「猶太教嗎……。」

關於猶太教，我頂多只是大略知道那是猶太人信仰的宗教。

而我所知道的猶太人，是被那場惡名昭彰的大屠殺虐殺的人們，是安妮．弗蘭克，以及現在，在以色列為了某些事爭執不休的人們。我平日根本不看報紙。

姊姊流暢地說著。昔日的姊姊從來不曾如此饒舌。

她總是在開口之前就先把事情搞砸。無論是在整面牆壁雕刻有老鼠尾巴的卷貝，或是不洗澡不出房門，姊姊想傳達某種意思時，總是用行動代替言語。就算她是用言語表達，我們也無法理解，這讓她更加不想用言語表達了。每次當她放棄言語，就把自己逼到更孤獨的絕路上，看起來好像已忘記與大家共通的語言。

然而現在，在我的眼前，她正在使用語言。她找回了曾經遺忘的語言，運用語言把她的想法告訴我。我媽曾如此期盼，而我早已完全不指望的語言，如今被她用她自己的方法，非常安靜地，用那個語言編織出她所重視的種種。

我察覺自己在姊姊的面前很放鬆，那簡直匪夷所思。這些年來我一直決心不與她打交道。來到她的面前時，我總是盡量用最少的話語解決，我沒做過讓她滿意的事，也沒做過讓她不滿的事。換言之，我在她面前完全抹殺自己的存在。我希望她就當沒看見我，遑論與我交談。所以我壓根沒想過，自己在姊姊面前居然能如此輕鬆自在。我竟能這樣放鬆地坐在客廳沙發上與她交談。

「那麼，那時妳並不抗拒跟艾札克結婚囉？」

反正艾札克不懂日語，所以我索性向她問得更深入一點。艾札克看著我們，不時點點頭，但那不是聽懂才點頭，是在向我們表示他雖然聽不懂但還是在聽。

「是啊。更何況——」

姊姊看著艾札克微笑。那是真正的微笑，是毫不虛假的微笑。艾札克看了，也安心地回以微笑。

「艾札克本來就還無法完全相信猶太教的神明。」

「咦？」

我不禁瞥向艾札克。我倆目光對著正著，但我難得地沒有陪笑。我做不到。

「那是甚麼意思？」

「艾札克是因為他的母親是猶太教徒也是猶太人，所以他才跟著成為猶太教徒，但是，他無法像母親那樣信仰所謂的『神』。」

艾札克的眼睛宛如寶石，我從未見過如此清澈的水藍色。

「那他這樣子，還能算是猶太教徒？」

「不然我問你，你知道我們家信仰的教派？」

「呃……是佛教？」

「這樣子，根本談不上信仰嘛。」

姊姊笑了。

「可是，我以為猶太教應該是更嚴格才對。」

我很不好意思，於是無意義地乾笑。看看艾札克，他也在笑。

「雖有種種解釋，但對我們而言，猶太教就是畢生都在不停探索神的宗教。探索神到底是甚麼。也有人認為神與人類是平等的，甚至還有人說不要太相信神。」

後來，姊姊繼續回答我的問題。她滔滔講解的模樣，簡直像她口中的拉比，雖然我並不認識拉比。

「那麼，姊妳相信？」

說完，我才發現我已有幾年，不，是二十幾年沒有喊過她「姊」了。發現之後，我頓時臉紅。一方面是感動自己居然能夠如此自然地說出口，同時也是對自己如此輕易放下戒心感到難為情。更重要的是，對於自己能夠與姊姊如此熱烈交談的狀況，我還是由衷感到驚訝。

「我嘛，嗯——表面上吧。畢竟是猶太教徒。」

姊姊的回答令我很意外。昔日那個一旦認定了甚麼就盲目地信仰，而且絕對不會背叛自己的信仰，有時甚至因此造成自己心理問題的姊姊，現在居然對於自己改宗猶太教神明（雖說是為了丈夫），說那是「表面上」。

「我本來就吃素，而且猶太食物（kosher food）對身體好，很適合我。但是，如果問我猶太教的神是否存在，如果存在是否會相信，我不知道，我無法明確地斷言。雖然感到好像有股偉大的力量，但若說那就是猶太教的神，我到現在還是完全沒概念。」

我吃驚得說不出話。

姊姊居然講出很有常識的發言。而且，是關於神明。

長年以來她總是很輕易地把某種東西當成「偉大的力量」，而且完全地、全心全意地倚賴。那樣的姊姊，現在卻與「偉大的力量」保持距離，自立自主。

「那麼——」

「嗯？」

我再次瞥向艾札克。然後，又一次感謝艾札克聽不懂日語。

「姊妳找到甚麼？」

我很想知道。那個昔日走遍世界各地的宗教少女今橋貴子，彷彿不穩定化身的少女，究竟找到了甚麼。是甚麼讓現在的她可以如此穩定。

「妳相信的是甚麼？」

姊姊定定看著我。微黑的肌膚光滑晶瑩，看起來很健康。她的手臂肌肉結實得一點也不像女人的手臂，但那不可思議地令姊姊看起來很美。

「步，你做過瑜珈嗎？」

「啥？」

我很錯愕。這當然不是我期待的答覆，我懷疑姊姊是在開玩笑耍我。

「我是說真的。你做過瑜珈嗎？」

「沒有。為什麼要問這個？」

或許是察覺我有點不高興，艾札克注視我，朝我殷勤微笑。

「瑜珈不是有各種姿勢嗎？那每一種，都必須身體的主幹牢靠才做得到。」

「那和妳相信的東西有甚麼關係？」

我看著她的眼睛，發現她的雙眼射出銳光。那絕對不是笑話別人時的眼神。

「平衡很重要。若要保持平衡，身體的核心，也就是像主幹一樣的東西必須牢靠。那是貫穿身體的主幹。」

姊姊雖然從容不迫，卻很熱情。不時還像求助似地望著艾札克，但艾札克當然聽不懂我們在說甚麼。

「主幹。我找到的、能夠相信的，就是像那主幹一樣的東西。」

「主幹？」

「對。」

我陷入沉默。我沉默是為了思考，但姊姊說的話太過於抽象，我聽不懂。不過，至少我知道她是認真的，至於那個「主幹」是甚麼東西，只有姊姊清楚理解。

「主幹。」

我只能像傻瓜似地如此重複。姊姊默默看著我半晌，看起來好像很希望我說點甚麼，但我甚麼話也說不出來。

這時，我放在桌上的智慧型手機震動。

嗡——嗡——發出誇張的聲音，撕裂我們之間安靜（真的非常安靜）的時間。螢幕顯示澄江的名字。自從我回到老家後，還是經常收到澄江的簡訊。我姑且會虛應故事地回覆她，不過她打電話來倒是頭一次。若是平時，我肯定會置之不理。但是現在我想讓在這個空間強烈彰顯自我（對，就像昔日的姊姊）的玩意安靜下來。由此可見這個空間有多麼安穩。

「喂？」

我不想讓姊姊聽見我與澄江的對話，於是走出客廳。我走上兩三階樓梯，但澄江默不吭聲。反倒是從電話那頭傳來沙沙、沙沙的雜音。

「喂？」

這時，雜音的後面，彷彿從遙遠的彼方傳來似地，隱約響起澄江的聲音。

「啊？」

我反問，但我聽不懂她在說甚麼。就在我不耐煩地想掛斷電話時，我在樓梯上猛然駐足。心臟撲通發出巨響，貼著電話的左耳霎時發熱。

電話彼端傳來的，是澄江尖叫般的聲音。但她不是在尖叫。

那是澄江做愛時發出的聲音。

52

我彷彿被狠狠推落地面。

我現在，站在老家共計十三階樓梯的第六階，可我覺得，彷彿被人以必死無疑的方式，狠狠推落地面。但我還活著，我把手機貼在耳邊，只是呆站在那裡。

我好幾次都想掛斷電話。我應該掛斷的。

可我完全動不了。不僅如此，我還豎起耳朵聆聽，澄江的聲音斷斷續續傳來。澄江每次在那個的時候聲音都有點太大了。那與其說是因為快樂而發出的聲音，更像是在激勵對方「加油！加油！」，是強而有力的聲音。

我已經有一個月沒聽過澄江的那種聲音了。久違的澄江聲音，依舊充滿激勵某人、替某人加油的味道。我難以置信自己居然會在這種狀況下聽到那絕對不色情的聲音。

在澄江的叫聲之間，也傳來男人的聲音。我的腦袋陣陣刺痛。太陽穴流下的汗水弄濕了我的手機，但不管我如何傾聽，直到最後還是聽不懂男人在說甚麼。

是的，我一直聽到最後。

那好歹也是自己的女友，我卻把她和別的男人正在性交的聲音，一直傾聽到最後。

那當然不可能帶給我變態的歡愉。我只是在傾聽，那是不得不聽的狀況。我動不了，也叫不出聲，只是靜靜站在那裡。而且，連我自己也不知道自己是否受到傷害。

結束情事的澄江和男人，好像還在枕邊細語。大概是激情之下，不小心按下手機的撥號鍵，她自己卻沒發現吧。兩人的聲音甜蜜、低沉、親密，光聽那聲音，就知道兩人擁有溫柔的信賴關係。

直到這一刻，我才第一次萌生施虐狂般的心情。我決心就這麼按兵不動地等著，直到澄江發現為止。我是出於自願決定繼續抓著手機，但是，那種施虐心理，同時也是為了折磨我自己。

我陷入一種古怪的亢奮。

我覺得自己是全國，不，全世界最悲慘的男人。我對澄江本來就沒有愛得要死要活。和以往的女友比起來，不，即便和世間一般女子相比，我也認為她是水準很低的女人，我隱約抱著一種看戲的心態冷眼旁觀被這種女人徹底背叛的自己。我的靈魂浮游在我頭頂數十公分上方，嘲笑如今開始微微顫抖的自己。

「咦？」

沙沙沙的雜音大聲響起。然後，澄江的聲音近距離傳來。

澄江終於發現了。

我的心臟劇烈跳動著。很奇怪的是，那是近似淡淡愛意的緊張。就好像打電話去暗戀的女孩子家，沒想到接電話的是她本人。我變得太奇怪了。

「咦？喂？喂？」

澄江慌了手腳。後方傳來男人的聲音，但是好像被澄江強烈制止。男人的聲音很低，很悶。

「喂？是阿步嗎？你在嗎？」

那一刻我是甚麼反應呢？遭到自己輕蔑認定「並沒有愛得要死要活」、「水準很低的女人」的情人劈腿，三十三歲，頭髮稀疏，幾乎是無業遊民的我，做了甚麼反應呢？

「哈哈哈哈哈哈哈哈！」

我笑了。

「啊，阿步……？」

「啊哈哈哈哈哈哈哈哈！」

我的笑聲響亮得連姊姊都從客廳探頭出來。我笑了又笑，不停地笑，笑到眼角滲出淚水。我再也站不住，一屁股跌坐在樓梯上。姊姊看我這個樣子，八成還以為是我的朋友，或是哪個交情很好、關係很親近的風趣傢伙，講了甚麼超級好笑的笑話吧。只見她聳聳肩，又回客廳去了。

「阿步？喂？」

「哈哈哈哈哈，太好笑了，超爆笑！」

我的笑聲滲出瘋狂，連我自己都這麼覺得。但是澄江抱有更大的危機感，她似乎認為那樣很怪異。

「阿步？呃……」

我想像澄江一臉慘白的模樣，還有和澄江在一起的那個男人驚慌失措的模樣。抑或，澄江其實非常鎮定？或許男人壓根沒把我放在眼裡？像我這種微不足道、在社會上毫無地位與成績的男人，想必根本不是那個男人的對手吧。

「阿步，你還好嗎？你怎麼了？」

澄江的聲音溫柔極了，就像母親（不是我的母親，是世間一般的「母親」），聲音充滿了慈愛。她的聲音令我霍然回神，握在手裡的手機，被我握得更緊。

「是妳吧。」

「……啊？」

我突然變得冰冷的聲音，似乎嚇到了澄江。我也嚇到了。我的聲音既像是老人，又像是宣告死亡的死神。

「主動打電話來的，是妳才對吧。」

「……阿步。」

「幹嘛？找我有事？」

「阿步。」

「沒事的話，我掛了。」

掛斷電話後，我又繼續在樓梯上坐了一會。浮游的另一個我，不知不覺與我合而為一，我再次變成一個人。不可思議的是，我並不覺得遭到背叛，反倒是有「終於到了這個地步嗎」的感慨。這十五年來，我變得太多，最後的結果，就是當下這一瞬間。

我終於到了這個地步。

手裡的手機一再震動。不用看也知道，是澄江打來的。我對澄江置之不理，但也沒有關掉電源，只是在樓梯坐了很久。

黎明時分，我終於慢半拍爆發怒氣。

回到客廳的我，若無其事地與姊姊夫妻交談，洗澡，看了幾頁書，然後就寢。我本來還怕自己會睡不著，沒想到立刻陷入自己都感到驚訝的沉睡。

然而，當我在黎明醒來的同時，猛烈的憤怒席捲而來。

我被耍了。

我被騙了。

任何言語都不足以形容。我感到自己遭受澄江莫名其妙的不當暴力。我彷彿被對方笑著毆打，被奪走重要的東西，趴在地上被踹。我抑制自己憤怒得想尖叫的衝動，靜靜在被窩裡打開手機。

有幾十通未接來電，七通簡訊，全部來自澄江。照理說枕畔應該震動得很頻繁，我卻呼呼大睡直到方才才醒，簡直難以置信。我把未接來電的時間都看過後，打開簡訊內容。

裡面寫著各式各樣的話，但是到頭來，意思都是說不知我聽到甚麼，但她想開誠布公地談一談，總之想見我一面。最後一封簡訊寫著，如果我允許的話，她要來大阪找我。我有種報復性的痛快，因為我已打算與澄江分手。心情略為好轉，也是因為看得出澄江很焦躁。

地獄的底層也分階段。

我走上一階不滿數公分高的台階，勉強試著俯視澄江。我的確對澄江很冷漠。最近，比起和澄江的約會，我總是把與須玖、鴻上的聚會放在第一優先，也經常對澄江的簡訊視若無睹。而且打從一開始，我與澄江的關係就是建立在澄江單方面的愛情上。
澄江很寂寞。她空虛寂寞，沒有自信，於是犯了錯。
我不打算原諒她的過錯。
不是因為嫉妒。是因為打從一開始就沒有愛情。
我抓起手機，打算打電話給澄江。等澄江接起電話，就平靜地這麼對她說吧。
「很抱歉無法愛上妳。」
這麼想像後，籠罩我全身盤旋不去的怒火頓時平息。我醞釀對待澄江的殘酷心情，那樣多多少少讓我維持自我。
我叫出那堆未接來電紀錄中的澄江名字。我以為接通的嘟聲一響，澄江就會立刻接起電話。澄江肯定徹夜未眠，她肯定一直在苦苦等候我的電話。
然而，出乎我的意料，澄江沒有接電話。我簡直不是普通錯愕。聽到嘟聲響起三次時，還能從容以待，但聽到第六聲時我再也受不了了。一度已鎮靜下來的怒火再次爆發，結果，我不停撥電話給澄江。
澄江接聽時，我已經打第四次了。
「……喂？」
澄江居然發出惺忪的聲音。
她在睡覺！
我在震怒之下幾乎破口大罵。我想罵出我所知道的各種猥瑣字眼、汙言穢語、所有的髒話。不過，我還是用力忍住了。我好歹有最後的自尊，即便是渺小如豆的自尊，用來阻止我也已綽綽有餘。

但我的自尊，被澄江的一句話就瓦解了。

「阿步，對不起。」

我倒抽一口氣。

我居然被道歉！

那代表澄江認為我「很可憐」！那表示我比澄江還矮了一截！

我朝枕頭揮拳。我聳肩呼吸，以免讓澄江發覺。然後，我盡可能以平靜的聲調說：

「妳覺得，我們交往過嗎？」

光是說這句話，我已擠出渾身的力氣。這一瞬間，我似乎倏然變得蒼老。不經意碰觸到枕頭，掉落的頭髮纏在指間，我幾乎快哭了。

「阿步。」

「我不覺得我們在交往。」

我捻起一根頭髮，對著窗口舉高。我看不清楚。我的頭髮是如此纖細、柔弱。

「阿步。」

澄江深吸一口氣。

「你打算這樣到甚麼時候？」

這句意外的發言，令我「啊」了一聲。不是震驚的「啊！」也不是威脅的「啊？」。我只是張開嘴巴發出聲音。啊。

「阿步，你每次都這樣。你從以前就是這樣吧。」

澄江平靜地，緩緩地訴說。指尖上的頭髮，不知幾時已掉落。

這樣是怎樣？

以前就是這樣？

我很想這麼問，但我當然沒問。因為我知道，就算想說話，肯定也發不出「啊」以外的聲音。而且我也知道，那樣非常丟臉。我不想做個丟臉的男人。雖然我已經夠丟臉了，但我還是不希望那在這種形式下成為現實。

「你打算這樣到甚麼時候？」

澄江哭了。她靜靜流淚的樣子如在眼前，我可以清楚想像。一看到那種景象，我對澄江的愛戀，幾乎令我心碎。

澄江渾圓的背部，胖嘟嘟的小腿肚，略帶沙啞的聲音，顧忌別人時黑眼珠的游移，以及澄江細微的動作，那些細節驚人鮮明地一一浮現。

「澄——」

我說不出「澄江」。只說出「澄」就陷入緘默，然後，我下定決心一句話也不說。

澄江哭了一會。之後，她說：「這段日子謝謝你。」

聽到「喀」的一聲時，我還沒發覺電話被掛斷了。

掛電話的，應該是我才對。向哭著苦苦哀求的澄江提出分手的，應該是我才對。可是，事實並非如此。我握緊被掛斷的手機，呆立良久。

你打算這樣到甚麼時候？

澄江說的話，一直沒有消失。

這樣是怎樣？

以前就是這樣？

其實我心知肚明。就連我自己也這麼覺得。自己打算這樣到甚麼時候？不採取主動，總是把人際關係怪罪對方，只是默默等待甚麼的這種生活，我打算持續到甚麼時候？

但我也知道，一旦被迫面對這個問題，自己會很痛苦。就是因為知道會痛苦，所以我全力躲避那個問題。

自己打算這樣到甚麼時候？

就連此刻我都很想逃。我想把那句話扔到窗外，或者狠狠踩扁，佯裝不知，蒙頭大睡到天亮。

然而，那句話一直賴著不走。它不顧室內的昏暗，非要賴在我的枕畔，簡直像在發光。

自己打算這樣到甚麼時候？

驚人的是，我姊與艾札克的晨間瑜珈，我媽竟然也開始加入。

那簡直是歷史性的一刻。母親奈緒子，與女兒貴子，居然一起做某件事（而且是做瑜珈）！

當然，起初我媽對我姊的邀請裹足不前。以我媽的個性似乎天生就對瑜珈或素食主義那類東西抱有懷疑。不過，她自己應該也知道她的肚子堆滿贅肉，輪廓鬆垮。「身體線條會變得緊實喔」這句話很有效，再加上又是那、、、個女兒的邀請，似乎刺激到她最後一點母性。

早上三人做完瑜珈回來，我媽滿身大汗簡直慘不忍睹。

「沒想到會這麼累！」

嘴上雖然這麼抱怨，但我媽看起來好像挺高興的。

「不過，妳本來的平衡感就很好。」

我姊已變成會對我媽講這種貼心的話的人了。我媽很單純，而且非常率直。我姊這句話讓她心花怒放，從此變成天天都三人同行。

我姊也邀我去做瑜珈。

我當然拒絕了。天底下有哪個男人會在住家附近的神社和姊姊夫婦及母親四人一起做瑜珈？我一口回絕，但我姊並未鍥而不捨地一再邀約。

和發生與澄江分手的事件也有點關係，我還是繼續無所事事地待在老家。反正沒有工作上門，我也不用賺錢養家，天天吃我媽做的豪華大餐（而且一天比一天更豪華），也沒有做瑜珈或慢跑，因此我變胖了。簡直糟透了。

若非我姊實在看不下去，某日主動邀我出去走路，我一天走路的步數恐怕只有三十步。老實說，我不想和姊姊在附近走路，但身體的確變得笨重。

在玄關等我的只有姊姊一個人，我本來還以為艾札克也會一起去。我很怕附近還有人記得姊姊，如果艾札克也去想必會更惹眼，所以他不去的確是好事，但是和姊姊單獨相處還是令我產生某種危機感。我想打退堂鼓，但姊姊說：

「走吧。」

她壓根不容我拒絕。

我反射似地跟上姊姊，她或許已決定好路線，也不看我，逕自大步向前走。時值傍晚。白天雖熱，但是陽光一暗下來，多少變得比較涼快。她穿著貼身的T恤，或也因此，看起來有點不勝寒冷。

已經要入秋了。

想到這裡，我忽然感到徬徨。距離我的生日，還得跨越秋天與冬天這兩個季節，但我覺得那似乎轉眼之間就會過去。我從沒想到自己居然會害怕生日的到來。但三十三歲的我，害怕變成三十四歲，三十四歲的我，大概也會害怕變成三十五歲吧。

走在我前方的姊姊，今年三十七歲。

以她三十七歲的年紀，看起來過得很充實。找到了終身伴侶，懂得孝順母親，擁有堅實的生活基礎。攝取對身體有益的食物，做瑜珈保持身心平衡，在舊金山的豔陽下健康地生活。

我作夢也沒想到姊姊竟會有這樣的未來。而且，我以前也沒想到自己會過著現在這種生活。

我對舊金山和瑜珈都沒興趣，但是關於姊姊與我，照理說應該是我過著姊姊現在這種生活才對。沒有禿頭，沒事玩玩衝浪，擁有結實身材的我身旁，陪伴的是同樣健康、美麗的女人。而姊姊，眼看即將邁入四十大關還找不到工作，每天鬱鬱寡歡——就昔日的我與姊姊看來，本該是這樣更令人信服。

到底是從哪開始變成這樣？

我從幾時起，變成這個樣子？

走在姊姊的身後，我找錯對象地開始遷怒她。

「步，你還好嗎？」

姊姊忽然朝我轉身。我正在瞪視姊姊的背部，因此當下大吃一驚，不禁後退。

「甚麼？」

「我是說你的生活。」

我知道，姊姊接下來將要講討厭的話題。

就她所見，我看起來似乎沒工作，頭禿了，身材也發胖走樣，越來越不健康，她肯定是想說這個。所以才會忽然邀我出門散步，而且沒有讓艾札克與我們同行。虧我剛才還在感動我姊居然懂得孝順我媽了，現在我對她那種細心周到只感到厭煩。我心想，妳明明就不是那種會關心別人的人，現在怎麼開始得意忘形起來了。

「現在等於是暫時休息而已啦。況且出版業本來就起起落落變化很大。」

不過，我也討厭自己不得不這樣敷衍她。

「我不是說你的工作。」

「啊？」

她沒有放慢走路的速度。

「步，你看起來動搖得很厲害。」

「動搖？」

「對，你在動搖。你沒有核心。」

她在講甚麼我實在不太懂，但我至少知道她是在批評我。我像小孩一樣鬧彆扭，不肯講話。姊姊沒資格批評我。無論是我生活的哪一方面，這個給我帶來不少麻煩的姊姊都沒有資格批評。

「你要有自己的核心，步。」

姊姊不肯讓步。她本來就不是會退讓的人，即便面對被她惹火的我，還是明確說出自己的意見。

「核心是甚麼玩意？」

「是只有自己能夠相信的東西。你缺少核心，就是因為缺少核心，所以你才會動搖，動搖得很厲害。」

姊姊沉靜的說話態度，令我真的很火大。

「哈！那是甚麼鬼？妳是指宗教？因為妳自己是猶太教徒？」

「不是。」

這時，我發現姊姊正要去的，是昔日沙特拉黃門大人所在的位置。寢居那塊地早已被賣掉，蓋起兩棟大公寓。

「以前我來這裡時，」

姊姊說著，在公寓面前駐足。非假日的傍晚，公寓很安靜，只聽見不知何處傳來拍打棉被的乾扁聲響。

「你在躲我。對吧？」

我不吭氣。我不知道她想說甚麼，但我只是下定決心，絕對不點頭同意。

「那讓我覺得很不可思議。你總是看著我，畏懼我，閃避我。」

「不可思議？我那是正常反應吧？自己的姊姊信奉邪教，連學校也不去，盡做些古怪的事耶？」

「但那是我的問題，與你無關。」

「啥？妳到底在說甚麼？」

「我在做的事，並不是你在做的事。」

姊姊背對公寓而立。夕陽照在她的背上，令她的臉變成剪影。

「你總是拿我跟自己比較。」

我很意外。

我拿姊姊和我自己比較？

她到底在胡說甚麼。我只是不想被詭異的姊姊搞砸人生，所以才窺探她的動向罷了。而且曾幾何時我甚至已放棄那樣做，我把姊姊從我的人生中抹殺。

「步，你就是你。不是其他任何人。」

姊姊逆光而立，看起來有點神聖。我卻對她那種神聖感到很鬱悶。特地把我叫出來，講些莫名其妙的話，最後居然還擺出一副憐憫我的架式，這樣的姊姊我實在消受不起。

「妳到底想說甚麼？」

我發出自己所能發出的聲音中，最冷漠的聲音。

「妳從剛才就在說甚麼？我拿妳跟自己比較？我一直對妳視而不見，心裡老是在想要是沒有妳該多好。妳究竟有多自戀？到現在妳還認為自己是那麼值得受到注目的人？我沒有核心？那妳自己就有嗎？搞甚麼沙特拉黃門大人和伊斯蘭教還有可笑的卷貝，然後這次又扯上猶太教？妳說我到底在動搖甚麼？妳所謂的核心是甚麼？」

「步。」

「這些年妳給我們造成多少麻煩，過著亂七八糟的人生，然後結了婚稍微安穩一點了，立刻就以正常人的標竿自居？」

「步。」

姊姊看起來很悲傷。她那種態度，讓我更加惱火。為什麼我非得被姊姊，被那、、、個姊姊，這樣憐憫不可？

「步，你必須找到自己相信的東西。」

我嗤之以鼻。

「看吧，這也是從矢田嬸那裡現學現賣吧？根本不是妳自己的意見。妳輕易相信種種事物，還把別人的意見說得好像是自己想出來的。難道妳就有核心？甚麼狗屁瑜珈我不懂，但這樣就以為自己有核心，未免太蠢了吧？」

這一刻，我的心情無比暴力，很想揍姊姊。但是內心深處，還有另一個有點畏懼姊姊的自己，那讓我很煩。所以我只能更加扯高嗓門。

「為了找到妳相信的東西，給我們全家人帶來多少麻煩妳知道嗎？父親都出家了耶？那也是妳的核心幹的好事？」

「他們兩人的事，只有他們兩人自己知道，和你我無關。那兩人，是為了那兩人相信的事物而活。」

「啥？那麼，妳的意思是說沒有核心的只有我？」

「其實媽也一樣動搖不穩，但我認為她不要緊。我打算邀請她去舊金山。」

「啥？」

「我想請她來我們家，而且暫時離開日本對她肯定更有益處。」

「虧妳說得出那種話。妳還記得過去的自己嗎？妳以為妳是甚麼人？妳可以替我們做決定嗎？我懂了，妳終於成了妳一直想成為的神嗎？」

「就某種意義而言吧。就某種意義而言的確是。」

我的心臟發出巨響。

姊姊根本沒變。

她還是那個瘋狂的姊姊。因為就在此刻，她居然說自己是「神」。姊姊和昔日面對沙特拉黃門大人的狂熱信奉者以神自居的那時，根本就沒有變吧？

「步，你該聽聽媽的說法，而且，也該去見爸爸。當初他們為什麼非得離婚不可，你也有權利聽到真相。可是，你一直迴避那個真相，不是嗎？你總是在害怕甚麼，尤其是怕我。你老是看著我。我的確有過種種信仰，並且也為此受傷，遭到打擊。但是，步，至少我努力試圖去相、信。可你不同，你始終不肯相信甚麼。你總是拿某人和自己比較，一直搖擺不定。」

然而現在，眼前的姊姊身上，感覺不到絲毫的瘋狂。定定凝視我，平靜地對我說話的姊姊，看起來果然是個置身在明確的穩定中，安穩得不得了的人。

「上次，你不是問過我，我相信的是甚麼？那時，我只能告訴你身體的主幹。」

我朝地面吐了一口口水。姊姊即使看到了，也未置一詞。

「為了替大嬸撒骨灰，我走遍世界各地，去過了多得不能再多的國家。但我依舊搖擺不定，心情動搖得很厲害，總是感到痛苦。大嬸不在身邊令我痛苦，有時我自己也不明白我在做甚麼。

我變得非常多愁善感，在所到之處淚流不止。我在不丹看到創作沙畫曼陀羅的僧侶，那是非常寧靜的景象。我哭了。在盧安達，我看到少女對著木頭做成的十字架祈禱。那時我也哭了。

每次，看到那樣的景象，我總是淚流不止。我不知道是為何落淚，只是不停哭泣。

曾幾何時，我漸漸發現，哭泣，這樣淚流不止，似乎是某種解答。但那是甚麼的解答，我還是不明白。」

天色漸漸變暗了。姊姊的影子朝我這邊伸長，就連那影子，都保有清晰的輪廓。

「最後在西藏，我遇見了艾札克。」

「搞甚麼，結果不過是男人嗎？妳這只是依賴別人嘛。妳的意思是妳開始相信艾札克？」

「不是。你聽我說。」

姊姊是認真的。雖然不想承認，但我打從剛才就發覺，看樣子，她似乎是真心替我著想。她愛我，無與倫比地深愛。

「當時我在某座寺院看酥油花。那種酥油花，真的令人嘆為觀止。非常精巧，非常美麗，而且不知道是誰創作的。因為，那是獻給佛陀的。

我在那裡也哭了。淚水源源不斷地湧出，無法遏止。就在那時候，我遇見了艾札克。艾札克看到我的眼淚。是不得不看到吧，因為我連站都站不起來。我癱坐在地，不停哭泣。結果艾札克說話了。

『妳是為了看這個酥油花而來的吧。』

那句話半對半錯。我不是為了看這個酥油花才來西藏。但是，我來了，我、、、、我來到這裡。

你懂嗎？步。

如果我沒有來到這裡，就看不到這個酥油花，也就沒有我的眼淚了。」

彷彿酥油花此刻就在眼前，姊姊伸出手指，試圖碰觸甚麼。但是，她這麼做的同時，依然站得筆直。完全沒有動搖，筆直地。

「是我，把我自己帶來這裡。過去我所相信的事物，是因為我在所以我相信。、、、、、、、、、、、、

你懂嗎？步。

在我的內心，有那個在。『神』這個字眼太粗暴，並不貼切。但在我心中，有它在──只要我還是我。」

我低下頭，我無法直視姊姊。即便如此，我還是可以感到姊姊的動靜。唯有那濃厚得可怕的動靜，我還是可以感受到。

「我相信的東西，由我自己決定。」

我的腳下有螞蟻爬過。黑色的身體，如果一踩肯定立刻被踩扁。

「所以，步。」

我目不轉睛地看著螞蟻。

「你也要找到信仰。找到只有你自己能夠相信的東西，不能和其他任何人比較。當然也包括我、家人、朋友。你就是你，你只能是你。」

我把姊姊留在那裡，逕自邁步。姊姊沒有退縮。她就在那裡，她動也不動地站在昔日自己曾經信仰，之後又毅然捨棄的東西面前。

「你相信的東西，不能讓別人來決定。」

54

我逃了。

逃離姊姊，逃離老家。

與姊姊談過的翌日，我打包行李，跳上新幹線。趁著我媽和我姊在夏枝姨每天合掌參拜的那個神社一起做瑜珈之際，我逃走了。

坐上新幹線時，我媽傳來訊息。我隨便找了個藉口搪塞，我媽似乎完全沒有起疑心，但我姊沒有跟我聯絡。為了謹慎起見我也查閱了一下電子郵件信箱，但信箱裡只有幾封垃圾郵件。

姊姊說要帶媽媽去舊金山。雖然那肯定只是普通的旅行，但我希望我媽斷然拒絕我姊的邀請。我不希望只因為開始一起做瑜珈，媽媽和姊姊便輕易和解。我不希望我媽原諒我姊。就在短短幾天前，我還為了我姊和我媽匪夷所思的邂逅而感動，如今想來，那簡直像是騙人的。

我恨我姊。

否則，我無法保持自我。

駭人地感受到姊姊對我的愛的那一瞬間，我決定當作不存在。

姊姊只是得意忘形罷了。她以往過著亂七八糟的人生，在西藏還是甚麼撈什子的地方，偶然遇見伴侶，於是可笑地自以為無所不能。反正等她被艾札克拋棄後，她所謂的平衡肯定會瓦解，變得支離破碎。

我再次把姊姊封入小黑箱裡。就像過去做的那樣，藉由憎恨姊姊，讓自己能夠做個正確的人。不，如今不只是姊姊。輕易原諒姊姊的媽媽、以出家的名義逃離我們的爸爸、背叛我的澄江、過去的女友們、不給我工作的出版社編輯，對我而言，統統淪為邪惡的存在。錯的都是他們，我沒有錯。完全沒有。我先閉上雙眼，接著摀住耳朵。

列車過了名古屋後，手機再次震動。

我猜不是姊姊就是澄江，但是打開手機映入眼簾的，卻是「須玖」二字。我求救似地打開訊息，

「今橋，你還在老家嗎？你姊怎麼樣？」

那是浮現在手機螢幕上的數位式機械文字。然而，對我來說卻是有血有肉、無比溫柔的言詞。

「好想趕快見面！我有好多話要告訴你。鴻上也說想見你！」

簡直像是神明捎來的信息。

我嘲笑姊姊。甚麼狗屁「自己的信仰」！沒有半個朋友的姊姊，想必絕對無法理解我此刻的心情。被好朋友需要的這種心情。那一瞬間，我雖嘲笑姊姊，但我沒有察覺幾乎在同時，我也在向須玖索求「信仰」。

我想見須玖。

我想盡快地沉浸在須玖與鴻上創造的那個安詳和平的世界。

現在的我，只剩下那個安身之處了。至少我是這麼以為。即便沒錢也能優雅過日子的兩

人，就是我的依靠。我強烈渴求兩人，彷彿競相追逐花朵的蟲子。

抵達東京後，我立刻去找須玖與鴻上。

我猜想他們兩人肯定又在那間家庭餐廳。對於自己沒有事先聯絡就直接殺過去的舉動，我從中找到某種意義。不必約定，兩人自然會待在老地方，對我來說是非常重要的事。

兩人果然在那裡。

我彷彿親眼目睹神跡，內心激昂。我與須玖，還有鴻上，在內心深處，在無人可觸及之處，明確地緊緊相連。我如此認為。

「啊，今橋！」

「今橋學長！」

須玖與鴻上一看到我便開心地揚聲喊我。兩人身上，彷彿溢出耀眼的光芒。

「我回來了！」

這就是我的歸宿，我暗想。如今重要的已經不只是血緣關係，人即使沒有血緣也能成為一家人。就像我，現在便有比回老家更安穩數倍的心情。在非假日白天的家庭餐廳，我懷抱著比任何人都溫柔的心情。

「還好嗎？」

「嗯，你們兩個呢？」

「好得很。」

「即使沒工作？」

「哈哈，少囉嗦！今橋學長你不也是？」

我們愉悅地開玩笑，我覺得自己總算變成了自己。彷彿一件一件脫下悶熱的西服，我曝露本來的自己。

「快坐下。」

坐下之後，我才發覺兩人坐的方式很奇怪。這是四人座，可他倆不是面對面坐著，而是並肩坐在一起。簡直像是面試我的主考官。但是，他倆當然不可能事先知道我會來，因此在我出現之前他們就是這樣坐的。

「你們的坐法也太奇怪了吧！」

那時，我還能一派天真地說出這種話。我太單純，以至於根本沒察覺他倆之間的氛圍。

「請問要點餐嗎？」

店員來點餐時，我終於聽見自己的心臟撲通撲通響。我有種不祥的預感。當我說要點飲料吧時，平時根本不會那樣想，那時我卻覺得店員的臉色很難看。我懷疑對方一定在想，非假日的大白天，一個大男人居然這麼小氣。

店員離開後，我重新打起精神，這時，

「哈哈，其實，」

須玖開心地這麼笑著的說。鴻上看著須玖，愛憐地微笑著。看到兩人這樣，我的不安頓時成真。

「我們有事要向今橋學長報告。」

須玖似乎打算把一切都交由看起來心花怒放的鴻上處理。我看著須玖，看著鴻上。我暗想，千萬別說！但是下一瞬間，鴻上如此說道：

「我們決定交往了！」

笑呀！我當下這麼想。

不笑不行。快笑呀，笑呀！

但是，我的表情肌違反我的意願，文風不動。

「這都要歸功於今橋。對吧？」

須玖看著鴻上，靦腆地笑了。不，不只是那一刻。須玖打從剛才就一直在笑。他露出無比幸福的神色，一直面帶笑容。

「對。」

是喔——我想這麼說。但是，剛剛開口，我就嗆到了。

「哇！今橋學長，你沒事吧？你被我們嚇到了？」

「也難怪你會嚇到，太突然了嘛。對不起喔，今橋。」

起初我是真的嗆到，但是中途開始變成故意的。在自己冷靜下來，能夠笑著說出「恭喜」、「真沒想到」之前，我繼續咳嗽。即便是假咳，也令我的淚腺關不住，我的眼角出現淚水。

須玖站起來，看來是要去飲料吧，八成是要替我去拿飲料。我很感謝須玖，同時，也暗自期盼他就這樣離開不要再回來。我已陷入慌亂。

喝了須玖拿回來的茶，我總算平靜下來。我下定決心。

「你沒事吧？」

「太意外了！幾時開始的？」

我想盡量大聲。我還是笑不出來。為了掩飾我僵硬的表情，我只能扯高嗓門。

「呃，大概是一個月之前吧？」

鴻上開心地說。一個月前，正是我剛回到老家的時候。兩人在我走後就立刻交往了！簡直就像是等電燈泡消失！

「那不是我一走就交往了？」

我自以為是用開玩笑的語氣。我不知道聽起來是否像是開玩笑，但我的表情，他倆絲毫不以為意。

「哎，真的，都要感謝今橋學長這個大媒人！」

「就是啊。」

兩人如今徹底沉浸在兩人世界，那是只屬於兩人的瘋狂世界。這樣的兩人，已無暇關心我的表情或心情。兩人所在的空間被彼此填滿，肯定毫無縫隙。

我不知道須玖的情史，也不了解鴻上的戀愛。但是，我可以想像得出來感情豐富的兩人真心愛上某人時會是怎樣。想必彼此都會毫無保留地付出愛情吧。他們想必壓根不會懷疑自己將來會受傷或遭到背叛，只是把此時此刻的滿腔愛情全然付出吧。他倆都是溫柔善良的好人，真的是溫柔善良的好人。

「不，我……」

我無法祝福這樣的兩人得到幸福。我的朋友，我最重視的好友，此刻在我眼前幸福歡笑，可我就是無法替他們高興。

現在，我失去了歸宿。失去了依靠，失去了我的信仰。

「這下子在今橋學長面前抬不起頭耶！」

「所以，我們才急著想趕快向你報告。」

原來須玖並不是想念我，他只是想向我報告他的幸福。在我被澄江那樣背叛時，須玖正與鴻上打得火熱。

這和須玖與鴻上不知道澄江事件無關。我本來就一直刻意在他倆面前瞞著澄江的事。因為我以為，為了保持愉悅、和諧的三人平衡，最好不要把感情問題扯進來。

可是現在，他倆偏偏在這個三角形中開始戀愛。

三角形的兩個點如果相連，剩下的那個點就無法留在那裡了。三角形已瓦解，剩下的那一點，只能做為一個點，徬徨無依地浮游。

「我成了電燈泡？」

我自以為挑起嘴角。但是，肯定只是臉頰扭曲抽搐。

「你這是甚麼話，我們是真的很想見你。」

「就是啊，我們是真心想向你道謝。謝謝學長！」

我看著鴻上，心頭一動。鴻上原來這麼可愛嗎？

我知道她是個溫柔的好傢伙，但我從來不曾覺得她「可愛」。然而此刻，在我眼前的鴻上很可愛，非常可愛。

我喜歡鴻上。

猝然浮現的這句話，令我幾乎失聲驚呼。

我，喜歡鴻上。

那簡直太可笑了。歸根究柢我從來沒那麼想過，但是說不定，我只是一直認為不能喜歡鴻上。

鴻上是個好傢伙。她是超棒的傢伙，我們很聊得來，最重要的是她很溫柔。面對那樣的鴻上，身為男人若被她吸引會很危險，更何況我一直瞧不起鴻上。鴻上在男女關係方面的隨便，幾乎都是她那遼闊如海的溫柔造成的，但我對鴻上那種行為深惡痛絕，更別說是當作自己的戀愛對象，自是避之唯恐不及。

我的自尊心不容許鴻上成為我的戀人。

一如我無法容忍遭到澄江的背叛。

那種自尊心，我到底想給誰看？

到底給誰？

「你總是拿某人與自己比較，一直搖擺不定。」

姊姊的聲音在腦海響起，我當下倒抽一口氣。或許是因為抽氣的方式不對，耳壓變得很不正常。須玖與鴻上開心交談的對話內容，聽來彷彿是從水的另一邊傳來。而我現在，正如同魚與鳥被水與天空阻隔，我也和兩人隔開了。

「能夠向今橋報告真是太好了。」

須玖說著凝視鴻上，他看起來很幸福。真的很幸福。

「你知道她以前是個婊子嗎？」

起初，我沒發覺那是自己說出的話。我以為那是鄰桌的某人，或是更遠的位子的某人，總之是不在水中的某人發出的聲音。

「鴻上跟你說過嗎？」

然而，那是我的聲音，是我發出的聲音。是我最親愛的朋友們處於幸福的巔峰之際我所發出的聲音。

「鴻上在大學時，是個人盡可夫的婊子，須玖你好歹得知道吧？」

可怕的是，直到這一刻我終於笑了。我坦然挑起嘴角，純真無害地笑了。明知自己說出的話會給兩人帶來多麼大的衝擊，可我還是裝出「這只是開玩笑喔」的態度，換言之，我做出比任何人都卑鄙的行為。

「哈哈，我早就知道了。」

然而，須玖笑了。我依然挑著嘴角，當下僵住了。

「我不喜歡那種說法。不過我也不知道該怎麼說才好。」

「為什麼？婊子有甚麼不好。」

鴻上也坦然自若。兩人堅決不肯走出耀眼的光芒中。

「嗯——但我總覺得這樣講有點失禮。」

「沒關係啦，我不在乎當婊子。如果我討厭那種稱呼那當然不行，但我不在乎的話就沒關係了。就像黑人不也自稱是黑鬼（Nigga）嗎？」

「那是因為自己說自己所以才無所謂。如果是被稱為『兄弟（brother）』以外的人喊『黑鬼』，我想應該還是會不高興。」

「你這是甚麼話，那我們不就比『兄弟』更厲害！」

我被兩人打造出的信賴氛圍之完美給徹底鎮壓。最重要的是，自己的卑微、卑鄙，令我大受打擊。

讓我大受打擊的，是無法為好朋友的幸福衷心歡喜，居然還想搞破壞，而且一邊謊稱自己沒那種惡意一邊企圖這麼做的自己。

「不過今橋學長，拜託你別這樣！萬一我沒把過去的事告訴須玖，現在不是傻眼了嗎！」

說著，鴻上笑了。她完全沒有發覺我的可怕意圖。

「……哈哈，抱歉。」

我看著須玖，須玖也在笑。

須玖根本不在意鴻上的過去。

被我這個好友評為「婊子」的戀人那段過去，他並不引以為恥。

宛如一陣閃光貫穿全身。

我喜歡鴻上，我清清楚楚地這麼想。因為鴻上的名聲，我刻意讓自己不去喜歡她。我怕當鴻上成為我的戀人的那一瞬間，會聽到一連串我曾批評過她的那種字眼，因此我緊閉雙眼。

而須玖，並不在意那種事。

名聲根本不重要，過去壓根無所謂。須玖能夠愛上此時此地的鴻上，所以鴻上也愛他。那時，不知何故我忽然想起鴻上說過的話。

「我覺得東西增加很可恥。」

那是天不怕地不怕、不知羞恥為何物的鴻上，唯一感到可恥的事。東西增加，那想必代表「繼續活下去的意願」。看到年紀輕輕便死去的姊姊，鴻上對自己繼續活著感到羞愧。那和須玖在大地震後的想法完全一樣。

然而今後，鴻上想必不會再引以為恥了。正如須玖找到提拉米蘇，鴻上也找到了須玖。她下定決心，對於自己渴望活著的意願，要不以為恥地活下去。

「你總是拿某人和自己比較，一直搖擺不定。」

原來就連我的好感都等於受人監視。

對方是大家看了會羨慕的那種女人嗎？是不會令我丟臉的女人嗎？

我不能喜歡鴻上，我對和澄江交往感到羞恥，我害怕別人的批評，刻意隱瞞。我對自己完全不相信，只相信自己周遭的意見。我趨附那個真理，阿諛諂媚，一直無視自己的感情。

我喜歡澄江。可是，我對自己的心說謊，傷了澄江。

而現在，我無法衷心為我最親愛的朋友們的幸福感到喜悅。不僅如此，我還企圖傷害他們。我用這無比卑鄙的做法，企圖傷害他們。

「今橋？」

我從位子站起來。

「我去一下廁所。」

我竭力擠出笑容。在走向廁所的短暫過程中，我已經哭了。我討厭自己，該死地討厭。

第六章

「你相信的東西，不能讓別人來決定。」

55

我的頭髮，持續脫落。

不只是額頭的髮線後退，頭頂也日漸光禿。我不再照鏡子。

工作寥寥無幾。不過，我還是盡量避免必須出門採訪或不得不與某人見面的工作。結果最後完全不再有工作上門，我也不想再開電腦。

須玖與鴻上依然不斷與我聯絡，都是發簡訊邀我見面。但我假裝很忙。我寫簡訊說接到很多工作所以忙得人仰馬翻，須玖回覆說見不到面很遺憾，但工作忙碌是好事。

我打算就這樣自他倆的面前消失。讓我眼看著兩人幸福的模樣太痛苦，況且我更怕親眼目睹自己嫉妒最親愛的兩個朋友，甚至企圖傷害他們的可怕嘴臉。

然而，即便如此，我還是沒有把手機門號解約。

我依然在指望某根救命稻草。我在等澄江與我聯絡，還有，明明不想見到須玖與鴻上，卻在等他們與我聯絡。手機是唯一連結我與世界的細線。

我靠著爸爸還有矢田嬸給的錢過日子。

我曾經下定決心絕對不碰那筆錢，卻在數年前輕易打破那個決定，如今那已成為我唯一的食糧。爸爸與大嬸都給了我金額有點驚人的巨款，因此我可以保持現狀甚麼也不做地再混個幾年。只有幾年。

我害怕歲月流逝。

數年光陰轉眼便會這樣虛度過去，屆時我將會把錢花光吧。我不認為自己會在那之前找到工作。我已不想再見任何人，但我也沒有那種可以在不見任何人的情況下工作賺錢的才能。我只能盡量節約，時時刻刻為日漸減少的存款餘額擔心受怕。

我把大把的時間用來看書。我怕打開電視看到某人在開朗大笑，我怕播放音樂會被那驀然流瀉的音樂喚起記憶而痛哭失聲，總之我只想處於無聲的狀態。我必須製造一個沒有任何人的聲音，只有我的氣息的空間。

書本，是我唯一願意主動接觸的東西。

看到書名會難受的書，我就不看了。尤其是《新罕布夏旅館》，我收進書櫃最深處，讓自己看不見它。因為那會讓我想起須玖，會讓我感到很難受。這麼一想，家中所有的書我都不敢閱讀了。書櫃就是我的歷史，我不想碰觸過去。

我來到圖書館。

後來我幾乎整天都在圖書館消磨時間。我很高興這下子有了出門的目的，況且待在圖書館，心情也會很平靜。成千上百的書籍只是待在那裡，不會對我造成任何威脅。起先我還擔心這樣鎮日讀書會不會哪天就沒書可看了，但書本多得是。即便看了一本又一本，還是像永不乾涸的湖泊一樣有看不完的書。非常安靜。唯有那種確實，令我安心。

來的人也不多，除了自習室的學生之外，似乎都是像我這種閒著無聊的人。這點，也令我的心情安寧。這些人大抵很安靜，而且，有種「彼此都別干涉對方」的默契。平日幾乎每天都在館內的人很有限，因此過個幾週所有的人都已認識，但我們絕對不會互相出聲招呼。即便會微微點頭致意，也極力避免對彼此產生關心。想必家家都有本難念的經。

圖書館的館員們也很理解這點。雖然看到熟面孔也會打打招呼，卻從來不曾進一步聊得更深入。頂多只有負責打掃的大嬸會笑著對我說：「你好用功喔！是學生嗎？」我覺得自己似乎被原諒。我當然不是學生（看起來居然像學生！），但我的確很用功，所以我含糊應了一聲回以笑容。

「了不起！」

光是這段對話，就讓我差點喜歡上那個大嬸。她看起來已超過六十歲。我想起以前就讀男校時，我們的班導師青田（Blue！啊，真是令人懷念的稱呼！）曾經笑著說過：

「你們可要小心喔！一直待在男校，就連看到福利社的大嬸都會覺得她可愛喔！」

當時我覺得他也太誇張了，但是現在我已能夠體會那種心情。當時的我，有無限的戀愛可能性。雖然就讀男校，但我完全沒必要把戀愛的空白期寄託在福利社大嬸身上。可現在的我，絲毫沒有戀愛的可能性。歸根究柢，我認為自己已經無權與人交往。只會把交往對象和他人比較，絕不可能由衷喜愛對方的我，無權介入任何人的人生。

打掃的大嬸以為我是個「用功念書的學生」。而圖書館員們，只要我們安靜看書，就不會干涉我們，那樣就夠了。在圖書館的日子，我過得非常安穩。

唯一的困擾，就是泫然欲泣時不能哭。

想必，我變得非常多愁善感、、、。

隨便一句話便可驚人地打動我的心，往往令我潸然落淚。如此一來，我只能低著頭衝進廁所，躲在隔間一邊沖水一邊哭泣。等到情緒穩定下來，我會用飲水機潤喉，然後回座位繼續看書。

我太依賴圖書館，以至於我開始害怕圖書館休館的星期一。於是，我在星期天借出大量的書籍，星期一去公園看書。如果一直待在家裡，我想我肯定會就此閉門不出。雖然已經岌岌可危了，但我還是害怕自己真的成為社會上的廢人。

直到前不久，走出圖書館時我才開始感到，啊，天氣變冷了。可是，如今不穿羽絨衣會冷得受不了。去便利商店後，我才驀然發現聖誕節的裝飾，已經到了年底。

二〇一〇年即將過去。

我已不再看月曆，但是走在街上，不容分說遭到年底的熱鬧輝煌當頭痛擊。我避開明亮的場所行走，這才發現原來還有別人也像我一樣。但我們絕對不會四目相接，各自背對種種事物行走。

昔日，我壓根沒注意過那種人。

那時我根本不知道，這世上還有人討厭年底的來臨，厭棄街頭的明亮，不得不彎腰駝背地走路。

我從不覺得聖誕節或年底是特別的。因為我認為動不動就為那種事喳喳呼呼很丟臉。但是，那時我有朋友，有戀人，聖誕節有華麗的DJ活動。我雖然瞧不起裝扮成各種角色人物的人們，但我也會和大家一起笑著喝啤酒。在跨年倒數晚會做DJ時，還曾被陌生女人強吻。

從圖書館回家的路上，看著亢奮的情侶和年輕男女，我下意識地憎恨他們。一再湧現想衝上去毆打那開心歡笑臉孔的衝動。我拚命按捺衝動，低著頭，不時閉上雙眼，祈求那些臉孔不會變成須玖與鴻上。

他倆在聖誕節和新年假期都曾傳簡訊邀我見面。

「有空的話三人一起慶祝吧？不過還是只能在那家家庭餐廳。」

「今橋學長，你想必很忙，但是新年假期好歹出來玩一下嘛！」

兩人的溫柔令我很痛苦，那種貼心關懷也令我氣憤。像聖誕節與新年這種假期，剛開始交往的兩人肯定想單獨度過。他倆是在同情我。

我撒謊說新年假期要回老家，其實我根本不想回去。

不久前收到我媽的簡訊，是這麼寫的：

「新年假期我要和小夏一起去貴子家。」

就算邀我去我鐵定也會拒絕，但是完全沒跟我商量就決定「要去」的媽媽，令我非常惱火。

「小夏第一次出國耶！我也是第一次去美國！」

我媽顯然很亢奮。

如此輕易就原諒姊姊的媽媽很窩囊，如此輕易就被原諒的姊姊，我也絕對不想原諒。

我猜想電子信箱應該有姊姊的來信。說不定，其中也有邀我去舊金山的郵件。正因如此，我堅決不肯碰電腦。

有一天我從圖書館回來，發現信箱裡有信。是我姊寄來的。

若是聖誕賀卡之類的，我打算毫不遲疑地扔掉。然而，出乎意料的是，那是非常單調乏味的白色信紙。

「你過得好嗎？」

姊姊的字很醜。

簡直像小學男生寫的字。說到這裡才想到，我見過她的畫好幾次，卻從未見過她的字。她從國中三年級就拒絕上學，況且她本來就是那種訴諸文字之前先順從身體衝動的人。

「上次我講得有點過分了。」

字跡雖醜，但姊姊的字有種難以言喻的強悍。不是因為字醜、像小學生所以就有素樸的魅力那麼簡單。這醜陋的字體，有種令人感到一定是一字一句花時間用心寫成的真摯。即便一撇一捺歪七扭八，但字體本身蘊含了真心。

「就算是姊姊，也沒有任何權利介入你的人生。真的很對不起。」

所以，姊姊的「對不起」意外打動我的心。那強勁有力的筆跡，看起來彷彿是在全心全意道歉。

我心慌意亂。我絕對不希望被姊姊的話語打動，我想把她放進小黑箱。我應該就此停止讀信，但是最後，我還是看了。我無法停止看信。

「我只希望你明白，那是出於對你的愛才會說出口。如果『愛』這個字眼令你難受，那麼光說『因為我們是一家人』也行。你閃避我、討厭我，這我都知道。而且，原因是出在我身上（至少，你是這麼認為），這些我也都知道。

對你而言，我肯定是個討厭的姊姊。

雖然我已竭盡全力，但是我竭盡全力以致無暇顧及你和家人，這是我的錯。當時的我，毫無餘裕。這點我希望你明白。

同時我也希望你不要誤會，以為如今的我有了餘裕，所以才用那多出來的部分愛你。這麼說或許很奇怪，但我沒有餘裕，是因為我壓根無法察覺自己沒有餘裕。我沒有餘裕可言。我是用我的全部做我自己。

換言之，我用我的全部在愛你。

用『全部』這個字眼，你或許會害怕。或許你只會覺得，我果然如你昔日所想，是個腦筋有毛病、只會惹麻煩的姊姊。如果『全部』這個字眼有脅迫的味道，那我還是只能說『我』。或者，該說是『純粹的我』？

總而言之，步，我很惦記你。

二〇一〇年的最後，請讓我再雞婆一下。

之前，我叫你去聽聽媽和爸的說法，對吧？我說你也有權利知道他倆當初離婚的原因。那時我用了『權利』這個說法，但這其實是我的請求。我希望你聽到真相。

我是在爸爸出家的前夕聽到那個真相。

我想，我好像一直對爸媽，尤其是對媽媽滿懷怒氣。這點你或許也一樣？那是對他們不顧我們姊弟的意願，非得讓一家人各分東西的怒氣。

但是，聽爸爸說出真相後，我才了解一切。他們也有他們的人生喔，步。或許你無法相信，但在那時候，我就已經原諒媽媽了。我想朝她走近，她卻閃避我。如今想來，我好像一直被媽媽拒於千里之外。

媽的閃避方式，和你的不同。你是在怕我（你想必會否認吧），而媽是在氣我。她氣我不肯乖乖依附她的人生。在這個部分，跟你一樣。自己的人生，不是任何人的人生；而別人的人生，也不是自己的人生。

我一直渴望被媽媽喜愛。

但是，並不是像其他小孩那樣。可是若要問我究竟想被怎樣疼愛，我自己也說不上來。我一直很煩躁，我不懂我自己。我無法全然接受這就是我，所以，媽也不知道該如何愛那樣的我。

步，媽現在住在我家。

她和夏枝姨一起（阿姨天天有事出門。我沒想到她居然是那麼活躍的人！），媽是自願來我這裡的。我不打算把這解釋為和解。我純粹只是很開心，能夠與媽一起生活，我很開心。

我和媽聊了很多。以前的事，我小時候的事，還有更久以前，包括媽媽還很年輕時的事。你肯定不敢相信吧，我與媽媽竟然徹夜聊個不停。

還有，我拿到的矢田嬸那張『救世主』的紙條，現在成了媽媽的。夏枝姨樂見其成，我也是。那張紙條，是屬於媽媽的。

你一定覺得很奇怪吧。

但我這麼說的意思，我想你遲早會懂。所以，請你去見爸爸，最好盡快去。爸爸肯定會告訴你。

你看到這封信或許會不高興，或許會嘲笑，或許根本不會看。或許覺得我的想法古怪，還是繼續閃避我。你說著『甚麼玩意，妳以為妳是神嗎』對我不屑一顧的模樣，彷彿浮現眼前。

但我相信我自己。我相信，我會繼續保持自我。

所以縱然那是錯的，我也不會再被壓垮。我並沒有被誰欺騙，也沒有依賴任何人。我相信的東西，絕對不會讓任何人來決定。

我愛你。

這點絕對不會動搖。不是因為相信你。是因為相信愛著你的我自己。

最後。

當日聽到爸爸說出真相時，他還告訴我另一件事。

他說替我取名字的，是媽媽。除此之外他沒有再多說甚麼。他沒說甚麼妳媽其實很愛妳，也沒有說出叫我原諒媽媽那種話。那時候，我純粹只是覺得，能夠聽到爸媽離婚的原因就夠了。

但是，在西藏，當我捕捉到『我』時，我想到自己的名字。

貴子。

那是媽替我取的名字。媽從一開始就愛我。貴子，因為她認為我是珍貴的孩子。

而步，你的名字，是步。

你要向前邁步。

千萬不能待在那裡踟躕不前。我不是指你的住處。你懂吧？你要向前走。你一路走到了今天，今後也要走下去。

去見爸爸吧。去聽他說出真相。

然後，請你再次邁步前行。去找到自己相信的事物。

步，大步向前走吧。」

我把看完的信扔進垃圾桶。

隨即念頭一轉，覺得那種舉動太過感情用事。我嘖了一聲又撿起信，卻不知該拿那封信怎麼辦。我幾乎哭出來，但我已下定決心絕對不哭。我想用全身的力量去恨姊姊。但是浮現心頭的，只有姊姊那強悍、醜陋、率直的文字。

「步，大步向前走吧。」

那句話，可怕地擾亂了我。

56

冬天的山裡很冷，即便把帽子深深壓下，裸露在外的鼻子與嘴唇還是陣陣刺痛。幸好沒下雪，但前一天的積雪將視野染成銀白世界，無聲之中，只有自己踩過雪地的吱吱聲高亢響起。

我是從車站搭公車來的，但是下了公車後，已經走了三十分鐘左右。在圖書館的三十分鐘眨眼就過了，可是這樣獨自行走山路的三十分鐘，感覺像是好幾個小時，甚至平日時光。

有一條雖然窄小卻很完善的道路。雖不至於像鏟過雪那麼乾淨，但是似乎被來往行人把雪踩得堅實，所以我猜走這條路應該沒錯，只是，踽踽走在一直沒變換的景色中，我漸漸覺得自己成了漫無目的徘徊山中的隱世之人。彷彿已被全世界拋棄。

因此，看到建築物時，我鬆了一口氣。我不由自主握緊拳頭。我忘了戴手套，握緊的拳頭冷得發麻。

之前聽說是寺院。而且，是在這種深山野嶺，因此我以為會看到一座非常具有日本風格的古老山寺莊嚴聳立，但我錯了。那是雙層建築，長條形的奶油色鋼筋結構，乍看之下像是學生宿舍或員工宿舍，外觀頗有秩序。

既未聽到誦經聲，也沒察覺人的動靜。我不安地懷疑是否找對地方，走近後才聞到線香的氣味，所以我想應該沒錯。走到入口一看，果然有我記憶中，以及姊姊信上也提到的寺廟名稱。

我本想直接上門找爸爸，但最後還是膽怯，事先寫了信給他。我沒寫廢話，只寫了「我想去見你」。爸爸立刻回信給我。

「你隨時可以來。」

我不了解出家這種體系是如何運作。這棟建築由誰管理，金錢方面又是怎麼安排。就算已經出家，還是可以這樣隨便與「俗世」的人見面嗎？抑或是因為我是他的家人？只是集體生活而已？不是甚麼邪教吧？想問爸爸的問題很多。但是，那應該在爸爸當初宣告要出家的時候問。那時我只顧著自己震驚，壓根沒考慮過爸爸的去向。

拉開拉門，建築物出乎意料地是一間大屋子。玄關挑高，寬敞的玄關地板只看到一雙木屐。一看就知道是乾淨的場所，建築物整體瀰漫的線香氣味也很聖潔。

或許是聽到拉門的聲音，裡屋傳來走路的動靜。我緊張得背部刺痛。雖然沒有那種嚴肅僧侶出現的氛圍，但這裡畢竟是寺院，而且，是在這種深山裡。我盡可能挺直腰桿。

出現的，是個身材矮小、看起來很和善的大叔。雖是光頭，但是並未披袈裟，穿著草綠色上下一套的運動服。

「是圷先生嗎？」

好久沒被人稱呼圷先生了。我有種奇妙的感覺，彷彿時間一下子倒流。大叔帶有關西口音。

「是的。那個，不好意思。」

見我無意義地道歉，

「令尊正在翹首以待喔！」

大叔笑得很開心，簡直像是久違的親戚。我被大叔帶著走上二樓（樓梯的每個角落也擦得乾乾淨淨），走廊的左右兩邊有房間。我想那八成是大家起居坐臥的地方。

大叔離開後，我輕敲他指點的那間房門，隨即傳來一聲「請進」。是爸爸的聲音。雖是睽違數年的聲音，但或許是因為剛剛才被人稱呼「圷先生」，談不上懷念，只有一種類似「久違了」的微不足道感想。

爸爸出現在眼前。

但當我走進室內，看到爸爸，卻不是一句「久違了」可以道盡。

這是爸爸的房間，所以說來理所當然。但是，爸爸就在那裡。

身穿袈裟（對，正是我想像中的僧侶打扮！）而立的僧人，分明就是爸爸。

爸爸和幾年前相比，完全沒有變。他應該已經六十八歲了，但皮膚光滑緊緻，身材還是一樣瘦到極點，倒是感覺上充滿活力。換言之，爸爸看起來遠比我年輕。

「步。」

爸爸似乎很高興，他把手放在我的肩上一再搖晃。我任由他搖晃，同時油然想起開羅機場。我想起我與我媽、我姊抵達開羅的一九八四年夏天，那天笑得非常開心的爸爸。

「你過得好嗎？」

我很不好意思讓爸爸看到我稀疏的頭髮。爸爸雖然剃度出家，但頭皮還留有青色的毛孔痕跡，也就是說他的髮根還在生長。況且，他也沒有我肚子上這種贅肉。爸爸的輪廓非常緊實，那讓我想起姊姊的模樣。

爸爸的房間是三坪大的和室，也附有小廚房。被褥已收起，除了小桌與冰箱看不到其他東西，因此房間看起來過分寬敞。我正在猶豫該坐哪裡，爸爸已拉開壁櫥，取出坐墊給我。我不經意瞄了一眼壁櫥內，除了被褥和兩個裝衣服的箱子，別無他物。

爸爸替我泡茶。那是我沒喝過的味道，據說是柿葉茶。

我與爸爸相向而坐，但我默默無語。我不知該說甚麼才好。從東京一路換乘電車，大老遠來到這種深山，可是我居然對親生父親認生，簡直太沒出息。

我沒開口，爸爸倒是主動問了很多。但是，感覺上他並不激動。他非常沉穩，而且平靜。

我心想，爸爸真的變成和尚了。

我幾乎只能想起像和尚一樣的爸爸。打從開羅時期，他就有種如同幽靜森林的氣質，之後，也一直與光彩耀眼的氛圍無緣。

然而現在，如此坐著的爸爸就在眼前，我明白爸爸已成了真正的僧侶。據他表示，早在他告訴我「要出家」之前，他就已經皈依佛教了，只不過那時是在家修行。來到這座山裡之後，歷經種種修行與考驗，他總算成為真正的僧侶。

「你會在這座建築物內禱告嗎？」

我還是搞不太清楚僧侶在做甚麼。來到這裡時，爸爸說他剛結束晨間誦經，那個誦經，被我稱為「禱告」。但是爸爸並未訂正我的說法，他只是非常溫和地對我敘述。他說二樓是起居空間，正殿在一樓。雖說是正殿，但並非那種歷史悠久、古色古香的建築，造型很簡單。

「剛才那個人是誰？」

「噢，你說宮崎先生。他負責照顧我和其他僧人，說來，等於類似宿舍的舍監吧。」

「他不是和尚？」

「不是。」

可他明明理光頭耶？我暗想，但我決定不再追問。我怕一旦問起某個問題就沒完沒了。我只問了一個問題，我很緊張。

「爸你為什麼想出家？」

我以為只要有這句話，應該就會明白一切。包括姊姊叫我「問出真相」的意義，他與我媽離婚的原因，以及他為何從某一刻起，變成如此幽靜如森林的男人。

但是爸爸笑了。

「這個嘛，有很多原因。」

看來並不是在敷衍我。我喝光柿葉茶，看著又替我添滿茶水的爸爸。

「爸，你為什麼和媽離婚？」

抬起頭的爸爸，絲毫不見動搖的神色。他並未垂下眼簾，也沒有轉移視線不敢看我。我也毫不退縮地回視爸爸的眼睛。

「你跟媽出問題後，你就變得好奇怪。說你『變得奇怪』若有錯的話我道歉。但是，是這樣沒錯吧？打從某個時期，你就常常和媽吵架，那時你本來也會回嘴，可是你漸漸不再開口，然後就……。」

我拚命追溯記憶。我是從甚麼時候開始覺得爸爸完全像森林？是爸爸獨自從開羅暫時回國之前？還是在那之後？

「步，你沒問過你媽那件事嗎？」

爸爸的言詞平板，所以我分不清他是在問我，還是在自言自語。見我沉默，爸爸說：

「這樣啊。」

室內很冷，我還沒脫掉羽絨衣，但爸爸看起來一點也不冷。

爸爸平靜地開始敘述。並沒有那種「下定決心」之感，就只是一個對自己的兒子談論回憶的男人。沒有任何心虛，也沒有流露出在意我的反應的樣子。而且，爸爸似乎根本沒必要去努力回溯記憶。他只是把腦海明確出現的話語，化為聲音說出來。

看來會是個很長的故事。

「我有說過我是在相機公司與你媽相識的吧？你媽當時短大畢業剛進公司，我已經在公司任職第八年。第一次見面時，你媽好像只覺得我是個個子很高的人，我也只覺得你媽是個臉很小的人。真的就只有那樣而已。

你媽是行政人員，當時行政人員都是由女人擔任。其中，有個比較資深的同事和你媽特別要好。你媽打從當時就很好強，似乎交不到甚麼朋友，唯獨和那個同事好像很談得來。

那個同事，我姑且就稱她K小姐吧。

K小姐和我，當時是情侶。

K小姐比你媽大兩歲。K小姐已經考慮和我結婚，我也是這麼打算。我已去拜訪過K小姐的父母，也帶K小姐見過我的父母了。公司的人也都知道我倆是一對，換言之我們的婚事等於已經確定了。

我會和你媽會認識也是因為K小姐。你媽也知道我們要結婚，很祝福我們。我那時只是把你媽視為我重視的人所重視的後輩。

但是。

是從幾時開始的呢，我已不太記得了。我漸漸被你媽吸引。你媽雖然好強，卻很率真，不管對象是誰都毫無所懼。公司裡雖然也有人講你媽的壞話，但是，你媽很有魅力，K小姐也很喜歡你媽。

你媽是我絕對不能愛上的人。

我就要和K小姐結婚了，所以我絕對不可以把目光放在你媽身上。但是，K小姐和你媽很要好，所以，就算我不想看也會看到她。曾幾何時，即便在公司，我注視的也不再是K小姐，而是你媽。

而且，你媽想必也是。

我和你媽都知道不可以，那是絕對不可以的事。

但我和你媽都太年輕了。

我們開始背著K小姐偷偷見面。應該是我先開口邀約的，最後也是我先表明心意的。你媽當時聽了很生氣。雖然生氣，但是，她好像也不知該如何是好。你媽那時說她無法對自己的心意說謊，所以她才生氣。你媽不只是氣我，她也氣她自己。你媽是個率直的人，對吧？所以要隱瞞好姊妹K小姐想必令她很痛苦。只怪當時太年輕，我和你媽都太年輕。

是我們兩個一起跟K小姐坦白的。

那對K小姐是多大的傷害，我自以為明白。但是，其實我根本不明白。我根本不明白被未婚夫和好姊妹同時宣告『那個』的K小姐會是甚麼心情。

K小姐當時很沉默。她不發一語，只是默默看著桌子。

我應該等K小姐開口的。可是，我實在承受不了罪惡感。結果我先開口了，我說：『真的很對不起，我願意盡力補償。』身為未婚夫的我，居然說出那種話。K小姐直到那一刻，才第一次正眼看我。如果她罵我、打我，或許我還好過一些。可是K小姐甚麼也沒做，只是定定看著我。然後，她看著你媽。

我想你媽大概也受不了。你媽搶先開口：

『既然對我最喜歡的妳做出這麼過分的事，那我一定要過得幸福。』

你或許無法相信，但我想那肯定是你媽對K小姐能說的話之中，最有誠意的一句。遠遠比我說的任何話都更有誠意。你懂嗎？

我和你媽之後雙雙離職。我想公司的人大概很吃驚。我不知道K小姐是怎麼對大家說的，但是，那時候我的腦子已經無暇思考K小姐。我絲毫沒想過K小姐獨自留在公司的心情，沒想過那會令她遭遇甚麼。

我和你媽很快就結婚了，幾乎像是在逃命。我的父母並不同意這樁婚事。他們都喜歡K小姐，而且對你媽也沒甚麼好印象。所以，步，你很少見到爺爺奶奶對吧？

我在婚後還是很痛苦，天天都夢見K小姐。我很想逃，想逃到一個不會想起K小姐的地方。於是，我想出國。我換公司也是為了這個緣故。而且，之所以選擇石油公司，也是因為我認為那樣就能逃離日本遠遠的。

當時是個好時代，我立刻進入那樣的公司。我提出海外工作的申請，我說『我甚麼都肯做』。只要能夠離開日本，我真的甚麼都願意做。但是，我的英文不好，所以又等了三年。我很痛苦，想必也煩躁不安。我還是一直夢見K小姐。

期間，貴子出生了。

我很高興，真的非常高興，高興之餘忍不住又想起K小姐現在不知過得如何。我幾乎心碎。你媽一邊照顧貴子，肯定也察覺我的心情。而且，貴子，那個還是小嬰兒的孩子，八成也感受到母親不穩定的情緒。人家不是說，即使沒有嬰兒時期的記憶，那段時期的母子關係也非常重要？貴子的情緒那麼不穩定，不是你媽的錯，是我的錯。

所以當公司終於決定要派我出國工作時，我真的很高興。是你媽決定去伊朗。雖然壓根不知伊朗是甚麼樣的國家，但我很慶幸那是遙遠的國家。

我以為我恐怕不可能忘記K小姐，然而，實際去了伊朗後，才發現要做的事情太多，我忙得團團轉，一切都是頭一遭的經驗，我終於第一次忘了K小姐。我得以忘了K小姐，由衷地沉浸在自己的幸福中。你媽也很高興。想必，貴子也是。

就在那時候，步，你出生了。

我真的很開心。步，你真的是在我們全家最幸福的時刻誕生的。

一如貴子，你的名字，也是你媽取的。打從你出生之前就已經取好了。我想你媽一定是想揮別過去向前邁步。她大概是希望老是回顧過去的我可以展望未來向前走。而我，也真的做到了。

步，我看著你，就有了前進的動力。

我就可以下定決心遺忘過去，一家四口向前走。步，正如你的名字。」

57

看來我的家庭，似乎對我的名字報有非比尋常的期待。好像非得賦予意義不可。這種擅自強加在我身上的重擔，幾乎將我壓垮。

為何事到如今才說？我暗忖。

如果我的名字那麼有意義，為何不早點告訴我？為何不在眼前還有長遠、光明的未來時告訴我？

但是，我同時又想。

就算有那個機會，我會問嗎？

如果感到自己的名字似乎與爸媽的痛苦過去有關，我恐怕只會摀住耳朵吧？對於坏家的不穩，我總是蒙住雙眼摀住耳朵。我真的會開口問嗎？就算問了，對那個名字，我能夠承受如此沉重的意義嗎？

「步，你要向前走。」

「步，我看著你，就有了前進的動力。」

或許我只能在此時此刻得知自己的名字由來？

不只是名字。一切，或許都是在非做不可的時候才會水到渠成吧？

與須玖的重逢，姊姊的歸國，或許都得在那一刻才行吧？而我或許也只能在此時此刻與爸爸見面吧？

那麼，我何時向前走？

我要幾時才會如同自己的名字大步前行？

「伊朗的事，步你不記得了吧？」

爸爸不勝緬懷地說起伊朗的回憶。有太多我不知道的往事，包括巴姿兒、艾布拉希姆、姊姊的幼稚園，還有，當時的圷家有多麼幸福。遙遠的異國，即將爆發革命的危險氛圍。即便如此圷家還是很幸福，無比幸福。

「要從伊朗回國時，你媽好像很不安。她怕我又故態復萌。但是，我已經下定決心了。我決心向前走，大步前進，我決定為我們一家人而活。

況且，事隔多年，我想K小姐一定也找到新對象，也得到幸福了。K小姐非常漂亮，個性也很好，無論是烹飪或打理家事，全都可以做得很好。我想她一定能夠找到比我好上一百倍的如意郎君，現在肯定過得很幸福。我如此盼望。

然後，我們去了開羅。

開羅的事你還記得吧？你在開羅時最活潑了。

我和你媽當時各忙各的，沒時間管你們姊弟。但貴子和你，不知不覺都適應了開羅。比起我和你媽適應得更好。你們很堅強，看著你們姊弟，爸爸真的很欣慰。」

看著開心回憶著過去的爸爸，我也彷彿重回兒時滿心喜悅。我很慶幸自己能夠讓爸爸開心。

那時候，我的確很堅強。我是小小冒險家，每天都會邂逅新事物。姊姊第一次墜入情網，雖然失戀了，卻與初戀對象成為好友（而且和那位好友在遙遠的舊金山重逢）。媽媽在社交界大放光彩，而爸爸，對這樣的家人頗感自豪地努力工作。

是的，在開羅的生活，是圷家最光輝燦爛的時期。

而我也知道，那個時期將會結束。因為，那是我的親身經歷。就從某個時期起，我們一家人開始急速走下坡。而理由，爸爸現在正要告訴我。

「步，你或許不記得，K小姐來信了。就在某天，很突然地。

我真的嚇了一跳。我並沒有把住址告訴她，當然，就連我在開羅的事，K小姐應該也不知道。

是我母親告訴她的。K小姐找上我母親時，我母親好像也很驚訝，但是畢竟有其原因，所以我母親好像還是告訴她地址了。」

K小姐的來信。

這件事鮮明地存在於我的記憶中。不，之前其實已忘了，但是現在，它自我的記憶漩渦中清晰浮現。

當時，念出家裡收到的航空信件的寄信人名稱，是我的一大樂趣。夏枝姨、好美姨、我的同學、爸爸的朋友。我很得意自己已經會念羅馬拼音，我熱愛那段時間。爸爸和媽媽都在笑。有時一邊啜飲咖啡，有時一邊啃著麵包。是的，那是在早晨。

「K小姐寫信給我。你媽不想讀信，也對想讀信的我很不滿。她大概覺得我們一家人好不容易開始走向未來，突然又從過去來了一封信。說不定，你媽以為K小姐企圖破壞她的幸福。但K小姐不是會做那種事的人。我認為K小姐一定出了甚麼大事，所以我還是看了信。」

就在我念出寄信人姓名的瞬間。

媽媽的表情大變，爸爸也變了。真的是轉眼就變了。

就是從那時起，「不穩定」開始襲擊圷家。一切都始自那封信，始自我念出的那封信。

要是我沒念出那封信就好了？

當時我該直接把信交給爸爸？

是我不該想著「看我！」企圖引人注意？

那未免太殘酷。因為，當時我只是個無力的小小孩。

我沒有錯。

當時我沒錯。

但是，我討厭這麼想的自己。每次發生甚麼事，我總是急著確認那和自己有多大的關係。然後，安心地想著「我沒有錯」。只要我沒錯，那就與我無關。換言之，我逃避了。

「K小姐已是癌症末期。」

我想摀住耳朵，但我做不到。我企圖把那當作與自己無關的故事，一如往常，但我做不到。

「K小姐已預感自己的死期。她在信上說，想見我最後一面。對於做出那種事的我，她居然寫信說想見我。

我很苦惱，非常苦惱。我愛我的家庭，我愛你媽。

但那時，我又被帶回過去。一下子，一瞬間，我作夢也沒想到自己會變成那樣。那一瞬間，我拋棄了未來。你媽指責我，但她也沒有錯。你媽一次又一次叫我不要去。她還說，如果我敢去就再也不原諒我。

但我還是回去了。就我一個人回國，回去見K小姐。

那時候，坦白講，我覺得跟你媽說不定完了。但是，縱然如此，我還是去見K小姐了。」

爸爸突然返國，我記得那件事。

在沙發上哭泣的媽媽。一邊撫摸媽媽的背部，一邊陪她一起哭的澤娜布，甚至連澤娜布那雙手上刻畫的皺紋，我都記得清清楚楚。爸爸離開的期間，開羅發生暴動。頒布外出禁止令後，媽媽一下子瘦了好多。後來，媽媽再也沒有正眼瞧過姍姍來遲的爸爸。

「K小姐變得好瘦，簡直瘦到不能再瘦。

我拚命忍住眼淚，拚命忍住想哭的衝動。然後，我向她下跪。就在病房，我把頭貼在地上向她下跪。

結果，K小姐是這麼說的。她說：『你一點也沒變。』她說：『那時你也是這樣，那時，你在我開口之前就搶先道歉了，被你這樣道歉後，我就甚麼都說不出口了。』

從那一瞬間起，我就一直在逃避。我不敢面對現實，一直在逃避。」

爸爸離開圷家時，我認為爸爸「逃走了」。爸爸當時隱約散發逃亡的氛圍。我認為爸爸是個窩囊的男人、奸詐的男人，然而，我其實沒資格那樣批評爸爸。

「我以為K小姐過得很幸福。我以為她找到如意郎君，已經結了婚，可能身邊已兒女成群。而且，我以為她一定忘了我和你媽，過著幸福的生活。

可是，那只是我企圖讓自己這麼想。因為如果不這麼想，我會被罪惡感綑綁得動彈不得。因為我會無法向前走。我只是不敢面對現實，一直在逃避。

K小姐根本沒結婚，她一直單身。

發生那件事後，她一個人，孤零零地，繼續去那家公司上班。大家是怎麼想她，用甚麼眼光看待她，我想都無法想像。

K小姐始終孑然一身。貴子出生時，我在伊朗時，步你出生時，還有，我們幸福歡笑時，K小姐卻孑然一身。

K小姐說，她恨我。她說怎麼恨都嫌恨得不夠，但K小姐是笑著這麼說。她看起來一點也不像很恨我。她說，她是花了很長、很長的時間，才能夠變成這樣。那段漫長的時間發生了甚麼，她沒有告訴我，但我看得出來她當時是真的心平氣和，並沒有說謊。我起碼可以確定這點。

K小姐說，死前還能見到最後一面太好了。說著，她笑了。她還惦記著你媽，她說：『以她的個性，收到我的信鐵定很生氣吧？』我聽了，簡直無言以對。K小姐還跟我說對不起。她說最後無論如何都想見我一面，她說請我原諒。

原諒？我根本沒那個資格，我只是不停流淚。那就是我見到K小姐的最後一面。

在我回到開羅後，K小姐又活了一年左右。八七年的冬天，K小姐過世了。」

爸爸說到這裡，忽地吐出一口氣。我屏息，我感到耳中汩汩響起血液流淌的聲音。

「後來的事，我想步你也記得。你媽變成怎樣，我又是變成怎樣。」

爸爸放在膝上的手指，一下，又一下地顫抖。

「我決心不讓自己幸福。一如你媽發誓要幸福，我也立誓絕對不讓自己幸福。這樣的兩人，自然不可能處得好。

我開始不吃東西。我將食物減少到最低限度，但肚子還是會餓，令我很羞愧。雖然在上班，但昂貴的西裝與皮鞋、光鮮亮麗的職場令我羞愧。我折磨自己的身體，在家做各種苦行，但我終究還是幸福的。」

那一刻，我想起對我揚言「一定會得到幸福」的媽媽。與爸爸離婚後，住在爸爸花錢買的房子，結交各種男朋友，毅然再婚的媽媽。

「我決定等你媽再婚了，和別人過幸福日子了，我就正式出家。我打算把我所有的錢都給你媽。實際上我也這麼做了。我拋下一切，即便如此，我還是幸福的。」

正好相反，我想。

想必，媽媽並不幸福。她總是被甚麼在後面追著跑，被「一定要得到幸福」這個目的的引力耍得團團轉。

「有一天我忽然醒悟。到頭來，我是在做自己想做的事。

就算認定那就是『不能讓自己幸福』，也是我自己決定的。是我打從心底這麼覺得。拋棄一般大眾所謂的幸福，對我來說一點也不辛苦。那反而讓我心情平靜。

K小姐的遭遇，我覺得很不幸。而且，是我讓她不幸。

我的確對K小姐做了很殘忍的事。那是絕對不能忘記，也是我一輩子都必須背負的。

但是，我無法決定K小姐的幸福。

K小姐自有K小姐的生活方式，那是只屬於K小姐的生活方式。」

窗外，傳來喀哩、喀哩的聲音，我不知那是甚麼聲音。那細小的聲音響了幾次，最後安靜了。

「我每天念經，並不只是為了K小姐。一方面當然是為K小姐，但到頭來還是為自己。我每天變得很安穩。我終於自痛苦解脫，我再也不必為之羞恥。」

那一刻，我羨慕爸爸。

我羨慕待在遠離俗世的深山寺院，過著身無長物的生活，卻心安理得的爸爸。同時，也覺得他很狡猾。有生以來第一次，我站在媽媽這邊。

媽媽決心「一定要幸福」，而且，那想必是「和爸爸」一起幸福。可是爸爸卻逃離那樣下定決心的媽媽。兩人天天爭吵，都已筋疲力盡。想必，爸爸是為了媽媽，為了我們姊弟，才會離開家吧。他不吝惜任何在金錢上的援助，期盼我們幸福，尤其是媽媽的幸福，自己卻決心走得遠遠的。

然而他那樣雖是替媽媽著想，媽媽卻只想和他在一起。

媽媽想和爸爸一起幸福。

再沒有比這更可悲的誤解，同時，也沒有比這更可悲的諷刺。揚言「一定會幸福」的媽媽，一點也不幸福；覺得「不能讓自己幸福」的爸爸，一直很幸福。

姊姊把「救世主」交給媽媽是對的。媽媽的「救世主」只有一個，就是爸爸。媽媽無法承認那點。她無法承認曾經揚言「一定會幸福」的自己，只因為爸爸的離去就變得不幸。媽媽不斷尋找爸爸以外的對象，竭盡全力要證明自己絕對「會幸福」，但她做不到。

姊姊肯定是讓媽認清了那點。

認清她的「救世主」是爸爸，只有爸爸。而且，也讓媽媽認清今生想必只會想著爸爸一個人。

認清那個事實的媽媽，變得多麼輕鬆啊。寫有「救世主」的紙條，不知成為媽媽多麼重要的精神食糧。

矢田嬸即便在多年以後，依然不斷拯救各種女性。

「救世主」。

我看著窗外。

積雪的樹木之間，可以看見陰霾的天空。一切都是灰色的，沒有放晴的跡象，但是很美。

爸爸問我要不要去參觀正殿，我跟他去了。

正殿的確很新。

小佛像是金色的，不自然地閃閃發亮。放在佛像前面的木魚及種種東西，正因嶄新，格外顯得可疑，那種氛圍，彷彿是剛剛完成的寺院布景。唯有濃烈的線香氣味，令人感到此地是真正的寺院。

爸爸坐下，雙手合十。我也在爸爸的斜後方坐下，同樣合掌膜拜。我不知道是在拜誰。就算告訴我那是佛祖，我也沒有概念，但叫我想點別的甚麼，也完全想不出來。

我對著空無之處，只是雙手合十。

抬頭一看，爸爸正看著我，不發一語。和我之前覺得穿袈裟的爸爸是真正的和尚那時相比，看起來又不一樣了。爸爸不管怎麼看，都是穿袈裟的爸爸。

看起來就是我們的爸爸。

而這樣的爸爸，是媽媽的「救世主」。

58

過完年，我還是沒有走出去。

我已不再為此焦慮，只是肅然度日。我彷彿在等待甚麼。雖不知那到底是甚麼，但只要有那個，我覺得就可以走出那一步。我不知這樣算是樂觀還是悲觀，想必，我只是非常安靜。

早上七點起床，吃完簡單的早餐，打掃房間。每天打掃就會發現，即使以為應該保持得很乾淨，的確還是有哪裡弄髒了。房間的角落積了灰塵，廁所的馬桶沾附汙漬，浴室的排水口被毛髮阻塞，我平靜地感到自己活著。每天，我都在排出某些東西。

打掃完畢，我會替自己做飯糰或三明治，然後前往圖書館。

在家時我摒除了所有的資訊。我不看電視，也不上網。我姊不時寄來的信件，以及我媽傳送的訊息，是我唯一能夠收到的資訊。

我是騎腳踏車去圖書館。就連電車車廂內懸掛的廣告，以及不經意會看見別人的手機螢幕，我都避開了。我騎著腳踏車，只想從家裡直接前往圖書館。

在圖書館，我依然只看小說。我埋頭投入故事的世界。坐在位子上，打開書本，我就可以去另一個世界。並不是只有此刻置身的場所才是一切——這個想法成了我最大的慰藉。

我在休息室吃自己做好帶來的午餐，在圖書館看書直到閉館時間。騎腳踏車回家的途中，我會在超市買最低限度的食材做晚餐和明天的早餐與午餐，回家之後，晚上繼續閱讀從圖書館借回來的書籍。

我不知道這是否堪稱禁欲的生活，但是，我認為非常單純。我活在非常單純的生活循環中。只靠簡樸的三餐與騎腳踏車行動，我漸漸開始恢復原本的體態。

我置身在徹底只有自己的世界。我摒除資訊，只活在寂靜中。我甚至不再去想像，除了我與小說以外的地方正在發生甚麼事。

告訴我那件事的，還是姊姊。

手機收到的簡訊寫著：「埃及的事你知道嗎？」

這是我第一次以手機收到她的消息。因為她向來都是寫信，或是寄電子郵件。她好像有點迴避可以簡單傳達意思的狀況。

我當然可以置之不理，但我心頭隱約有點不安。結果，我在相隔數月後又上網了。閒置太久，我甚至擔心電腦是否還能開機。不過，電腦似乎好好的，輕易便出現原本的樣子。要摒除固然簡單，要聯繫，也同樣簡單得令人錯愕。

我在搜尋引擎輸入埃及兩字，立刻出現各種訊息。

「塔哈里爾廣場」、「穆巴拉克政權」、「示威隊伍」、「爆發衝突」、「死亡」……我從過多的訊息中唯一能夠理解的，就是埃及好像正發生甚麼危險的事情。

一九九七年，我二十歲時，包括日本人在內的一群觀光客在埃及的路克索遭到屠殺。當時我也很震驚，但僅止於此。那時我只是覺得，原來在我記憶中那個和平安詳的國家也會發生這種事情啊。

在自己居住的地方發生案件，這絕對有可能。即便再怎麼祥和的城市也會有仇恨，況且當某人殺害某人時，重要的絕非「地點」。

然而，此刻這龐大的資訊令我不寒而慄。

或許是因為這是我睽違數月後接觸的新聞，也或許是因為那發生在埃及，抑或，也可能只是因為我果真變得多愁善感、、、。

二月十一日，統治埃及三十年的穆巴拉克政權，終於在市民的示威抗議下垮台。

喜歡親近人又怕寂寞、被誇個一兩句就得意忘形的埃及人，做到了那樣的壯舉。

「穆巴拉克下台」。

我費了一點時間才理解，這不是小說的世界，是現實生活中正在發生的事。那就發生在此地以外的某處，而且那個某處，是我昔日曾經住過的地方。

埃及正要改變。

而我，對那個國家一無所知。對於在我人生的某一階段，度過最光輝燦爛的時光，也經歷了家庭破碎那段痛苦歲月的埃及這個國家，我一無所知。

為什麼埃及是埃及？

為什麼穆巴拉克政權可以維持三十年之久？而現在，為什麼又會垮台？

之後，我開始查閱埃及的相關資料。

起初是上網，然後是去圖書館。埃及並非一直悠悠哉哉，並非一直和平。

從前埃及為了抵抗拿破崙的占領，就曾發生過各種叛亂事件。一九八六年我親身經歷的外出禁止令，也是開羅市內的中央警備隊發起的暴動。當時我只顧著高興可以不用上學，壓根不知那種事，也從不試著去了解。

我也不知道一直存在的伊斯蘭激進派分子。

一九八一年暗殺沙達特是最大一起事件，之後他們也不斷暗殺政要名人，最後在一九九七年，終於發生我悠哉以為「埃及也會發生這種事啊」的那場路克索屠殺觀光客的慘劇。所有的事件其實息息相關。

即使說伊斯蘭激進派分子是受到一九七九年伊朗革命的鼓舞也不足為奇。當時令我們一家倉皇自伊朗返國的那場革命，也波及了埃及。

但是這次的革命，不是軍方也不是伊斯蘭激進派所為，是一般民眾。起因是突尼西亞爆發的革命。

二〇一〇年十二月，在西迪布濟德這個中部城市的路邊賣菜的青年自焚身亡。青年的名字，叫做穆罕默德．布瓦吉吉。

據說當時突尼西亞的年輕人失業率高達三成。布瓦吉吉靠著在路邊賣菜為生，但某天警察取締路邊小販，沒收了他的商品與秤，還向他索賄，甚至毆打他。為了抗議警方的蠻橫粗暴，他引火自焚身亡。因此在突尼西亞引發叛亂，統治突尼西亞二十三年的班．阿里政權倒台，世人稱為茉莉花革命。

一個月之後，在埃及的亞歷山大，也有青年企圖自焚，想必是受到布瓦吉吉的影響。埃及青年的失業率也很嚴重。即便我們旅居開羅的時代，自名校開羅大學畢業的學生也求職困難，只能去超市當收銀員。本來埃及就是一個很注重沾親帶故——也就是攀關係的社會。只要有人脈關係便可找到好工作，沒有人脈關係的話即便再怎麼聰明能幹，也得苦等數年才能夠當上公務員。

再加上警方的蠻橫粗暴。而背景，是警方與伊斯蘭激進派的攻防戰。美國為了壓制伊斯蘭激進派，在「對抗恐怖分子」這個大義名分下，讓埃及政府擴大了警察的權力。

種種因素，以種種方式牽扯掛勾。我天天都在追溯那絲絲縷縷牽扯糾纏的因素。絲絲縷縷無限存在，而且就在我可以觸及之處。

亞歷山大的那名青年僥倖保住了一命。然而，翌日同樣在亞歷山大，還有開羅，都有人試圖自焚。造成一人死亡。

這起事件瞬間擴大。到了一月二十五日，各地都發生大規模的示威抗議行動。他們被稱為「一月二十五日青年」，是一群以社群網站為中心互相聯絡的年輕人。他們都是普通人，或者該說，是家境比較富裕的年輕人。透過網路呼籲大家出來抗議後，在塔哈里爾廣場聚集了一萬人以上。

塔哈里爾廣場！

對於那個廣場的種種，我至今記憶猶新。圓形的草皮硬硬刺刺的、在周圍橫衝直撞的汽車噪音、依附廣場而建的政府大樓。事情就發生在那個廣場。

也有人在那個地點死亡。

發生搶劫與暴力事件。到了二月二日，平日聚集在金字塔周邊的駱駝牽伕突然闖入，騎著駱駝拿鞭子攻擊抗議群眾。但民眾還是不肯退讓，繼續示威遊行，繼續吶喊。

九天後，穆巴拉克政權垮台。

搜尋網路上的圖片，可以看到擠滿塔哈里爾廣場的群眾照片被放大，幾乎看不見廣場本身。大家都高舉著寫有阿拉伯文的牌子，舉起拳頭。彷彿在塔哈里爾廣場湧來巨大的浪潮。那種喧囂，那種怒吼，那種勝利的吶喊，彷彿歷歷如在我的耳邊。

當我在電腦輸入「埃及」兩字時，我的手總是微微顫抖。我不確定那是因為恐懼，還是因為亢奮。

如今想來，我肯定是因為預感到那個的來臨而顫抖。

推動我的「那個」即將來臨的瞬間，那種預兆，令我顫抖不止。

自二月中旬開始的那一個月，我就是這麼度過的。我沒有停止去圖書館看小說，鎮日追逐文字。時常會把小說世界與埃及正在發生的事件混淆，但是無人出現糾正，提醒我那是另一個世界的事。我有點失常。在遙遠異國發生的戲劇化事件，完全占據了我的心神。

當時，在埃及發生的革命及一連串事件，被稱為「阿拉伯之春」。

不過，等待東京的春天來臨還為時尚早。

進入三月後空氣還是很冷，晚上得蓋著毛毯與羽絨被睡覺。下雨時氣溫會變得更低，我的身體狀況拖拖拉拉日漸惡化。我持續發低燒，也有輕微的咳嗽，但我還是不間斷地去圖書館報到。

三月十一日，那件事發生了。就在穆巴拉克政權倒台的一個月之後。

那天，我當然也在圖書館。

猛然搖晃時，我以為是最近身體不好導致暈眩，但並不是。堆在桌上的幾本書晃來晃去，等我想到「是地震」時，已經劇烈搖晃得讓我站都站不住。

所有架子上的書都紛紛掉落，某處傳來女人的尖叫。看到鑽進桌子底下的人，我也想動，卻動不了。我抓著桌子，半彎著腰茫然呆立。應該快平息了吧——但即便我這麼想，搖晃還是沒有停止。晃得太久了。

之後，我開始恐懼。察覺那點時已經太晚了，我已被恐懼綑綁得動彈不得。我說不定會死，但我不想死。

每個地方都有人在尖叫，書本從架子掉落的聲音響起，還有館員們大喊「請保持冷靜」的聲音。

我依舊抓著桌子，動也不動。

我緊閉雙眼，默默忍受恐懼。

59

起初，是氣味。

不斷刺激著鼻腔的氣味。那個氣味很突出卻縈繞不散，既有刺激性卻又如此和緩，令我一瞬間被拉回過去。

第一次走下空橋時吱呀作響的聲音。

令人如遭痛擊的熾烈陽光。

巴士瀰漫的氛圍。

當時，我的身旁，有我媽和我姊，而且在機場，有我爸在等我們。我不是一個人。我在不知不覺中，正要邁步走向圷家最光輝，也最痛苦的激動時代。

如今，我形單影隻。我獨自走下空橋，獨自搭乘巴士，從依舊灰濛濛的車窗玻璃眺望開羅的天空。

距離地震已過了兩個月。

我壓根沒想到，自己會再次來到開羅。昔日，我曾誓言重回開羅，我記得應該是對痛哭的澤娜布如此立誓。然而，即便當時我還年幼，卻已認為那個誓言在立誓的瞬間就會被打破。我，就是那種人。

然而現在，我在開羅。

在開羅機場下飛機的旅客，比我想像中還多。革命爆發，政情不穩，卻有這麼多人專程來到埃及，老實說我很驚訝。

經由杜拜轉機抵達開羅的旅客，幾乎都是阿拉伯人，其中，也有跟我一樣的亞洲人。我豎起耳朵一聽，對方講的是韓語。大家都不怕嗎？我不想讓人知道我在害怕，但我還是感到畏怯。

在網路看到的新聞，都在報導危險的動亂。

警察已失去功能，強暴犯與搶劫犯橫行街頭，年輕人持槍在市內到處打轉。我不知道這些消息有幾分真實，但就算知道真相，我肯定還是會來吧，這麼想帶給我自信。我聽從驚人強烈的衝動，來到此地。

機場內，氣氛很平和。

實在不像是爆發大規模的革命把政府推翻的國家。我不知道自己到底在想像甚麼，但至少，我作夢也沒想到，當我在海關忐忑不安地回答「來觀光」時，海關的職員居然回答我：

「Welcome！」

一走出機場，又是那種氣味。

氣味很可怕。比起眼睛所見，比起耳朵所聞，它更加不留情地把我帶回過去。這種氣味，讓我想起坐在女廁的那個肥胖大嬸，想起我媽與我姊緊緊相握的纖細雙手。記憶源源不盡，不斷湧現。本以為已徹底遺忘，如今卻在我的周遭靜靜打滾翻騰。

許多計程車司機爭相過來拉客。我被埃及人層層疊疊的無數張臉孔壓得喘不過氣，好不容易挑出一個人，總算上了車。

「去沙馬雷克。」

現在，我想去自己曾經住過的地方。

我壓根沒想到自己能做到這種事。

以前我也曾多次出國。為了雜誌的採訪工作，去見過世界各地的藝術家。雖然不流利，但好歹也能講日常對話所需的英語，有空的時候，也會獨自漫步街頭。在陌生的城市散步很愉快。只是叫一杯咖啡，便感到自己無所不能。當時的我，絲毫不知會有這樣的未來在等著我。

在國外我第一次如此緊張害怕。明明是自己住過的城市，我卻像重回兒時，拚命巴著車窗，大失常態地緊張。計程車司機跟著震耳欲聾的收音機哼唱。路上有成排的汽車以誇張的車速呼嘯而過，噴灑滿天的汽車廢氣與沙塵。

我專心注視流逝的景色，頓時感到與「那一天」相隔迢遙。就算告訴我那天的事其實是假的，我大概也會老實相信。

從圖書館回到家，我在相隔數月後打開電視，看著海嘯的影像。

我立刻關掉電視，去廁所嘔吐。我作夢也沒想到，方形的小螢幕，竟會如此猙獰。餘震和腦海殘留的影像令我畏怯，我在床上躺著不動。待在安靜下來的房間，我無法不做點甚麼。

我戰戰兢兢上網，只見龐大的資訊湧現。日本列島的地圖出現，沿岸變成一片鮮紅。簡直像是戰爭的開端。

之後，「房屋倒塌」的新聞出現。

後來，網路上陷入恐慌。姊姊和媽媽一再打電話來，尤其是姊姊，不斷寄郵件來叫我「去大阪」。我沒有回覆「我沒事」，也說不出「我會去」，只是很沒出息地不知所措。

須玖與鴻上也立刻與我聯絡。我很擔心須玖的心神是否又會出問題，但須玖以非常清醒的聲音與我交談。

「你沒事吧？」

過了一陣子，我得知須玖與鴻上租了卡車，盡可能載著大量救援物資趕往受災地區。即便如此，我還是窩在家裡不動。網路依舊有龐大的資訊不斷湧現，我無法相信任何一則。

去便利商店一看，泡麵和麵包都被搶購一空，水也賣光了。姊姊一再叫我去大阪，但我不為所動。

我整天盯著網路，盡可能瀏覽陌生人散播的情報與發文。不時無意義地嘔吐，但腦中某處非常平靜，我想，我果然變得不正常。

某日，我一如往常盯著網路，瀏覽如波濤湧來的龐大資訊。我冷靜地追逐成排文字。我已無心追求真相，只是不停追逐文字。不管看到甚麼，我的心都不起波瀾。但在其中，有一句話抓住了我，那是睽違已久，除了地震相關資訊以外的消息。

「埃及　科普特教徒的教堂遭到攻擊」。

我的心臟發出巨響。

這時，我想起雅各的側臉。

跪在教堂，靜靜祈禱的雅各。耳垂上的金色汗毛，垂下的眼皮上強而有力的睫毛，還有微張的雙唇乾裂的模樣。

雅各！我的光明。

彼時，有生以來，我第一次為別人祈禱。我向不知名的神明祈求雅各的幸福。

「拜託，拜託，請守護雅各。」

我忽然萌生一股強烈的衝動，非常近似憤怒。

我為何會在這裡。

我不斷接收以資訊為名的文字，然而那些絕對不會留在心上。我就像是瘋狂渴求食物的餓死鬼。而且我只是得到，始終不肯行動。

雅各，為何我會在這裡？

在那股衝動下，我打開航空公司的網頁。沒有直飛埃及的航班，但是有經由杜拜轉機的班次。我甚至沒有下定決心就按下按鍵，然後訂了沙馬雷克地區的飯店。做了之後，才發現太簡單。

之後直到啟程前往開羅前的那幾天，我一次也沒嘔吐。

司機朝我發話，我這才回過神。

八成在問我是不是日本人吧。我隨口附和，司機大聲嗆呼一直纏著我滔滔不絕。如果光聽聲音會覺得他好像在生氣，但我好歹也在埃及住過一陣子，所以我知道，其實並非如此。

司機對我的冷淡反應全然不以為意，逕自說個不停，還指著高架下的建築物。建築物焦黑，周遭停放著看似裝甲車的車輛，大概是革命爆發時燒毀的。來到這裡，我才終於感到埃及發生的事是真的。司機對沉默又緊張的我說了甚麼，然後獨自笑了起來。

計程車越過尼羅河時，某種東西貫穿我的身體。我想，我大概快哭出來了。尼羅河一如彼時，遼闊、混濁、沉靜。計程車絲毫不知我的感慨，駛入我懷念的沙馬雷克地區。

飯店的氣氛非常平和。

坐計程車進去時，不知是軍方的人還是警察，讓狗繞著計程車轉了一圈到處嗅聞。除此之外，沒有任何特別之處。櫃檯的年輕埃及人以流暢的英語歡迎我的到來，他帶我去的房間，可以看見靜靜流動的尼羅河。

獨自待在房間，我頓時心慌意亂。如釋重負的心情，重遊舊地的亢奮，令我不知如何是好。結果我在床上滾來滾去。我已累得不想走路，要睡覺又覺得皮膚曬得有點刺痛。不知不覺我好像睡著了，但是看看時鐘，原來才過了幾十分鐘。

我戴上棒球帽，走出飯店。

這家飯店，我以前來過很多次。也曾被我媽帶來飯店附設的髮廊，天氣熱的時候也會來這裡游泳，我們全家不時也會來吃飯，巨大的水晶吊燈與厚重的地毯一如當年。我難以置信長大後的自己此刻正走在這裡。

我尋找後門。雖然迷路了，但我一定要找到。

我向飯店員工詢問飯店內部的路線，以拙劣的英語交談。員工勸我走正門玄關，但我就是想走後門。結果，我大概徘徊了十五分鐘左右。飯店其實不大，是我的方向感有問題。

在好不容易抵達的後門，我曾在這裡見到雅各。如今門口並未像當時那樣停著廂型車。沒有大叔搬運床單，沒有雅各幫忙。但是那個地方，的確就在那裡。

我在那裡站了很久，直到警衛狐疑地盯著我。太陽在頭頂正上方照耀，想必已是正午。不知是有時差或其他原因，總之我頭暈眼花。

即便走到街上，我也一直如此。

街上一點也沒變。自我回到日本，算來已過了二十幾年，可我多多少少還能想起回家的路。之前在飯店的徬徨有如一場夢，我篤定地走向我的家。

踩著路上的落葉，響起啪哩啪哩的脆響，小時候，我很喜歡那個聲音。住處附近的大使館，會有警衛坐在椅子上，還讓我和雅各一起看過他的槍。貓躺在路上，彷彿知道自己深受埃及人喜愛，所以態度傲慢，即便看到有人走近也沒逃走。路邊的石磚破裂，樹木垂頭喪氣，那的確就是沙馬雷克。

是我住過的街道。

我一直頭暈眼花。好像有甚麼東西麻痺了，後腦杓冒出的那個我，自數十公分的高處俯視著我。

沙馬雷克的幽靜，擁有非常明確的輪廓，就在眼前。

牽狗的西洋人走過，坐在公寓前的管理員正在悠閒地喝茶。我還是無法相信這是短短數月前剛爆發革命的國家。

這幾個月發生在自己身上的事情，以及埃及與日本發生的事情，似乎與沙馬雷克隔著遙遠的距離。我忽然想起以前曾在哪兒讀過一句話：任何事件的背後都有日常。沙馬雷克的日常，顯然戰勝了發生的事件。

即便離家越來越近，我還是無法恢復清醒。我頭暈目眩地彎過大使館的轉角。

那裡，果真有我的家。一如往日聳立在那。

雖有二十幾年的隔閡，但我還是可以毫不遲疑地想起，那就是「我的家」。綠色的鐵拱門、白色石子點綴的步道、令姊姊欣喜若狂的大陽台。

不需太大的勇氣，我走進公寓。公寓樓下坐著看似管理員的男人，但他並非哆啦A夢。男人看到我，並未說甚麼。或許以為我是這裡的住戶。

老舊的電梯、石階、昏暗的室內燈，一切都沒變。這裡的一成不變，反而令我無法感動。我安靜地搭乘電梯，按下老舊的按鍵抵達三樓。我自己拉開電梯門，來到同樣昏暗的電梯外。

巨大的門扉，相形之下格外小巧的門鈴。這裡，曾是我的家。

從玄關到通往室內的走道，我都可以清晰地回想。門廳、風琴室、客廳、餐廳、昏暗的廚房、長廊、爸媽的房間、澤娜布的房間、閒置的浴室、我的房間，以及姊姊的房間。

室內所有的細節全都驚人地鮮明重現，彷彿我還住在此地。彷彿我剛剛走下校車，回到自己的家。

只有我一人。無人與我談論回憶，因此我對湧現的種種思緒束手無策。我一直感到頭暈眼花。身體變大，頭髮脫落，令我萌生強烈的不協調感。那時我還是個小孩子。

子。

那時我是個在人生中最勇敢，在人生中最膽怯，在人生中最受寵愛，同時也最寂寞的小孩子。

我走下樓梯。我必須靠這雙腳去見某人。

我必須去見曾是我的英雄的那個人。

60

然而，我沒有任何辦法可以見到雅各。

走出公寓，我這才醒悟自己是多麼莽撞無謀。我本來打算去雅各家。但是，雅各不可能還住在那個家，那個擠了一家七口實在太狹小的地下室。

在這世界，有臉書和推特等等可以傳達訊息的社群網站。應該可以與懷念的老友取得聯繫，就像這次的埃及革命，也是以臉書為中心發起的。

可是若問我是否用社群網站找過雅各，我實在提不起那個意願。

我害怕和甚麼聯繫，害怕遇上意想不到的人。我大概把社群網站與怒濤般湧來的龐大資訊等同看待。那恐怕只會讓我知道我不想知道的事，想要擺脫的反而越陷越深。而且，我肯定會不知該相信甚麼才好。

我一定見不到雅各。之前居然沒有這樣想過，真是不可思議。

我被推動著一路來到此地，但我真是蠢透了。地震剛發生就搭機出國，令我處於不正常的精神狀態。

可我還是向前走。對於雅各的家，我也同樣記憶猶新。每當離他家更近一步，恐怕見不到雅各的絕望，以及昔日去見雅各時的激昂情緒便會複雜交錯，令我露出又哭又笑的表情。漂浮在數十公分之上的另一個我，不時與我拉開距離，浮游在依舊非常幽靜的沙馬雷克每個角落，然後又規矩地回到我身邊。

雅各昔日住的那棟公寓，已完全翻新。

在絲毫不曾改變的沙馬雷克街頭，唯有那裡的時間流逝，景色扭曲。我明明記得就是這裡。我一次又一次確認路線。就算以我長大後的雙腳，也不可能忘記我家與雅各家的距離，以及那寶貴的時光。

這一刻，我清楚得知通往雅各之路已經斷絕。

科普特教徒的教堂遭到攻擊這則新聞，的確用力推了我一把，但我來了又能做甚麼？保護雅各？是要從誰的手中拯救雅各？

雅各說不定根本已經不記得我了。

自己的傲慢令我打個冷顫。千里迢迢專程來到埃及，自以為是地流於感傷，自以為是地絕望。我覺得自己簡直像昔日的姊姊——只重視自己的感情，像個笨蛋似地溫存那種感情，對他人暗懷期待卻希望落空，於是自以為受到傷害的那個昔日的姊姊。

「你要去找到只有你自己能夠相信的東西。」

饒是如此，她的聲音依舊在腦海縈繞不去。

說不定，我在雅各身上看到了「那個」。

我的寂寞與痛苦，在雅各的面前皆可遺忘。用本該無法溝通的語言交談，以超過友情的強度相知相愛的我們，肯定正處於奇蹟之中。或許我就是把那個奇蹟當作信仰？如同我之前相信須玖與鴻上，自以為遭到背叛，反而變得自我厭惡的行為。我是否正要做出同樣的行為？

但我還是來了。竟如此輕鬆容易地就來到這裡，連我自己都很訝異。

坐在玄關的管理員，朝我出聲招呼。

大概是見我在建築物前站了太久，所以起了疑心吧。但我面對穿西方服裝的埃及人，不知該說甚麼才好。我只是曖昧微笑，管理員也面帶困擾地笑了。那張臉，我見過。

當我啊了一聲霍然驚覺時，我已完全想起小時候的記憶。

他是和雅各住在一起的叔叔。在雅各一家人當中，只有他的體型細瘦。雖然如今年紀大了，但他顯然就是那個叔叔。

也許是察覺我的表情，叔叔刺探似地望著我。我不會講阿拉伯語，但我也不認為英語能夠溝通。叔叔從當時就一直擔任這棟公寓的管理員。即便建築物已變了樣，他依然健在。

「雅各。」

好不容易，我才擠出這兩個字。

「雅各？」

叔叔像是聽到意外之詞，面露狐疑。他彷彿在想，這個亞洲人搞甚麼名堂？怎麼會知道我姪子的名字？我毫不退縮。

「雅各，雅各。」

我繼續說。我指著自己的臉，兩手比出握手的動作，努力試圖告訴他我是雅各以前的朋友。

叔叔一臉困窘地望著我，但他最後似乎想起來了。只見他的臉色猛然發亮，之後可不得了。他滔滔不絕說出大串阿拉伯語，拍打我的肩膀，甚至親吻我的臉頰。對了，昔日不只是雅各，雅各的家人的確也都很疼愛我。我又高興又害羞，一直傻笑。

終於結束埃及人特有的整套表達親愛的儀式後，叔叔取出手機。

「雅各。」

說著，他撥打電話。

他要打給雅各！

我的心跳加快，或許能見到雅各了。現在，叔叔不就正在和雅各講話。叔叔很興奮，頻頻點頭。我也很興奮，忐忑不安。

這才是奇蹟，我想。

雅各的叔叔，這二十幾年來一直在同一棟建築當管理員是個奇蹟，他還記得我，這也是個奇蹟。小孩變成大人的變化之大，與成年人的日漸老去有天壤之別。我的神色憔悴，雖用帽子遮掩，但頭上其實已童山濯濯。可雅各的叔叔居然還能在我身上找到兒時的影子，想起我是誰。

叔叔講了一堆話後，終於掛斷電話。然後，他朝我豎起三根手指。

「三？」

叔叔像要表示「沒錯」似地點點頭，指指我的頭後面。然後又豎起三根手指，再指指自己的腳下。他一而再、再而三比出同樣的動作，熱切地用阿拉伯語訴說。

「意思是，明天三點來這裡？」

雖然覺得他不可能聽懂，我還是用日語這麼說。等我比出和叔叔一樣的動作後，叔叔拍手點頭。我幾乎是一邊大叫「我懂了，我懂了」一邊頻頻與叔叔握手。

叔叔不停朝我揮手，直到再也看不見我的身影。

我簡直樂得飛上天。在我頭上浮游的那個我，與我合而為一，這次是我自己浮游天外。

我可以見到雅各了！

我幾乎失聲尖叫。沒有比這更大的奇蹟。在革命後的埃及，與自己的英雄重逢。面對如此戲劇化的演變，我難以抑制自己的情緒。我暈陶陶地在沙馬雷克地區走來走去。

我在自家周圍一遍又一遍地行走，在「陽超市」內逛來逛去（在我與雅各邂逅的雞蛋區，我甚至差點無意義地買下雞蛋！），我走過被稱為巴西街的那條路，鑽進每條小巷。我很想對每個錯身而過的埃及人大聲打招呼。我忘記這個時期，這個國家的現狀，只是一直笑著，在街上四處遊走。

不管去何處，都感覺不到革命的餘波盪漾。我想去塔哈里爾廣場看看，但是才剛這麼想，忽然便有股倦意湧上心頭。

我在簡餐店吃完埃及式通心麵拌飯，回到飯店。沖個澡，在床上躺下，然後就此沉睡如泥。

醒來時，我聽見提醒大家祈禱時間已到的叫拜聲。

聲音很美。

接下來沙馬雷克的所有穆斯林大概會虔誠祈禱吧。我在飯店的床上，浮想這段靜謐的時間。

我無法相信「他們」竟然會攻擊科普特教堂。三月上旬，在開羅南部的某個村莊，科普特教徒的教堂被焚毀。因此在開羅爆發兩派人馬的衝突，據說造成十三人死亡。四月時在南部某一州，也有反對科普特教徒被任命為州長的數千名穆斯林高喊「我們不要科普特教徒」。

以前與雅各走在路上，也曾被穆斯林少年大聲嘲笑。當時，他們一定是在罵雅各這個科普特教徒。個性沉穩的雅各，唯獨在那一瞬間動了真怒。

「我最珍惜的東西，被他們瞧不起。」

我躺在床上，想著種種事情。

叫拜聲持續不絕。那如泣如訴的聲音在街頭回響，還是非常美妙。

我用麵包與咖啡打發簡單的早餐後便離開飯店。

我決定去昨天沒去成的塔哈里爾廣場。要去廣場，必須經過尼羅河上的大橋。沿著七月二十六日大道直走，就會走到那座橋。

昔日我與雅各曾攜手走過那座橋。其實只是過橋而已，卻有種邁步走向未知世界的意氣昂揚。低下頭，只見濁流滾滾的尼羅河，不時掀起的白色浪頭很刺眼。

要走完整座橋，即便以大人的腳力也是不短的距離。兩個小孩能走到這裡，我覺得很驕傲。昔日的我們大膽無敵，只要我倆在一起，就毫無所懼。

過了橋，我走到尼羅河岸。

途經考古博物館附近，以前學校遠足來過這裡，有幾個觀光客走過。革命後，據說觀光客銳減，但任何地方都有愛湊熱鬧的好事分子。地震後，東京街頭同樣也可以看到一些觀光客。即便是我自己，還不知在別人看來是甚麼德性。沒有人知道，我的目的，是要與懷念的重要人物見面。

過了博物館向左轉，就到了塔哈里爾廣場。

一轉彎，頓時有許多人映入眼簾。

我第一個反應是：這是示威抗議行動。

我的心臟發出巨響。我知道至今在各種地方都還有抗議行動一再發生。我自以為知道，卻被平穩的街景放鬆戒心，傻呼呼地來到這裡。

我本想掉頭離開，卻倏然停下腳步。因為走在廣場周圍的人，或者拎著購物袋，或者與旁人交談，感覺非常日常。即便看他們的表情，也沒有那種正在發生甚麼危機的感覺。

我戒慎恐懼地走近廣場。雖然沒怎樣，但我還是先深深壓低帽簷，目前尚未聽說外國人遭到攻擊的新聞。

聚集在廣場的人，或許是要代替標語牌，只見他們拿著寫有阿拉伯文的瓦楞紙板。但是，他們沒有高高舉起，也沒有拿擴音器大聲疾呼，只是聚在一起。該怎麼說呢，似乎懶洋洋。他們各自找人說話，不時還笑出來，完全沒有抗議行動的緊迫感。

一個小孩發現我，跑過來大叫：「阿里嘎豆！」他懂日語嗎？我不自在地一笑，小孩又嚷著「阿里嘎豆！」跑向廣場。我轉身，沿著尼羅河岸走。走著走著，笑意自然浮現。

這就是埃及啊，我想。

他們肯定只是想聚集在一起，埃及人都很怕寂寞。我還記得那個假裝打錯電話，天天打電話來我家的男人，還有在機場哭天喊地替兒子送行的一家人。

肯定也有激進的人。實際上，也的確有人死於革命。但是，埃及人的基本性格不會變。喜歡親近人、害怕寂寞、容易激動、輕易遺忘，他們是可愛的埃及人。

我眺望尼羅河。埃及人會有那種個性，是因為身邊有全世界最大的河流嗎？我如此思忖。尼羅河依然沉靜，混濁。

61

三點之前，我前往那棟公寓。

雅各也是埃及人。應該不可能比約定的時間提早抵達，但我等不及了。

大老遠便可看見那棟面目一新的公寓。在一群破舊的建築物當中，白色石灰外牆異常顯眼。

只見建築物下方有一個男人佇立。

水藍色短袖襯衫，灰色西裝褲，是個體格壯碩的男人。

我感到有某種東西從我心臟跳出。那一定是溫熱的血液，汩汩流遍全身，尤其滯留在肩胛骨與頭部。興奮過度令我的嘴唇乾渴，打了一個嗝，帶有剛才喝的薄荷茶那種薄荷香氣。

那是雅各。

絕對不會錯，是雅各。

就算長大了我也認得出來，我想朝他奔去，但是，我做不到。羞澀比興奮更強烈，簡直像去見初戀情人。三十四歲已是堪稱中年的年紀，我卻像少女一樣扭扭捏捏羞澀不已。

雅各也等不及，提早來赴約了。他提早抵達，在此等候。

我毫無來由地很想咬碎甚麼。我想咬碎非常硬的東西，很想喀擦喀擦咬碎岩石之類的。但我做不到，只好狠狠磨牙。

等我走到只距離一個街口時，雅各張開雙手。

「步！」

我再也按捺不住，彈起來似地衝過去。

我滿懷無上的幸福，投入喜愛的男人懷抱。雅各的胸脯厚實，身上散發出一種酸酸甜甜、令人懷念的氣息。沒錯，這就是雅各。雅各用力抱緊我，我的背骨甚至喀喀響。

「步！」

然後，他響亮地親吻我的臉頰。一次又一次。

近距離看到的雅各，臉頰已有皺紋，眼角也下垂。但是，處處皆可發現兒時那個雅各的影子。大鼻子，長睫毛，還有無比清澈的雙眸。

雅各並未像一般埃及男人那樣留鬍子。臉上乾乾淨淨，頭髮也剪得很短。

「雅各。」

想說的話堆積如山，可我只說得出這一句。我們互相凝望。雅各的叔叔從建築物下欣慰地看著我們。

雅各與叔叔擁抱，講了一些話後，對我提出邀請。起初他用阿拉伯語說，但我聽不懂。

雅各改用英語。

「去我家吧。」

他說得一口令人有點驚訝的流利英語。

我受到小小的衝擊。然而，我若要表達自己的意思，同樣也只能使用英語。

「謝謝。」

我的英語，結巴得連我自己都不好意思。

雅各帶我去他停在建築物前面的白色本田汽車。就像對待女人似地，替我拉開副駕駛座的車門，車中散發茉莉花的甜蜜芳香。車內非常乾淨，雅各的駕駛技術穩健得簡直不像埃及人。

「能夠久別重逢，我很高興。」

雅各用英語說，朝我擠擠眼。

「你不住在那棟房子了？」

「對呀，叔叔也住在別的地方。」

雅各駛過我今早走過的橋。

坐在副駕駛座上，我如在夢中。我搭乘長大後的雅各駕駛的汽車，正在過那座橋。接下來我倆不會結伴走過細小蜿蜒的巷弄與大型垃圾場，我們不會戲弄野狗，也不會焚燒垃圾，我們要去雅各現在住的地方。

雅各的家，過了橋大約再十分鐘就到了。

那是安靜的住宅區，小孩在路上把破布揉成一團當足球踢。雅各一停車，就有好幾個孩子跑過來，嘻嘻哈哈拍打車窗。

當我從副駕駛座下了車，他們立刻聚集到我身邊。「是埃及仔。」我當下想到。即便我已長大成人，還是無法遏止對他們卑微陪笑。

「日本人很稀奇嗎？」

我問，雅各說，

「沒那回事，他們只是喜歡親近人。你懂吧？因為是埃及人嘛。」

我一笑，孩子們也笑了。孩子們的笑顏非常耀眼。

「不好意思，沒有電梯。」

我跟著雅各拾級而上，樓梯轉角處的窗口射入菱形光線。每層樓各有兩扇門，門前都放了腳踏墊和自行車、盆栽之類的東西。一看就知道，這裡住著熱愛生活的人們。

從三樓的樓梯轉角走上四樓時，右邊的房門探出一個小女孩的臉。看到雅各，小女孩開心地笑了。

雅各抱起女孩，不停親吻。

「這是我女兒塔瑪。」

塔瑪胖嘟嘟的，戴著可愛的粉紅色眼鏡。年紀大約七歲，笑嘻嘻的臉孔，和雅各一模一樣。

「您好。」

塔瑪也講得一口流利的英語。雅各看起來很開心。

「是我教她的。」

進屋之後，有個女人出來，是令人屏息的大美人。她披著長髮，一襲貼身的黑色洋裝。

「這是我太太莎拉。」

莎拉對我嫣然一笑。

「昨天接到消息後，雅各簡直興奮壞了。」

莎拉也講流利的英語。

「這邊請。」

被帶去客廳後，我看到懷念的人們。

「步！」

是雅各的父母。雖然年紀大了，但兩人看起來氣色都很好。他們輪流擁抱我，親吻我的臉頰，握著我的手，雅各的母親激動落淚。她喊著我的名字，用阿拉伯語說了甚麼，雅各替我翻譯。

「地震沒事嗎？」

聽到那句話，我的心頭一緊。我只能笑著頻頻點頭。

我受到他們全家的熱烈歡迎。

我吃著莎拉做的豪華佳餚，一再被雅各的母親親吻，還有吃著甜得令大腦發麻的蛋糕，聽塔瑪唱歌。雅各還有兩個比塔瑪大的兒子，但是今天去練習足球不在家。

雅各給我看兩個兒子的照片。體格壯實的男孩，已堪稱是標準的男人了。我想起昔日的雅各，拿著雞蛋對我微笑的雅各，走在我前面，總是保護我的雅各。

雅各任職於旅行社。他自學英語，如今已掌管一家分公司。他父親辭去了洗衣店的工作。兩個妹妹早已結婚，據說目前分別住在巴林與亞歷山大。

雅各獨力扛起妻小四人與父母的生計。

「真了不起。」

雅各應該和我同年。我知道埃及人早婚，也重視家人。但是，他和我的境遇差距之大，令我有點心虛。

「我常聽雅各提起你的事情。」

莎拉一邊替我倒茶，一邊如此說道。

「他說小時候有個要好的死黨是日本人。」

雅各把我當成死黨令我很開心，長大之後變得這麼了不起的雅各並未忘記我，也令我很開心。

我真希望自己並沒有早早將雅各遺忘。我遺忘雅各，遺忘埃及，一心投入自己的人生，如今為了自己的需要才來到埃及，卻受到雅各一家熱烈歡迎，此刻，我不想為那樣的自己感到羞愧，我只想沉浸在這歡愉中。

「對我而言，雅各也是非常重要的人。」

當我這麼說時，雅各開心地看著我。

喝完茶，雅各邀我去散步。全家人的熱情款待固然令我感激，但我也想和雅各單獨相處。

塔瑪想跟我們一起去。她撒嬌使性子，最後還哭了，雅各的母親與莎拉不停哄勸她。臨別時，雅各的父母向我問了甚麼。

雅各遲疑了一下，最後才翻譯：

「他們問是否再也沒機會見面。」

他的母親再次落淚。彷彿我是她的親生兒子，接下來將要生離死別。我說：

「我會再來看你們。」

和澤娜布那次不同。那次，我說的那句「我會再來」連我自己都不相信。可是現在，我打從心底這麼想。伴隨些許的心痛，我向雅各的母親許下承諾，我發誓絕對會再來。我已經不是十歲的孩子了。

「我絕對會來看你們。」

雅各的母親淚如雨下，她一再擁抱我。

走出公寓，之前那些小孩子已經不見了。不過，從馬路的各種角落都傳來孩子們的聲音。這時，我終於想起今天是星期五，是埃及的假日。所以雅各才會在家，兩個兒子才會去踢足球。打從在日本時，我就已經對星期幾失去感覺。我想著遙遠的日本，現在一定是晚上了吧，大家都睡了吧。

陽光有點黯淡，變涼快了。樹蔭下，兩個老爺爺坐著喝茶，兩人看到雅各，笑著舉起手。

清真寺傳來叫拜聲，我看著雅各。

「革命爆發後怎麼樣？」

「這個嘛，觀光客少了很多。」

雅各彷彿很困擾似地挑起眉毛。要養六個家人，肯定很辛苦，可是，他們卻烹調那麼豪華的大餐，盛大地款待我。雅各即便長大之後，還是很帥的傢伙。

Take it easy，雅各這麼說。幫不上任何忙的我，只能一笑。

「步能來真是太好了。」

真的。雅各補上一句，然後目不轉睛看著我。我很想問雅各，但我不知道科普特教徒這個名詞該怎麼說，因此我說：

「教堂沒事？」

雅各看著我，稍微放慢步伐。

「OK。」

雅各說。不過，那肯定沒有說出一切吧。「OK」這個過於輕巧的字眼之中，想必其實包含了種種感情。

革命當時，為了保護跪禱的伊斯蘭教徒，科普特教徒們手拉著手形成人牆來阻擋警察隊伍；也有伊斯蘭教徒說「科普特教徒和穆斯林同樣都是埃及人」。但是另一方面，也有人宣稱將會再度發生宗教對立。因為企圖接掌政權的穆罕默德．穆爾西，就是穆斯林兄弟會成員。

長年來建立獨裁政權的穆巴拉克，也有一些功績，其中之一，就是一直試圖融合埃及長年來的伊斯蘭教徒與科普特教徒的宗教對立。穆巴拉克政權瓦解後，大家很不安，深怕若是被虔誠的伊斯蘭教徒組成的兄弟會接掌政權，也許會趁勢發動對科普特教徒的迫害。在那種情勢下造成的事件之一，想必就是我所知道的科普特教堂遭到攻擊的事件。

「雅各，你對住在埃及有甚麼看法？」

雅各在一瞬間，露出茫然不解的神情。

「你在埃及也是少數派吧？」

我不知該怎麼說才好，於是又補充：「我是說你的信仰。」雅各挑起嘴角，不像是在笑，毋寧更像是嘴唇掀動。

「和人數多寡無關。」

雅各說著，朝前方走。他的步伐強而有力。

「重要的是人必須認清每個人都是不一樣的。」

雅各的英語很標準，實在不像是自學成才。為了擁有這樣的外語能力，他不知付出了多大的努力。

「我是科普特教徒，而我的朋友是伊斯蘭教徒。信仰雖然不同，正因不同，才更該同心協力。你知道這個國家現在的狀況吧？我們應該攜手合作。」

雅各說著，用自己的雙手做出握手的動作。雅各的手背長滿粗大的汗毛，看著那雙手，我不知何故悲從中來。

「現在這樣下去，這個國家不管由誰當領導者都一樣。比方說，我想要你的帽子，我就搶來了，但是，我不知該怎麼使用。大家都是這樣。即便成為領導者，也不知該怎麼辦。」

雅各的英語，還是非常優美，那讓我感到悲傷。

「重要的是不同的人承認彼此不同，並且心手相連，和宗教無關。」

說話非常正確的雅各，令我悲傷。

與雅各同行，我不得不忍受逐一襲來的悲傷發作。我終於見到我曾如此思念的雅各，並且像過去一樣，得以並肩漫步。可我卻一直很悲傷。

「雅各。」

雅各面露疑問，看著我。

「信仰是甚麼？」

我用日語說。雅各聳聳肩，示意他聽不懂。

「信仰是甚麼？」

我用英語又說一次。雅各陷入沉思。我們走在路上，絕對不進小巷。服裝清爽簡單的雅各，與頭戴棒球帽的我，沿著大馬路，朝著某處緩緩走去。

「信仰是甚麼？」

雅各像要確認似地反問。

「對。對雅各而言，信仰是甚麼？」

雅各認真地低下頭，但他始終不曾放慢腳步。等待雅各回答的我，拚命跟上他。我們的身高幾乎一樣，但雅各的影子看起來硬是比我高大。

「我想都沒想過。」

終於開口的雅各，筆直看著前方。

「我從未想過信仰是甚麼。對我來說，信仰就跟呼吸一樣自然。」

這時，我終於明白自己如此悲傷的理由。

我與雅各有著巨大的鴻溝。

雅各和我，都已長大了。雅各的手長滿濃密的汗毛，而我頭髮稀疏。雅各有一群需要靠他賺錢養家的家人，我身邊卻一個人也沒有。雅各操著一口流利漂亮的英語，可我們以前即便沒有那種語言，照樣也能夠溝通，照樣可以對話很久很久。我不懂阿拉伯語，雅各也不懂日語，但是，對我倆而言，那壓根不是問題。

我們擁有只屬於我們的語言，只屬於我們的奇蹟。

然而，曾幾何時，我們放開了那個奇蹟。

明明曾感到如此緊密相連，可是我們終究不同。

我們，截然不同。

和呼吸一樣自然地相信某種事物，究竟是甚麼感覺？正試圖尋找信仰的我，恐怕永遠無法體會雅各的心情吧。

我與雅各之間，有著比尼羅河更深、更遙遠的鴻溝。

那種事，照理說應該早就知道了。

但這一刻，我如孩童般膽怯，我為此感到徬徨。說不定，我渴望與雅各合而為一。說不定我希望把雅各的強烈信仰當成自己的。

「步。」

雅各指向前方。

「尼羅河到了。」

不知不覺我們已走到尼羅河邊。尼羅河一如往昔沉靜，依然混濁。

「如果往廣場那邊走，我想八成又在示威抗議，所以還是走這邊吧。」

雅各說著，開始邁步。

「今早我看到塔哈里爾廣場有人聚集。」

「我想也是，星期五與星期二經常有抗議活動。」

「現在是在抗議甚麼？」

「各式各樣，總之他們就是想聚集在一起。反正只要去了總會遇見某人，就像野餐一樣。」

雅各說著笑了。之前我就在猜想，怕寂寞的埃及人八成只是為聚集而聚集，看來果真猜對了。我也不禁笑了。

「真舒服。」

叫拜聲久久不歇。如泣如訴的聲音，和我幼年時毫無不同。尼羅河閃爍粼粼金光，微風輕撫我們的身體。

雅各就走在我身邊。雖然兩手閒著無事做，但他的手並未與我的手相握。我們已是大人了。

我們以英語交談，沿著河岸繼續走。

我忽然想到，從那時走到今天，我們費了莫大的時光。宛如怪物的大塊時光，阻隔了我們，從我們身上奪走奇蹟。

雅各談他的家人，我敘述著地震後的東京。

以英語進行的這些對話，一如叫拜聲，發出的瞬間，便已融入空氣。無臭無味，亦無動靜，再難見到第二次。

「坐這裡吧。」

雅各說。

對岸正好可以看見我住的飯店，帆船在水上搖晃。我們也不怕衣服弄髒，直接在地上坐下。

好一陣子，我們都沒說話。

叫拜聲不知幾時已停，只聞尼羅河嘩啦、嘩啦流動的水聲。四下無人，非常安靜。

「你還記得嗎，步？」

雅各說。雅各的視線射向河面。

「你說要回日本的那一天，我們不是在這裡哭過？」

我記得，而且印象鮮明。

當時我用比哭號更強烈的力道流淚。在我們的面前，有我們無能為力、束手無策的東西。

我絕對不得不回日本，雅各絕對不得不留在埃及，我們絕對不得不分開。

雅各的哭聲，彷彿就在昨日，我可以清晰想起。

那時無力抵抗，卻又以無比強大的力量結合的我們，就是坐在這裡哭泣。而雅各還記得那個地點。

「那時候，」

雅各平靜地訴說。

「知道你要回日本時，我真的很難過。因為你是我很重要的朋友。」

雅各的話語，是用英語向我表達，那肯定是非常正確吧。但是，比不上昔日我們交談的那種語言。遠遠比不上。

「我雖然有很多埃及人朋友，但是宗教的差異，有時也會在我們之間造成隔閡。當我察覺時，我很痛苦。只因為信仰的差異，就區隔了我們，那讓我很悲傷。就在那時候，我遇見了你。我和你，無論宗教或國籍都不同，但是我們非常親密。對吧？」

我點頭同意。「親密，intimate。」這個僵硬的字眼有其侷限。當時的我們，遠甚於「親密」，但我和雅各都沒有辦法表達。

我與雅各，現在被龐大的時光這個怪物給阻隔。

「和步在一起，很幸福。非常幸福。」

河水不時捲起小小的漩渦。大概是水裡有魚，只見白色的浪頭掀起。

「我也是。」

我的感受，遠甚於「我也是」。

和雅各在一起，我就天下無敵。

當時，我無法抗拒的大浪來襲，我的心願無人傾聽。圷家四分五裂，我只能默默冷眼旁觀，因為我實在太渺小了。即便如此，和雅各在一起，我就可以扮演比任何人都強大的自己。我喜歡雅各。

「我也是，雅各。」

只能用英語訴說令我很悲傷。Me too。這種話，根本不可能表達我的心聲。

我憎恨時光這個怪物。昔日放手的那種語言，到哪去了？怪物從我們身上委實奪走了太多東西。

「我也是。」

我發現自己在流淚。起初是左眼，接著，右眼也開始有淚珠滾滾落下。這樣哭泣的自己令我感到很丟臉。

我禿頭，我沒有工作。我已三十四歲。

我孑然一身。

找不到信仰，面對大河走投無路，年已三十四的我，肯定比小時候的我更加無力。

我丟開的東西，去了何處？

我那光輝燦爛的歲月，去了何處？

我的淚水無法遏止。見我突然落淚，雅各一定很困窘吧。我很抱歉，也很難為情，卻還是無法停止。就在當時我倆哭泣的河岸，如今，我再次哭泣，淚水源源不絕。我哭得天昏地暗，甚至已弄不清自己究竟是為何而哭。我的肩膀震顫，發出嗚咽。

我感到雅各的手輕輕放在我肩上。雅各的手很大，彷彿生物的體內般溫熱。

雅各沉默不語。我無法直視雅各的臉孔。我想解釋自己為何哭泣，不想令雅各困擾，但是，我毫無辦法。連我自己都不清楚淚水從何而來，原本可以表達的語言，也早已被我放棄。

「莎拉巴。」

雅各說。

「莎拉巴。」

起初很小聲。是那種有點靦腆，彷彿在摸索試探的聲音。

我抬起頭，雅各直視著我。意外的是，雅各也哭了。淚水沿著雅各的臉頰滑落，撫平皺紋。

「莎拉巴。」

雅各已不再靦腆。這次，他以明確的意志如此說道。在雅各試圖傳達之前，那句話，便已、、、、傳入我的心底。

清清楚楚地傳入。

「莎拉巴。」

這句話，有我們的一切。我所放棄的，雅各放棄的，我們的想法，一切的一切。

「莎拉巴。」

我也說道。

淚水無法遏止，但是有某種超過淚水的東西自我體內溢出，無法遏止。
「莎拉巴。」
只要有那句話，一切已足夠。
「莎拉巴。」
只要說了那句就好。只要緊握那個，就沒問題了。
雅各再次眺望河面，我也看著河面。
我們都記得。
記得「那個」出現時的情景。那白色、巨大的怪物，在我們面前出現時的情景。
就在最不安、最徬徨、最悲痛的那一刻，彷彿倏然倒下般，接觸到「莎拉巴」的瞬間，「那個」出現了。足以證明我們置身在奇蹟之中的「那個」，從世界最大的河流倏然現身。
「莎拉巴。」
我們等待「那個」。
我們已三十四歲。一個要養全家老小，另一個獨居；一個有如呼吸般相信著神，另一個，甚麼也沒找到。我們之間，有巨大的隔閡。但是，在當下這一瞬間，我們抱持同樣的心意。分毫不差，千真萬確地合為一體，等待「那個」。
「莎拉巴！」
尼羅河靜靜蕩漾漣漪。不時出現漩渦，卻始終不見「那個」出現。帆船的影子拉長，傳來樹木傾軋的吱吱聲。頭頂有小鳥盤旋，高聲啁啾。

「那個」終究未出現。

尼羅河靜靜地，靜靜地流動。

我看著雅各，雅各也看著我。我心裡想著那個沒出現的怪物，但是，我並不絕望。

「莎拉巴。」

因為我有莎拉巴。

有莎拉巴在。一直都在。

現在，尼羅河在眼前靜靜流動，片刻也不曾停駐。怪物雖未出現，但我可以清楚看見，它濺起水花，大幅扭動，在我們面前出現的那個軌跡。

它果然很白。像漂流在世界各地海面的矢田嬸的骨灰一樣白，雖然絕對抓不到它，但它的確在那裡。姊姊創作的卷貝，媽媽做的烤牛肉，爸爸手裡的信件，須玖深愛的唱片，夏枝姨祈禱的神社，寫有「救世主」的白色紙片。

怪物席捲一切，繼續漂流。一直生生不息，絕對不會停駐。

我經歷了很長很長的時間來到此地。

阻隔我與雅各的龐大的時光怪物，其實並沒有隔開我們。

正因有那個怪物在，我與雅各才能緊緊相連。

怪物證明我們活到了此時此刻。

想必是被我們背後那個巨大的時光怪物推動，我們才會走到這裡。一如河水流動，怪物不絕於途，所以我才會在這裡，才會活著。而且，活著，或許就等於怪物是我的信仰吧。

我活著。

活著，就等於信仰。

就等於我相信自己活在當下，相信自己會繼續活下去。

「莎拉巴。」

名字決定了。

孕育千言萬語的莎拉巴。孕育數不盡的時間與思念的怪物，就是莎拉巴。

我的神，就是莎拉巴。

還有比這個更適合的文字嗎？

我活著，我相信著。

我遇見了神，在相遇的瞬間，得以道別。

「莎拉巴！」

那是雅各的聲音嗎？抑或是我的聲音？

這是我們的第二次別離。

雅各想必會去教堂向他信仰的神明祈禱吧，而我，應該會暫時留在原地。我應該會對著始終不曾停駐的尼羅河，凝望到日暮吧。

我孑然一身，但是，我終於可以相信。

我們應該會再見吧。

他日重逢，我們彼此大概都會背負巨大的怪物。包括我們邂逅的時間、邂逅的人、邂逅的一切事物。
背負著無比龐大的怪物，我們想必會再次站在河岸吧。
然後我們會這麼說。
「莎拉巴！」
我們將與「莎拉巴」共同活下去。

63

我說想寫小說，姊姊點頭。

連我自己都覺得是非常突兀的想法，姊姊卻好似老早就知道我會這麼說。她沒有笑我，也沒有挖苦我，

「那是好主意。」

她說。

我在舊金山，姊姊的家。時值夏天。

姊姊的家是郊外的公寓，只有她和艾札克住，房間卻多達五間。姊姊的家位於一樓，所以也可以使用寬敞的院子。姊姊就在那裡開設瑜珈教室。

「媽和阿姨也是每天早上在那裡做瑜珈。」

我難以想像那種情景，但在青翠的草皮上打赤腳的確很舒服。陽光雖然強烈，但乾爽的空氣清朗，我甚至有一次就這麼睡著。我曬得紅通通。姊姊笑著替我塗抹蘆薈軟膏，艾札克替我調製一杯放滿檸檬的果汁。

我是在從開羅回來的飛機上起意想寫小說。

正確說來，我想的是「想寫怪物」。

與我們為伴的怪物。就算覺得消失了、抓不到，依然常在左右的怪物。想必是因為遺忘太

多，所以看起來白白的，但絕對存在的那個怪物。

我想透過書寫，至少稍加挽留。

我無法把怪物的一切都保留，但至少可以留下輪廓吧？即便此刻，怪物想必也在不斷增加體積，變換形貌。

這麼一想，我再也坐不住。

我想留下怪物。

在杜拜轉機時，除了語言文字，我找不出其他手段可以留下它。然而，我們輕易喪失的語言，作為語言表現的瞬間，便賦予了某種生命。雖在出現的剎那消失，卻會留下。我想趁著我的語言還沒消逝時寫下來。我想盡快書寫。

我在杜拜機場買了紙筆，草草寫下想到的東西。雅各、尼羅河、叫拜、漩渦、山寺，那些東西源源不斷出現，毫無脈絡，但的確是與我有關的種種事物。於我而言，是確實的軌跡。

可是，接下來我不知如何是好。

之前我一直在看小說。我看了大量的，真的是大量的小說，但我從未想過那些是怎麼寫成的。

一回到日本，我立刻又去圖書館報到。

過去，不管是有意識或無意識，就某種意義而言我把圖書館當成逃避的場所，是用來迴避日常的場所。但我現在開始抱著明確的意願去圖書館，不是逃避，是邁步迎向它。期間，怪物肯定還在不斷繁殖。不時，對怪物的愛與焦躁，令我幾乎發狂。

可是我即便打開電腦，能夠寫的還是只有隻字片語。救世主，蠟筆，金字塔，足球，貓咪們。

最後我連家裡的書都一一重讀。

對於曾經如此害怕回顧過去，一直在逃避的我而言，那堪稱是壯舉。然而，我無暇沉浸於感慨，我終於可以極為自然地面對書架。

有的書印象深刻，也有的書已忘個精光。其中，也有些書的頁角被折起，或是畫了紅線。每次發現過去的痕跡時，怪物似乎就喜悅得發抖。

如果我想在與昔日畫線之處不同的地方畫線，我會毫不遲疑地畫下去。昔日感覺的，和現在感覺到的縱有不同，但只要是在同一本書中，我們就緊緊相繫。過去的我，與現在的我緊緊繫在一起。

最後，我看了《新罕布夏旅館》。

拿起書時，我有點心痛，但也僅此而已，我貪婪地閱讀這本帶領我進入小說世界，賜給我須玖這個好友的小說。

一旦開始閱讀，我頓時失去自我的輪廓，得以追隨書中的貝里家族。與他們一同歡笑，一同憤怒，一同流淚，有時死亡，又再活下去。小說的美好，就在於此。可以把自己本來已被某些東西定型的輪廓，一下子徹底解體、破壞。在那一刻我只是讀者，我不再是我。等我讀完時，我從頭建構自我。我可以重新思考自己覺得甚麼是美好，為何流淚，討厭甚麼，覺得甚麼可貴。

《新罕布夏旅館》也有昔日的我畫線之處，那肯定是高中時的我畫的。

「『我們不是怪人，也不是奇人，對彼此來說。』芬妮說。『我們就像雨水一樣普通喔。』的確如她所言。對彼此來說，我們就像麵包的香味一樣，極為普通，也很美好。簡而言之我們就是一家人。」

我肯定是被這段文章拯救。那一瞬間，我終於可以認為，我那扭曲的家庭，原來是到處都有的普通家庭。

而現在的我畫紅線的，比方說，是這樣的一段文章。

「於是我們繼續作夢。我們就這樣創造自己的生活。我們讓逝世的母親成為聖人復活，使父親成為英雄，還有別人的哥哥姊姊——他們也會成為我們的英雄。我們創造心愛的事物，也創造畏懼的事物。」

我也想創造。我想創造故事，一個關於怪物的漫長故事。

我在相隔數月之後，傳訊息給須玖。

「我在多年後又看了《新罕布夏旅館》。」

須玖立刻回信。

「噢，真令人懷念！感想如何？」

我的所思所感、從書中吸收到的東西……我把浮現在腦中的東西化為文字。文字不斷湧現。那是對須玖的感謝，對故事的感謝。須玖很為我高興，而我很高興須玖為我高興。

「當時，須玖介紹我看這本書，真是太好了。」

我有點不好意思，但那是我個人表達「能夠遇見須玖真好」的方式。或許，也是對我無法祝福須玖的幸福做出的贖罪。須玖理解了我的意圖。

「我也很慶幸那時能夠遇見今橋。」

面對那句話，我哭了一會。我已不再自慚形穢。我禿頭，沒工作，三十四歲孑然一身，但我允許那樣的自己哭泣。

等我平靜下來後，我重讀自己寄給須玖的內容。密密麻麻的文字，固然是《新罕布夏旅館》的讀後感，同時也是對須玖的感謝。看著自己寫出的一字一句，我還是這麼想。

我想寫作。

我想寫自己的怪物。我想那或許會成為自己的回憶錄，不過，那不能是私密日記。必須讓別人看到。

不能只是自我滿足的作品，我必須盡可能把自己的回憶細細撿拾起來。

就在那時候，我看了米蘭．昆德拉的《笑忘書》。我畫線的，是這一段。

「對，就是那樣！我終於懂了！渴望想起的人不能停駐在同一處，乾等著回憶主動降臨在自己身上！回憶散落在大千世界之中，所以為了找到它，把它拖出祕密巢穴，必須踏上旅途！」

而我，走向姊姊。

我希望姊姊告訴我曾屬於我們的回憶，但更重要的是，我想見姊姊，告訴她：「我要寫小說。」那是我個人表達「找到信仰」（正確說來，應該是早已找到信仰）的宣言，是今後也會繼續活下去的清潔宣言。

必須是姊姊聽到那個宣言。

絕對必須是她。

我與姊姊終日交談。有時直到深夜時，艾札克會留下聊得正起勁的我們，自己先去就寢，等他隔天起來一看，我們還在同樣的場所繼續聊。我們散步，喝茶，有時做瑜珈（雖然很害羞），在沙發上放鬆休息，沒完沒了地交談。

我們彷彿要把失去的時間——那個怪物——找回來，總有說不完的話。我們有時會放聲大笑，也有時會充滿火藥味。我們聊起她在睽違數十年後與牧田先生的重逢（牧田先生已和名叫威廉的非裔美籍男性結婚。而且令人驚異的是，姊姊與牧田先生的重逢，同樣不是透過社群網站。他們偶然在中國城進了同一家餐廳，吃同樣的東西！），還有向井先生及開羅的事。

我們的怪物就這樣漸漸成長。我依偎著怪物，安心入眠。我強烈的感到在連綿而來的時間頂點，有現在的我存在。我彷彿被安心擁在懷裡，所以，在舊金山我睡得很好。

秋天來時，我辭別姊姊。

已經和我變成好哥兒們的艾札克，一直緊擁著我不放。姊姊沒這麼做，但是，她以無與倫比的美麗姿態站立著。姊姊站得筆直，宛如被一根自地下深處伸出的芯所貫穿。姊姊如同一棵強大的樹，如同蘊藏神明的，美麗的，一棵樹。

換言之，姊姊是「神木」。

是全世界最美麗的，會動的「神木」。

自舊金山歸國的我，在機場收到須玖與鴻上的簡訊。

「我們將有新生命誕生。」

那一刻，我已落淚。

「我們決定替孩子取名為步，他一定會是男孩。」

嚎啕大哭的我，被幾個美國人驚恐閃避，也被幾個美國人關懷安慰。我很幸福，非常幸福。

回國後，我去了一趟老家。

接著我該見見我媽。她已徹底老去，失去了昔日的美貌，但失去的同時，也得到寶貴的東西。

媽媽置身在安穩的時光中。

家中某處，肯定有那張寫著「救世主」的紙條。即便看不見，我還是可以感到那種氣息。那甚至讓我也跟著安穩下來，是非常強烈的氣息。

突然想聊往事的我把我媽嚇了一跳，但最後她還是欣然相告。關於她與爸爸的事，伊朗的事，開羅的事。在一旁聆聽的夏枝姨，也難得地不時插嘴，當我媽回嘴時，阿姨還放聲大笑。

也是在這時，我才知道自己出生時原來胎位不正。

「你啊，是左腳先出來呢。」

我媽彷彿正看著那一瞬間。

「然後，才慢吞吞伸出右腳。」

在未知的國家伊朗生下我的媽媽，這年已超過六十歲。然而，唯獨聊起爸爸時，她又回到過去。黑白分明的大眼睛微微泛出水光，時而落淚，時而憤怒，最後還是心醉神迷敘述往事的媽媽，美麗得令人訝異。

她也同樣與怪物為伴。

她吞食怪物的身體，咀嚼，自雙唇紡出絲線，然後又織成怪物。不停編織。

當我去見我爸時，已是秋末。

那時我已開始寫作。聽媽媽敘述時，我已想好開頭第一段的文章。

「我來到這個世界時，是從左腳先登場。」

只要能寫出這頭一句，之後話語自動源源流出。彷彿我的左腳綁了一根線，我就順著那根線頭拉扯，繼續書寫。

當我對爸爸說：「我在寫小說。」

「不是正要開始寫？」

他說著，頗為驚訝。我告訴他我已經在寫了，想必會是個很長的故事，不知怎地，他開心地笑了。爸爸已經快七十歲了。

「在我有生之年能夠讀到嗎？」

他開玩笑說。「能讀到。」我說。

「我保證。」

現在，我正要實現那個承諾。

我已經三十七歲了。

換言之，寫這個故事，耗費了三年光陰。

寫作真的很難，不知有多少次我都想擲筆作罷。這三年當中，矢田孀和爸爸留給我的錢已所剩無幾，我開始打工當警衛。深夜一邊在建築物內巡邏，一邊在腦海構思故事，隔天早上就把它化為文字。

寫著寫著，我發現自己經常變成故事之「神」。

從家人那裡聽來的往事多不勝數，但要從中選擇甚麼、刪除甚麼、創作甚麼，全憑我一已之意。不僅如此，我趁著要寫小說，虛構出實際不存在的人物，抹殺實際存在的人物，把某人逼近悲傷的深淵，使某人萌生憤怒，殺死某人，賦予某人生命。

在這個故事裡，我成了真正的神。

我對此感到畏怯，也引以為恥。傳達這個故事的人只有身為作者的我，這點令我惶恐。我已弄不清甚麼才是對的。

但我還是寫了，我不能不寫。

在不斷書寫的過程中，對錯與否已不再重要。因為我恍然想到，雖然我是這個故事的「神」，可要不要相信全憑讀者。那令我心安理得。

所以，正在看故事的你，在這個故事中，我希望你能找到你的信仰。

這裡面寫的事件有些是假的，說不定全部都是假的。登場人物有一些是我虛構的，說不定所有的人物都不存在。我根本沒有姊姊，我的父母沒有離婚，歸根究柢，我或許根本不是男的。

我希望，你能找到你的信仰。

如果在這個故事裡無法找到，那我希望你看別的故事。在這個世上，有數不清的美好故事存在。要相信甚麼，無論何時，永遠都全憑你自己決定。

說來慚愧，在此我想引用我姊的一句話。

「你相信的東西，不能讓別人來決定。」

我現在，人在伊朗。

此時此刻，剛抵達梅赫拉巴德機場。

我把寫完的稿子列印出來（分量驚人！），打算在我出生的城市閱讀。我一再訂正、刪減、添加、猶豫，我的稿子綴滿補丁。但是，我認為那是我個人的怪物。書名我已決定。不，想必打從這個故事誕生的瞬間，就已經決定了。

莎拉巴！

還有比這個更貼切的書名嗎？

德黑蘭天氣晴朗。穿長袍的男人，裹頭巾的女人，高大的白人女性，興奮激動跑來跑去的亞洲小男孩，許許多多的人在我周遭。打從剛才，妮娜・西蒙的歌聲，就在我的腦中響起。

新世界將要開始

感覺好極了

對了，須玖與鴻上的孩子是個女孩。兩人還是不肯放棄，替女兒取了步（Ayumi）這個名字。據說小步已經會用雙腳站立，到處跑來跑去了。等這次旅行結束，我打算立刻去看她。

機艙門打開了。現在，我正要走下空橋，陽光撫過我的脖頸。

「莎拉巴！」

一接觸到出生的場所，頓時已有離別的氣息，但我決不絕望。我相信「那個」，相信我的「莎拉巴」。

我，相信我自己。

「莎拉巴！」

我跨出左腳。

本作是根據小學館發行的小說雜誌《KIRARA》（二〇一三年十二月號～二〇一四年十月號）刊載的內容大幅改寫而成。

引用文獻

《新罕布夏旅館》（約翰・厄文著／中野圭二譯・新潮文庫）

《笑忘書》（米蘭・昆德拉著／西永良成譯・集英社文庫）

莎拉巴！ 下

致失衡的歲月

2016年10月1日初版第一刷發行

著　　者　西加奈子
譯　　者　劉子倩
特約審稿　李秦
編　　輯　劉皓如
美術編輯　鄭佳容
發 行 人　齋木祥行
發 行 所　台灣東販股份有限公司
　　　　　＜地址＞台北市南京東路4段130號2F-1
　　　　　＜電話＞(02)2577-8878
　　　　　＜傳真＞(02)2577-8896
　　　　　＜網址＞http://www.tohan.com.tw
郵撥帳號　1405049-4
法律顧問　蕭雄淋律師
總 經 銷　聯合發行股份有限公司
　　　　　＜電話＞(02)2917-8022

國家圖書館出版品預行編目資料

莎拉巴！：致失衡的歲月 / 西加奈子著；劉子倩
譯. -- 初版. -- 臺北市：臺灣東販, 2016.10
冊；　公分
ISBN 978-986-475-126-6(上冊：平裝). --
ISBN 978-986-475-127-3(下冊：平裝). --
ISBN 978-986-475-128-0(全套：平裝)

861.57　　105014320